骨盐

陈再见 著

北京出版集团
北京十月文艺出版社

图书在版编目 (CIP) 数据

骨盐 / 陈再见著. — 北京 : 北京十月文艺出版社，2022.10

ISBN 978-7-5302-2249-2

Ⅰ. ①骨… Ⅱ. ①陈… Ⅲ. ①长篇小说—中国—当代 Ⅳ. ① I247.5

中国版本图书馆 CIP 数据核字 (2022) 第 131878 号

骨盐
GUYAN
陈再见 著

出 版 北京出版集团
北京十月文艺出版社
地 址 北京北三环中路 6 号
邮 编 100120
网 址 www.bph.com.cn
发 行 新经典发行有限公司
电话 010-68423599
经 销 新华书店
印 刷 北京盛通印刷股份有限公司
版 次 2022 年 10 月第 1 版
印 次 2022 年 10 月第 1 次印刷
开 本 880 毫米 ×1230 毫米 1/32
印 张 9
字 数 164 千字
书 号 ISBN 978-7-5302-2249-2
定 价 45.00 元
如有印装质量问题，由本社负责调换
质量监督电话 010-58572393

一粒麦子落在地里如若不死，仍旧是一粒；若是死了，就会结出许多籽粒来。

——陀思妥耶夫斯基

目录

第一章　只有大桥才能跨越海湾

1

车停在海东大桥，站在桥上往下望，是一片闪着银光的盐埕地，曝盐人弓着黝黑的脊背，从高处看，像是牵线木偶，湮没在银光里，时隐时现。

唐叶修摘下眼镜，眯起一双近视眼。盐埕直接变成了一片白光，有几个黑点在蠕动，像是梦里见到的情景。她心里涌起一股难以名状的伤感，就像当年父亲总是端坐在案头发呆，目光空滞地盯着屋里某个不确定的物件，不知道他在想什么，又分明能感受到他心里的哀伤。这几乎成了唐叶修对父亲的唯一印象，顽固得像是思想者的雕塑立在她的脑海里，而父亲这座雕塑，理应称之为“哀伤者”。

盐埕继续向东南方向延伸是一长溜塭田，塭田是养鱼虾的，那里的水稍显暗淡，不像盐埕这么苍白耀眼。唐叶修抬高视线，眼睛舒服了一些，尽管模糊一片，她还是能分辨出哪儿是泊满渔船的东宫码头，哪儿是海东城高低错落的楼房。不过，从这个角度看过去，那些或灰暗或发白的楼房倒像是立在水面上的海市蜃楼。

唐叶修把眼镜戴上，才知道那是盐埕的白光制造出的假象，在海东大桥上看不见更大的海面，大地板块在这个地方像榫子一样楔进来一个口子，海水顺势漫涨，形成了小海湾。海东城就位于海湾的顶端，顺着海湾左右两条弧线排下去的，是虾米般大小的村庄。唐叶修从小生活的村庄应该是其中最小的——是不是最小的？她又有些不确定了，村里最多的时候，也不过是二十多户人家吧——就像是一串项链，最耀眼的还是那个吊坠，于是村里人都习惯往海东城跑，哪怕是挑担做个小买卖，或在海鲜餐馆端盘打杂，像唐叶修这样能进城当教师的肯定是最好不过了。

离家去读师范后，唐叶修就离开了那个叫鸭屎礁的小渔村。一个连名字都不好意思提及的地方，如果没什么紧要的事，她是轻易不会再回去了。海东大桥就像一条纽带，把散落的渔村和海东城连接了起来。唐叶修曾经往返海东大桥无数次，读师范之前，几乎每天两趟，更早时是坐父亲的单车，后来自己骑车去海东城二中，背后还载着比她小几岁的弟弟。那时她觉得海东大桥又长又高，轻易不敢往桥下看，姐弟俩都有恐高症，看到盐埕上晃着白光，她会头晕，双手晃动得龙头都抓不稳。唐叶修记得那时候的盐埕远没有现在这么辽阔，至少在她的印象里，桥下一半还是缓慢流动的暗色潮水。

唐叶修多久没来过海东大桥了，应该就是当上老师以后，当老师多久了，她一时也想不起来，何况最近她脑子就像是煮坏了的甜粿一样黏糊。一座老桥也没有什么好看的，尽管它曾是少女时最熟悉的记忆。现在看来，大桥又老又土，早就该废弃重建了。唐叶修把车停在桥上时，还担心会成为让老桥瞬间崩塌的最后一根稻草。当然这样的担忧可笑而多余，桥上车来车往还是蛮热闹的，谁也不会有如此不靠谱的想法。唐叶修情愿把这种强迫症似的担忧视为是某个时期落在记忆里的模糊印证——具体是什么，也懒得费劲细想了。

眼下唐叶修最担心的是弟弟唐宁国。

三天前，精神病医院的陈主任打电话来说，唐老师啊，唐宁国回去找你了吗？唐叶修说没有，怎么啦，他又跑了？陈主任说，是的，从监控看，他这次是翻墙出去的，三米多的高墙，不知道他是怎么做到的……

唐宁国从精神病医院出逃已经不是第一次了。用他的话说，他又不是精神病，干吗非要跟一帮精神病住在一起。确实，他患的是间歇性精神分裂症，正常的时候完全没事，当然了，不正常时，也不至于会怎么样，顶多也就是精神萎靡，喜欢自言自语，嘀咕坐牢时那些类似“改过自新”的口号，有时还会说些旁人听来不知所云的言语。

两年前，唐宁国出狱，唐叶修刚开始还没发现有什么异常，直到有一天，唐宁国悄声对唐叶修说，姐，你想当校长吗？我一句话的事情，明天就让手下去办。半年后，唐叶修终于连哄带骗把弟弟送进了城郊法留山下的精神病医院，那时陈主任还安慰她说，没事的，最多一年就可以出院。唐叶修完全信任这位从省城进修回来的老同学。可是一年多过去了，唐宁国还是老样子。而且这次出逃，已经过去三天了，依然不见踪影。唐宁国以前每次出逃，都会在三天内来学校找唐叶修，乖得像个孩子一样让姐姐带他回医院。

唐叶修不知道应不应该报警。不过，报警之前，她还是决定回鸭屎礁看看，不知道弟弟是否瞒着姐姐回了老家。父亲去世后，唐叶修就没再回去过，她也不希望弟弟回去。村里的老屋估计早已坍塌了，长满了差不多可以湮没残垣断壁的野草。唐叶修不清楚村里还剩下几户人家，肯定是没几户了，当年逃的逃，搬的搬，几乎只剩下个空壳。唐叶修把车停在巷口的榕树下，下车没逗留多久，几个老人在树下剥地豆，甚至都认不出她来，以为她是外乡人。他们问，姿娘仔你找谁啊？唐叶修没有回答，竟慌乱地上了车，掉了头就往外开，逃离似的，心情还和当年一样。

从鸭屎礁回海东城就十几里路，新修的水泥路横穿过密不透风的桉树林，唐叶修开得飞快，十分钟不到，车子就上了海东大桥。来时她没想过，返回时，却突然想停下车看看。印象中，她还是第一次这么做，放在之前，这肯定是个大胆的决定。她一直还是恐高，海东城二中新建的宿舍楼有十层，她硬是拒绝搬过去，还窝在旧教室改造的老宿舍里，像个钉子户。或者，就算是在弟弟失踪之前，她也没有特意站上大桥往下望的勇气，更不可能只身往桥上跑了。如果说是弟弟的失踪给了姐姐豁出去的勇气，毋宁说是唐宁国失踪后，唐叶修接连梦见桥下这片盐埕，让她觉得事情有些莫名诡秘。

即便是站在桥面的路牙子上，双手扶着发黑脱皮的水泥护栏，整个身子往前倾，半个身体都暴露在了桥体之外，唐叶修还是没想明白，为什么要停下车来特意体验。在旁人看来，这是一个文艺女青年的做派，恨不得面对近物远景赋诗一首。唐叶修不是什么文艺女青年，她都三十好几了，大龄阿姨了，虽然学的是英语，同样是语言，英文却更像是一门理科——反正她是这么觉得的，就算在课堂上朗诵一首拜伦的英文诗，她也感觉跟背诵一个数学公式无异。

2

回到学校时，天快黑了。

唐叶修把车停在宿舍楼下，她不再担心有人跟她抢凤凰木下的车位了，同事们几乎都搬进了新宿舍楼。这栋三层高的老旧楼房据说很快也要推倒重建，本城有热爱教育事业的房地产老板捐给学校一大笔钱，说是要建个科学馆。唐叶修作为一名普通教师，不带毕业班，不负责火箭班，也不插手重点班，甚至连班主任也不愿意干，或者说没人想起要她干。她只需按部就班，上好自己的课，做好自己的事情就行了。学校的事她一般不关心，同事间也是能避就避，校园里碰见了点个头，需要站住脚停下说几句的，那么多领导和同事中，五个手指头就能数得过来。

学校依山而建，山不高，一到雨季，雨水哗啦啦地朝山下奔突，校园里那些向上的石板阶梯就都变成了小瀑布。唐叶修还蛮喜欢下雨天的，眼看夏季也到了。她的宿舍就在一楼，位于整个阶梯式校园的最底层，从窗户刚好能望见雨水顺势而下的壮观情景。不过，宿舍里长年阴湿也是最大的苦恼，南风天时，到处更是湿漉漉的，没一块地方可以下脚，连天花板都滴滴答答地落水。

时下正是尴尬的季节，省尾国角的海东城更是节气混乱，连续下了几天雨，本来已经闷热的天气又有些阴凉了。唐叶修打开宿舍门，一股霉味旋即扑了上来，必须得在里面待上半小时，才能习惯这种阴湿的味道。她开了灯，第一时间把后墙角下接满滴水的面盆端去洗手间倒掉，再放回原先的位置。除此之外，这个小房间没什么可挑剔的，一切都按照她心仪的方式布置，铺了碎花布罩的小沙发，网上邮购的日式茶几同时也是她的工作台，一边整齐地码放着作业本和教案资料，一边放着她的粉红色手提电脑，还有商场买豆奶时送的牙白色咖啡杯。她以前喜欢喝茶，这两年，迷上了咖啡。他们都说喝咖啡睡不着，她现在是不喝咖啡睡不着。

晚上六点多了，外面还没完全黑下来。学生们进进出出，很嘈杂。这个时间学校总是很热闹，等吃了晚饭，晚自习开始，校园才会寂静下来。当然了，也有逃离课堂、偷偷躲在树丛里谈恋爱的学生。唐叶修一般不会在晚上往校园跑，也是怕遇见谈恋爱的学生，挺尴尬的——有一次，在桃李园碰见班上一个英语成绩很好、人看起来还很内向的小女生，竟然在一棵木棉树下和高年级的男生接吻。唐叶修有点不敢相信，还特意走近了想看个究竟。结果那女生白了唐老师一眼，顺带还骂了一句“有病”。之后，唐叶修在课堂上就再没得到过该女生的尊重，没多久，女生转到其他班去了。唐叶修一直想不明白，还从此落下了心理阴影，别人是看见老师掉头就跑，她现在是看见学生掉头就跑。

唐叶修泡了面，又冲了一杯咖啡。她的晚餐一般就这么凑合。电视里正播放着一档欢快的娱乐节目。她突然想起是不是应该给张纯打个电话。张纯也是二中的老师，是唐叶修能数得过来的“五个手指头”中遇见了需要停下说话的人之一。在学校里，张纯比唐叶修还要边缘，她只教一般科目，一周没几节课，还经常请唐叶修代劳。她们之间的关系也是那样慢慢好起来的。唐叶修每代一节课，学校的补贴另算，张纯还会私下发个微信红包，出手挺大方。张纯停薪留职很多年，迫于教育局的清查文件才回校报了到，她主要的职业是在马街经营一家美容院，手下带着一帮十七八岁的美容技师，个个都是从外地所谓美容学院招回来的专业人士。在唐叶修眼里，张纯是个比她厉害很多的大姐，也许能给她比较有用的建议，是报警，还是找什么人帮忙？张纯在海东城人脉深广，有些事唐叶修做不到，张纯也就一个电话的事情。再说了，唐叶修还有个精神有问题的弟弟这事也只有张纯知道，其他人，她能瞒就瞒，谁也不愿意没事就把家丑往外扬，尤其是唐宁国还坐过牢。

手机里一首歌都快唱完了，电话才被接听。

“张姐，我想跟你说个事……”

还没等唐叶修把事情说完，张纯就说：“来美容院说吧。”听得出来，她正忙。

唐叶修放下手机，坐在沙发上看着一桶逐渐冷下去的泡面，发了会儿呆。她突然起身，把桶面扔进了垃圾桶，端起咖啡，分三口喝了个精光，又抓起茶几上的手机，转身就出去了。

3

出了校门，穿过广场，不远的对面就是马街了。街口向左拐，直走两百米，就能看见“纯纯美容院”的招牌了。招牌上有一根灯光灭了，所以从远处看，五个字有一半隐藏在黑暗里。唐叶修很少来美容院找张纯，也不是很少，几乎就没有，或者说，肯定没有。这是第一次。她们不是那种会经常出去吃吃喝喝聊八卦的朋友，一般就是在校园里碰到了，才会站住说几句闲话；要么，就是张纯趁着课余来唐叶修的宿舍，喝茶、喝咖啡，一起看娱乐频道的节目。仅此，而已。这么郑重其事地找张纯说事，更是头一回。唐叶修正酝酿着该怎么开口，不至于太突兀，突然发现人已经到美容院门口了。

发放传单的小姑娘硬是把纸张往唐叶修的手里塞：“小

姐，做个美容吧，我们正搞活动，七八折。”唐叶修接过传单，像模像样地看了一下，长这么大，别说是美容，她连面膜都没贴过一张，至于其他女孩必备的化妆品，在她眼里，也像是相隔遥远的陌生事物。

“张姐在吗？”唐叶修怯生生地问。

“哦，找张姐啊，在里面。”

唐叶修走进美容院，苍白的灯光照得她眯起了双眼，在一群白花花的女人中间寻找张纯的身影。美容院的张纯和海东城二中的张纯完全判若两人，具体是在装扮上，人靠衣装马靠鞍——此刻的张纯戴着大波浪形状的假发，脸上化了浓妆，一身白色的职业套装，显得隆重而干练。

“来啦，先坐会儿。”张纯示意唐叶修坐在对面的位置上，用檀木杯夹从大陶碗里夹出一个白瓷杯，热水净过，冲了茶，深褐色的熟普加了胎菊，端到唐叶修眼前。整个动作熟练而流畅，一看就是老茶客。

眼下在海东城，除了张纯，唐叶修找不出第二个能够帮她的熟人了，或者说，唐叶修要的也不是什么帮忙，她仅仅需要一个可以听她把事情说出来的分忧者。父亲去世后，在这个世界上，弟弟就是唐叶修唯一的亲人，如果弟弟再有什么不测，她真就无依无靠了。

“几天了？”张纯问。

“三天了，以往他要是逃出来，第二天就会来学校门口等我。”

“医院那边怎么说呢？他的病情最近怎么样？”

“医生说最近还挺好的，病情没加重，当然也没什么好转，也就是说，还和以前一样。”

“我建议你还是报警，明天去派出所一趟，我有个朋友在那里，叫马可君，有什么问题你可以找他，就说是我朋友，我明早先给他打电话。”

“好的，谢谢张姐。”唐叶修的眼圈瞬间红了。最后还是得报警，报警像是某种隐喻，象征着弟弟真的出事了，而不是去了某个地方，多贪玩了一天。通常情况下，至少在唐叶修的印象里，警察只是作为处理后事的角色出现，就像父亲出事那天，他们也是等悲剧基本定局了才出现；不过后来审判唐宁国时，他们倒是凌厉得让人措手不及——这么想时，唐叶修心里一阵难受，泪水滑了下来。

十年前，唐宁国还没被判刑，那时就拘留在海东城派出所，大概有半个月之久。唐叶修去探望过两次，每次都让她备感煎熬和狼狈。一度，她觉得派出所连同它所在的区域都是海东城最为灰暗晦气的地带，平时都不愿意路过，被迫无奈要去办个证件，也不想有多一刻的逗留。在她看来，里面无论是办证人员还是警务人员，都板着一副冷漠的面孔，丝毫没有人类情感的温暖血性。

唐叶修不知道那个叫马可君的警察是否也有着同样的面容。但愿他们之前没有见过！于是，还没面对，唐叶修就已经紧张得彻夜难眠了。深夜的校园寂静得像是在荒山野外，随着晚自习的学生潮水一般涌走，把校园仅存的最后一点生气也裹挟一空了。山上三瓣石的马尾松被风吹得呜呜响，唐叶修蒙着被子都听得十分清楚。气温还在继续下降，天气预报说近几日海东城会迎来持续的风暴。如果唐宁国还活在世上，他自然不想流落雨中，肯定会来找姐姐的，就像他入狱之前经常开着摩托车来宿舍吃饭看电视，同事们还误以为他是唐叶修的男朋友呢。他们没当面问，唐叶修也不会特意逢人就解释。有些事情，在外人那里也没有什么好解释的——就是说，倘若下雨天唐宁国还不出现，几乎就可以肯定，出事了。唐叶修在被子里打了个寒战——能出什么事呢？

她轻唤了一声“爸”。

唐叶修此刻最希望父亲能出现在她身边，告诉她该怎么办。当然，父亲肯定会说：“就算是死了，你也要把他的尸首给找回来。”

4

雨从清晨就开始落了，整个海东城湿漉漉的，一片黯淡。在贸易城下的十字路口，汽车和接送孩子的摩托车乱成一团，路上堵了二十分钟。唐叶修上午没课，如果有必要，下午的课还得请人代。车子缓慢地通过路口，她一边开车，一边盯着街道两边的行人，希望能在他们当中认出弟弟的面孔。显然不太可能，行人不是打着雨伞就是身穿雨衣。雨越下越大，噼里啪啦地打在前挡风玻璃上，雨刮器都刮不过来，车内升腾起一层迷雾，唐叶修像是被囚禁在蒸笼里。

唐叶修把车开进派出所大院时，还以为今天没人值班，一个人都没见着，平时排着长队的办证窗口也空无一人。唐叶修把车停好，冒雨跑过大院，抬头一看，刚好就是接待室，马可君已经迎了出来。

“你就是唐老师吧？”他笑着问。

唐叶修点头，眼神里带着没有心理准备的紧张。

“张姐刚给我打过电话了。”

眼前这个男人，三十五岁上下，略微有点秃顶，身材中等，有些胖壮，不过刚刚好。简单说，这是个外形各方面都刚刚好的男人，不是很出脱，自然也不算差劲，丢在人群里保证瞬间就被淹没了。不过从眼神和轮廓分明的嘴唇上看，很明显是个机灵人。大概是有熟人从中润滑关系，马可君全程都带着笑，和唐叶修之前见识过的海东城的警察不太一样。这让唐叶修稍稍放下心来，甚至像个串门的客人那样，很自然地接过了他端过来的热水。

他们在一张堆满文件夹的工作台前坐下。马可君背靠窗户，埋首在杂乱的台面上翻出笔录本子，并把茶壶和香烟放置在桌子的一端。唐叶修瞥见台面的玻璃下压着一张战友的合影，有一张稚嫩的面孔就属于眼前这个中年男人。从马可君身后的窗户恰好能望见海东城二中山上的三瓣石和随风摇曳的马尾松。小城的小，倒是时时处处都能体现出来。弟弟逃离精神病医院后，应该没有往城里来，要不这么小的地方，是躲不住一个大活人的。

马可君提笔等了一会儿，唐叶修才开始讲，她其实并不知道该从何时讲起，是二十年前，还是十年前，最后她长话短说，只从三天前说起，也就是说，一句话：三天前唐宁国从精神病医院逃离，至今音信全无，下落不明。马可君在本子上记着，“精神病医院”让他稍有停顿，虽然不易察觉，唐叶修还是感到某种被冒犯的羞辱。她可以清楚地看见，马可君除了在本子上如实记录下她的原话，还特意做了些特殊的标记，大概是他觉得事情讲述得过于简短，有必要做做样子，好让人觉得自己的态度严肃端正。

马可君又问了唐叶修几个问题，比如回老家找过没有，唐宁国平时有没有跟其他人来往……唐叶修都如实做了回答。反正马可君问什么唐叶修就答什么，不多说一句问题之外的事情。马可君最后记下了唐叶修的手机号，又要了精神病医院的联系号码，接着跟唐叶修说，他这边会立案的，既然人已经失踪三天了，他得亲自跑一趟精神病医院，调取监控录像，了解唐宁国在医院时的情况。如果到时需要唐叶修配合做什么，或有什么进展，他会主动联系她的，没其他事情，她可以先回去上课了。马可君像个老朋友那么细心，这反而让唐叶修有些发蒙。她觉得事情处理得有些草率，就像一个人正准备抬腿上坡，却发现一脚踩空，差点跌倒。她怀疑马可君是不是需要点好处，小城里求人办事之前“意思”总要到位，哪怕是上派出所报案。唐叶修又拿捏不准这里面的分寸，简单说就是没这方面的社会经验。她只好软下身来，请求马可君帮忙，尽快寻找弟弟的下落，你看天气这么恶劣，保不准会出什么意外。她都急死了，泪水在眼里打转。唐叶修还从没对人这么低声下气过，尤其是面对一个陌生的男人——眼前这个男人如若不是有一层特殊的身份，她难以想象自己会表现出如此卑微的姿态。

马可君忙安慰说：“唐老师，我理解你的感受，不过急也没用，放心，我们会尽力的。那么大一个人，丢不到哪儿去的，一定就在海东城附近。”

离开派出所时，唐叶修的焦虑并不比来时少，心里反而觉得更加不踏实了，似乎就这么狠心地把事情托付给了别人，这个被托付的人看起来并非不靠谱，却也没让她十分放心。唐叶修刚把车子开出院子，突然又掉头折了回去，她急匆匆来到接待室，问马可君什么时候去精神病医院。马可君被问得有些发愣，停顿了一下说，就上午吧。如果不是唐叶修特意这么问起，他大概会把时间推到下午，毕竟雨这么大，精神病医院又在城郊，离城区有十几公里的路，路还不好走，如今雨一下，肯定泥泞不堪。马可君做出收拾东西马上要出发的样子，他跟另外一位年轻警员说了句什么，回头见唐叶修还站在门口，头上和身上因为刚才来回跑，被雨浇湿了，正滴滴答答掉着水。

马可君说：“放心吧，张姐交代的事情，我可不敢马虎。”他语气是半开玩笑的，意思还是要唐叶修知道，有张纯这么一层关系，她的事情就不再是一般人的事情了。

这在事事讲关系的小城，唐叶修再清楚不过。不过唐叶修想的不是这些，她只是不想像个没事人那样甩手回去，况且她上午又没课：“是这样的，马警官，我能跟你一起去吗？”

马可君几乎没有经过半秒的考虑，随口就说：“好啊，坐我们的警车去吧，你把车停这里。”

他转身从墙上的架子上摘了一把钥匙，便领着唐叶修出门，往车库走去。说是车库，其实就是一个蓝色的铁皮车棚，棚里停放着几辆半新不旧的警车，看样子已经有一段时间没用了，警灯上沾了一层细细的沙尘。

唐叶修坐上副驾驶座位，车内一股浓烈的烟味混杂着男人的汗臭，让她微微蹙起了眉头。

唐叶修还是第一次坐男人的副驾驶座，三十多岁的女人了，虽说从外表看不太出年纪，甚至可以说是天生丽质，不用任何化妆品，细腻白皙的皮肤就为她掩盖了不少年岁，至少让人去猜，算上人们对女性虚荣心的考虑，一般也就猜个二十七八岁的样子。这么些年来，唐叶修还真拿自己是个二十来岁的女孩看待，尤其在与男人接触方面，她做出了固执的疏离，没交过正式的男朋友不说，连男性朋友，也谈不上有。学校要是组织活动，或参加同学会之类的，她也不会和某个男生单独聊天，更别说坐上他们的副驾驶座。仿佛在她心里，汽车的副驾驶座就意味着是新娘的花轿了。所以，唐叶修参加工作没多久，就开始攒钱买车，对她而言，没房子有学校宿舍，没车子，在这个难得遇见一辆公交车，打的又贵得离谱的小城——她又不愿像个家庭妇女那样去坐街头脏兮兮的三轮车，简直就是寸步难行啊。同样，唐叶修的副驾驶座也没坐过男人，可以说就没坐过人，她只把它当储物处，放零食，放教学材料，放书和杂志，就算是以前送弟弟去医院，她也会让他坐后面去。

马可君感觉到唐叶修的不适，他尴尬一笑："公家的车子，味道是有点复杂。"

车子在雨中穿行，雨水啪啪地打在车上，几乎看不清路面了，像是有人朝挡风玻璃上泼水。小城被吞噬在一片模糊的混沌里，只隐约看得见对面驶来的，被雨打得零散缥缈的车前灯光。

唐叶修有些不太好意思，这样恶劣的天气实在不适合开车去那么偏远的地方。她想故意说点什么，好消解自己的歉意，又想不起来该说些什么，有些事情她觉得还不是说的时候。马可君倒是专心地开着车，这辆至少有十多年的雪铁龙看样子平日里就他在开，目前的境况对他而言也谈不上是什么难题，对有驾驭成就感的男司机来说，还巴不得遭遇风雨雷电的恶劣天气呢，兴许是好莱坞电影看多了，他们以为只有在这种情况下，才更接近于银幕里的英雄形象，脚底下的油门也仿佛成了手中随心所欲的武器。

唐叶修感觉马可君就是这样的人，虽然人到中年，却分明透着一股小年轻的天真劲头，所谓稳重，多是装出来给人看的，尤其是身边还坐着一位女老师。女人一旦成了老师就不单单是女人了，至少在男人看来又多了一层不容触犯的包裹。唐叶修能预感，像马可君这样的男人，一旦熟络起来，就会是人群中那个最爱玩闹的大男孩，忘情时还会拍着女孩的肩膀说，嘿哥们儿，你说是不是这样子啊？唐叶修平时接触男人不多，班里的那些毛头小孩当然可以忽略不计，不过她自信对男人还是挺了解的，这得益于她敏感的心思和多年来充当旁观者总结出来的经验。

5

没等唐叶修反应过来，车子已经出了城。眼前的树木开始多起来，成片的桉树林在雨幕中虚化成了天地的背景。她无法判定此刻身在何处，车子像是被雨水裹挟着前进的船只，路面都是鸡蛋窝，摇晃得厉害，车前灯跳跃的光束如捣蛋的小孩在玩弄手电筒，中控台上摆放着一只做工拙劣的圣伯纳德陶瓷犬，一直在频繁点头，看着有些滑稽。唐叶修想到的是，一辆警车上竟然也放着这么一件车内饰品，显然不太适宜。

“马警官是属狗的吗？”唐叶修终于开口说话了。

马可君笑着点头，不过不太确定是点头还是颠簸引起的。

“唐老师叫我阿君就好了，大家都这么叫我，张姐也是。”

这当然是客气话。马可君一口一个张姐，可见张纯在他心目中的位置。

唐叶修还是会继续叫他马警官，就像他也一直叫她唐老师。

这期间，张纯给唐叶修打了个电话，问事情进展如何。唐叶修说正和马警官在去往精神病医院的路上。张纯让唐叶修别太担心，阿君是个好人，他会帮你的，说着又让唐叶修摁了免提，亲自和马可君说了几句，也是类似的话。

挂了手机，唐叶修双眼有些发热，但她不想在不熟的人面前哭，尤其是男的。她强忍着泪水，就像多年前，母亲去世那天，父亲抱着母亲在去医院的板车上，也同样强忍着泪水。事实上，板车还没过海东大桥，母亲就已经断气了，同行的人问还去不去医院。父亲是学中医的，还是鸭屎礁小学的校长，他比谁都清楚情况的严重性，母亲正是误吃了他的中药才诱发心脏病发作的——那个长年体弱多病的女人早就养成了是药就敢往嘴里喝的习惯，没想到一碗不浓的汤水最终还是要了她的命。

那年唐叶修还小，五六岁的样子，弟弟更小，被姐姐抱在怀里，四斤小猫抱三斤老鼠，姐弟俩像个不倒翁那样在巷口摇晃。父亲送母亲到了海东城，并没有去医院，而是直奔照相馆，央求照相馆老板给他们合个影。老板挺为难，说人已经没了——海东人认为，丈夫若要和死去的妻子合影，就是决意一辈子不再娶，就像遗孀在丈夫的葬礼上穿戴了孝麻。那时父亲还年轻，才四十出头，他坚持要合影，老板也没办法，旁人上前劝了几句，还被父亲当胸砸了一拳……随行的人都以为父亲疯掉了。唐叶修懂事后看过那张合影，是一张带齿边的黑白照片，他们依偎在板车的后斗上，底下垫着草席和棉被，看起来像是两个熟悉的陌生人。母亲当年梳着两条大辫子，歪头垂靠在父亲怀里，散落的刘海遮住了她半边脸；父亲梳着四六分的发型，头发乌黑浓密，戴着一副黑框玳瑁眼镜，因为压抑着内心汹涌的情绪，整张脸都变了形。唐叶修难以想象，当相机从他们眼前放下来时，父亲该是怎样的一阵咆哮。

唐叶修至今还保留着那张照片，就夹在她一摞毕业证书里，只是轻易不敢再拿出来看了，经过多年的潮湿侵蚀，照片已经一年比一年模糊，就像某些往事，注定要在漫长的岁月里消逝殆尽，直至最后只剩下一抹背影，或某个难以忘怀的细节。唐叶修的脑海里就久久抹不去父亲盯着某处发呆时的情景。他们都说父亲会在那一刻精神出窍，年少的唐叶修则害怕父亲会突然发作，变成一个让人害怕的疯子，像是村里那些拿不出聘金被女方回绝以致疯掉的男人，父亲也可以因为母亲的离世而疯掉。尤其是当大家一致认为，母亲就是被父亲害死的，如果他配药时考虑过心脏病患者忌服，母亲就完全不用死。这么说来，父亲成了杀害妻子的隐匿“凶手”。当然了，谁也不敢在父亲面前提及，他还继续当着校长，却不愿意唐叶修和唐宁国在自己任教的学校上学，情愿每天一早用单车把他们姐弟俩送过海东大桥，去城里的学校读书。人们把父亲这种固执的行为也归咎于精神出了问题，慢慢长大的唐叶修终于明白，父亲那是在逃离，自己没办法逃离，就希望子女逃离，逃离那个叫鸭屎礁的村庄，逃离往事和罪孽。唐叶修开始理解父亲的行为，她的勤勉和合作让父亲很欣慰，可惜弟弟不怎么听话，没好好读书，过早就踏入社会，沾染了一身痞气。父亲希望姐姐能同时担任起“妈妈”的职责，帮忙照顾好弟弟。父亲果真一辈子没再娶，也从没有传出他和某个女人有不清不楚的关系。

雨开始小了些，渐渐能看清车前的道路了，泥泞不堪，汽车像是行驶在沼泽地里。马可君爆了几句粗口，骂市政修路太拖拉，一条路修了半年还是泥土路。这条路平时车辆稀少，一般人没事不会往这个方向来，这里除了精神病医院，还有一个供人度假的法留山庄，说是度假，更多是海东城各级单位员工的培训学习基地，海东城二中就组织过几回，那时唐叶修正在申报职称，往这边跑过，才知道山庄对面不远有家精神病医院，再一打听，同学群里竟然有人就是那里面的主任。

唐叶修先打电话通知了陈主任。陈主任语气有些惊讶，他没想到唐叶修会报警，或者说事情会闹到这么大，作为院方代表，他不希望医院出任何事情，警车有时就像救护车一样让人忌讳。

雨停了，精神病医院安静得出奇，隐约还能听见相隔不远的海浪声。

唐叶修把弟弟送过来一年多了，却不是经常来，除了弟弟几次出逃把他送回来外，几乎没有额外来看望过。那显然是不合适的，如果父亲在天之灵知道了，会怪姐姐对弟弟照顾不周的。唐叶修心里清楚，这一两年，她把照顾弟弟的重任都委托给了医院，相当于花钱请了看护，多数时候她松懈了，甚至开始遗忘有这么一个弟弟的存在，只是弟弟时不时会以出逃的方式提醒姐姐，他还活着，还是她的弟弟。

6

陈主任先带马可君和唐叶修去监控室调看了三天前的监控。

从监控上看，唐宁国是吃过午饭，借着散步休息的时间偷偷溜出了病房。当然也不能说他偷偷溜出去，医院对于他这种病情比较轻的病人向来管束不是很严，适当的时候，是允许他们在医院范围内自由行走的，甚至充当护工的助手，帮助控制或说服其他病人，就像电影《飞越疯人院》里的麦克·墨菲，喜欢把香烟放在肩膀的T恤衫下，像个正常人那样领着病人们逃离了精神病医院。唐宁国没有带走任何一个人，他泰然自若地穿过走廊，走过花圃间开满马缨丹和萼距花的小径，瞒过了相遇的护工和保安，径直来到了医院高达三米的围墙下。

陈主任说前面几次出逃，唐宁国都是假扮成探望家属，大摇大摆从大门走出去的。大多时候他确实就是一个正常人，如果梳洗一番，换下条纹病服，再拎上个公文包，人家还以为是单位里的科员干部呢。物业公司负责的保安，人员更换本来就频繁，谁都不认得唐宁国，即便后来把他的照片放大了贴在保安室，还是让他瞒了过去。唐宁国这次没有选择从大门离开，可能是以为保安已经注意到他了。保安科确实吸取了教训，跟医院承诺再也不会有类似的事故发生，有一段时间，几乎把唐宁国当“通缉犯”看待。事发前几天，唐宁国曾磨蹭至大门探风，被保安识破了意图，他当时笑着打招呼，说只是想跟他们讨根烟抽，烟瘾犯了，实在有些难受。唐宁国最后选择从围墙出逃，看起来这事对他来说不算太难，他只是挪来一个高沿陶瓷花盆，他的个子本来就瘦高，再加上花盆的高度，很轻松就将双手探上了围墙顶部，稍一用劲，双掌撑住墙顶，整个身体就上去了，接着右脚翻墙，再过左脚，瞬间就消失在监控探头里了。前后不过两分钟。唐叶修总算明白了，只要弟弟想逃出去，这座精神病医院根本就禁锢不住他，他不是一般病人，智力和身手，使得医院看起来像是哄骗孩子的小儿科，之所以只是偶尔出逃，当真是想留下来好好治病的。

马可君对医院的安保措施提出疑问。陈主任也承认这点。不过他说，也不能管得太死，再说这是医院，不是监狱，管得太死家人会投诉，我们也难做啊警官。陈主任转而面向唐叶修："老同学你应该能理解，唐宁国可不是一般人，他连牢都坐过，我们这里怎么可能管得住他呢？"

"唐宁国坐过牢吗？"马可君问唐叶修，表情诧异。

唐叶修稍一迟疑，点点头。

"你还有什么情况没有告诉我？"马可君又问，语气突然变得有些严厉，大概是有陈主任和其他几位保安在场，得做出一个警察该有的样子。

"我不知道他坐过牢和这事有什么关系。"

"当然有关系。至少我现在知道他不是一般的病人，他是个坐过牢的病人。"

唐叶修不再说话。

离开监控室，他们步行了几分钟，绕出大门，到围墙外看当时唐宁国落脚的地方。墙外是一片草地，斜着下坡，继续往下是一片茂密的防风林，多是木麻黄，间或是枝干泛白的桉树林。如果唐宁国就此下了坡，钻进树林，便任谁也不会发现他了。陈主任说，过了林子，就是海了，沿着长满马鞍藤的海滩往上走，能直接到达东宫码头，不过比较远，步行的话大概要几个钟头。平日假期，多有城里甚至外地的学生结伴在这一路段野外徒步，故意沿着山道走，崎岖陡峭，是有一定的风险。唐宁国如果顺着海滩走，天黑之前应该能到达码头。

“等了三天了，我还以为你今天把他送过来了呢。”陈主任继续说。

“不好意思，陈主任。”唐叶修充满歉意，在她看来，确实是给医院添麻烦了。如果这次能找到弟弟，她都难以保证敢不敢再把他送来了，不是怕他再出逃，是怕陈主任为难，碍于同学的面上，又不敢明说。

马可君在本子上记录着什么，又用手机拍了一些照片，接着跟陈主任交代了几句。两人还说起一个共同认识的人，大概是海东城某位什么领导。唐叶修谁都不认识，连海东城二中的现任校长是不是还姓蔡，她也不太确定，近两年来，学校领导层矛盾频出，更换了几任校长。

他们又折回病房，查看了唐宁国的卧床。每个房间都住着四位病人，有两位的病情一看就很严重，其中一位看起来还好，轻易看不出精神上有问题，他发现来了人，还起身相迎，很有礼貌地接待了他们，问唐宁国什么时候回来，看来他们作为邻床，已经处出了感情。唐宁国的空床上除了简单的被褥，几乎没什么值得留意的物件。床头的闹钟是上次唐叶修买的，那次他跟姐姐说，夜里老是发梦，梦见坐着父亲的单车过海东大桥，大桥在梦里竟长得像是跨海大桥，怎么走也走不到尽头，又一直醒不了，明知道是梦，就是醒不了。他说他需要一个闹钟，好从梦中及时醒过来。唐叶修当时没觉得有什么不妥，同样的梦她也经常做，何况是精神病患者。看到闹钟的那一刻，她又觉得有什么紧要的细节被自己忽略了，一时又想不起来。

“他说了，不用找了，不用找了，死了死了，尸体就埋在桥下……我的女儿啊……你死得好惨啊……”那个看起来很正常的病人突然情绪激动起来，他嘟嘟囔囔着，竟埋头大哭起来。

众人被吓住了，唐叶修更是脸色铁青，浑身不由得战栗了起来。

陈主任立刻吩咐护工给病人服药，药刚服下没多久，病人就蔫了下去，像是被霜冻的菜叶子，只是嘴里还含含糊糊叫着女儿，旁人大概也能猜出他是因为什么而进来的了。唐叶修这才意识到，弟弟出逃之前，肯定也经常经受这突然亢奋又瞬间消沉的药物打击，看似是毫无办法的事情，却又感觉心疼不已。她以前每次来，都很奇怪精神病医院怎么那么安静，跟想象的情形完全不一样，现在她终于醒悟了，原来都是药物的作用，是那些白色颗粒让他们失控的精神和躯体一齐坠入黏糊糊的失重状态，旁人根本无法体会他们的苦痛。

7

是的，正如马可君责怪的那样，唐叶修并没有把弟弟的实情全部说出来，不仅是弟弟的实情，他们一家人的，那些被世人认定为“家丑”的过往，她能不说的都不说。她仿佛受到提醒，或者是惊吓，如果唐宁国沿着海滩走回海东城，至少是往海东城的方向，也就是说，他继续穿过东宫码头，最后肯定就会走进海东大桥下那片银光闪闪的盐埕——就是那片时常在梦里出现的盐埕。唐叶修突然之间有些恍惚，她不知道这些飘浮不定的情绪和信息之间意味着什么，似乎有所指引……唐叶修想跟马可君说，又不知从何说起？有些事情在她这里只是一种女人的直觉，还谈不上是什么明确的线索。

回城的路上，马可君给所里打了个电话，问最近有没有人报案，比如在海边发现什么尸体没有。唐叶修听着胸口一沉。近几日天气恶劣，海边风大浪大，唐宁国失足被卷入海里的可能性也很大。幸好电话那边答复说没有。当然，这也是暂时的，至少让唐叶修的心情稍微平复了一些。

唐宁国会不会一个人偷偷躲在海东城的某个角落，不敢出来找姐姐呢？

“上次你送他过来时，骂过他吗？”马可君问。

“说过几句，不过算不上是骂吧。”唐叶修努力回想当时说了什么，她几乎都忘了。毕竟也是半年前的事情了。那时还是国庆假期，唐叶修正准备去厦门玩几天，弟弟的出逃把她的计划全打乱了。她是有些生气，好像是说过，“你再这样我就不理你了。”诸如此类的气话。

唐宁国不是那么小气的人。他以前，也就是没坐牢之前，在街上混，都不知道被姐姐骂过多少回了，最后还不是脸皮厚厚地朝姐姐的宿舍来。唐叶修故意不理他，他就像个小孩似的缠着她，还嗲声嗲气地叫她妈：“妈，我错了，下次改还不行吗？”唐叶修听着心肝发颤。他们从小就失去母亲，弟弟连母亲长什么样都不记得了。这么多年来，唐叶修在唐宁国的心目中，不就等于是妈妈吗？尤其是父亲去世之后。所以，当弟弟撒娇叫她妈妈时，唐叶修没有笑，而是躲到一边哭了。

“那他坐牢是怎么回事呢？可以说说吗？”马可君倒是以一种商量的语气问。

“他杀了人。”唐叶修出奇平静地说，“判了十年，在里面表现良好，提前两年出来了。”

马可君明显点了刹车，他侧头看了一眼唐叶修。唐宁国曾是一名杀人犯，这是马可君料想不到的事情。这么看来，他的突然失踪，还不是一件看似简单明了的案件。

“能说说他当年为什么杀人吗？”

“那时他在街头混，一帮小年轻开着摩托车窜来窜去的，发生了点小矛盾，以为是天大的事，打起来手脚无轻重，就把人给误杀了。事情就是这样。两年前他出狱，我开车去揭阳接他回来，刚开始没察觉出什么，慢慢地，我才知道，他精神上出了问题。他总是从噩梦中惊醒，念念叨叨一些听不太清楚的话，然后哭得跟个小孩似的。我不知道该怎么办？也不知道他在监狱里遭遇了什么。总之他进去时是一个灵灵精精的小伙子，出来后就傻掉了。我只有他这么一个亲人，我也不知道他以后怎么过下去。我多陪他一年是一年，如果实在没办法，我也可以终身不嫁，照顾他一辈子的……”

唐叶修意识到自己有些说多了，身边这个警察虽然还算尽职，毕竟不知道根底。他看样子在海东城当差没多久，身上还没有沾染上那种老警员的可恶习气，至少，看他一口烟垢熏出来的黄牙，一路上却忍住了不在车内吸烟。

回城后，他们在派出所分开，各自都要赶回单位食堂用餐。马可君建议唐叶修回去弄一份寻人启事，先在海东城的街巷贴一贴，尤其是码头附近，他猜唐宁国沿着海滩往东走，肯定要在码头上岸，码头人多，说不定就有人看见了。张贴寻人启事唐叶修也不是没想过，她最开始就想这么干，没打算报警。不过这事做起来有些张扬，能预知的结果，希望也不大，街头巷尾到处贴满了寻宠物、治淋病、通厕所的“牛皮癣”，估计谁都懒得多看一眼。马可君既然这么建议，唐叶修也只能照做，都报了警了，贴个寻人启事就显得没什么了。马可君声称可以调取主要街道的监控录像，看能不能找到唐宁国的身影，他说“分头行动，才能尽快找到人”时显出一种让人感动的诚恳。唐叶修觉得幸好还是报了警。

雨过天晴，海东城的每条街道都被雨水洗刷一新。太阳还没有露面，阳光隐藏在云层里，天地间却一片光亮了，稀释过的云朵飘在天上像是薄薄的衣衫，漏下来的光，把路面和楼房都照出一层银色的反光。这个小城以一种少有的干净面目出现。一路畅通，街上车辆和摩托车也没有像早上那样纠缠在一起，唐叶修还是没赶上学校的食堂。她只好回到宿舍，简单吃了点饼干，便坐在沙发上翻看手机，找弟弟的照片。还真不容易找。这么些年来，他们姐弟俩仿佛都落下了心理阴影，对拍照留影本能地抗拒，一旦想起拍照，那张父亲搂着死去的母亲的黑白照片就会浮现在眼前。那种诡异的气息挥之不去，以至于照相成了一件让他们感觉难过的事情。

唐叶修几乎把手机相册都翻完了，才找出一张两年前去揭阳接唐宁国出狱时，姐弟俩在公园门前请人代拍的合影。那天的心情当然不一般，他们终于可以不用隔着一层玻璃、手拿话筒见面说话了。姐弟俩尽情欢笑，以至于唐宁国看起来都不太像他平常的样子。他平常并不爱笑，小小年纪又长出两条明显的法令纹，让他本来就瘦削的脸上又添了几分狠劲，一旦笑起来，法令纹曲线上扬，他的笑容得到充分舒展，看着像是一张陌生人的脸。唐叶修担心这张照片和现在的唐宁国不能对应上，不过也没办法了，再也找不出第二张了。她还得去一趟照相馆，把她的身影处理掉。手机里也有剪切功能，但她不敢轻易尝试，害怕将自己剪切后万一无法恢复原图，那么姐弟俩这唯一的合影就再也寻不回来了。

唐叶修特意找了一家偏僻的照相馆，老板端详着照片里的唐宁国，说这人看着有点眼熟，像是在哪儿见过。唐叶修心想，能不眼熟吗，以前他天天泡在街上，说不定还收过老板的保护费呢。唐叶修没说话，她坐在一边起草文字，再请老板把照片附上，打印了几十张。唐叶修看着弟弟在纸上兀自笑着，此刻已经成了一张黑白照，看起来更显突兀和陌生了。唐叶修把一沓纸张揣在包里，如揣着一沓不为人知的秘密。她得先回学校上课，晚上才敢上街张贴，仿佛要干的是一件见不得人的事情。

8

夜里，唐叶修又梦见海东桥下的盐埕，弟弟唐宁国拉着两条长长法令纹的脸仿佛就隐藏在那些曝盐工人中间……他突然回头冲姐姐笑，笑容像极了出狱那天的合影。唐叶修不知道这意味着什么。同一个场景在脑海里反复出现，最终让唐叶修不得不把弟弟的失踪和那片盐埕联系在了一起，记忆也瞬间受到了某种牵引，慢慢变得清晰起来。

早上，唐叶修特意上街逛了一圈，发现那些歪斜在电线杆和墙壁上的纸张并没有什么人在看。如若真觉得以此能找到弟弟的踪迹，显然是有些天真了。

倒是关于盐埕的事，唐叶修觉得有必要和马可君沟通一下了。

从上小学一年级开始，唐叶修每天都要经过两趟海东大桥，自然也会俯望两回桥底下的盐埕地。她坐在单车的后座上，骑马坐，两条小腿晃悠在车座两边，父亲叮嘱她双脚要张开，生怕她的脚丫子被车轮子的钢线卷进去，因而坐单车的姿势从来就没让她舒适过。单车一上桥，视野会豁然变得开阔，这是唐叶修印象中比较深刻的感受，像是父亲把单车踩上了天，盐埕上的银光顺着桥边栏杆的缝隙透过来，隔一个栏杆就会晃一下她的眼睛。那些快速行走的栏杆，像是电影胶片上的格子，嗒嗒嗒一格一格从眼前溜过去，背后的光也像极了露天电影开始之前的洁白光束，使得唐叶修每次都沉迷其中，进入小女孩梦幻般的沉思。

父亲总是沉默不语，踩单车对他来说不是什么难事。唐叶修又瘦小，皮包着骨，父亲完全可以如踩空车般轻松地跨过大桥，再在桥的尽头拐下海边公路，到达海东公园时，学校也就不远了。父亲把唐叶修放在校门口，龙头一提，两条长腿撑地立起身子，轻松地将单车掉转了个方向。他还得赶回去敲响鸭屎礁的上课钟，那个破落的小学还有他带的一帮学生。唐叶修中午在校吃饭，那时她就能够轻易应对独自一人的生活，傍晚再等着父亲来接她回家。几年后，唐宁国也进了海东小学，也就是说，父亲开始要载他们姐弟俩上下学了。弟弟比姐姐要活跃得多，每一次过桥，他都会故意挺直身子，大声叫嚷。他坐在单车的前梁上，侧身面向盐埕的方向，前梁的位置比后座高，能看见整片盐埕，以及更远的塭田和渔排。那样还不够，他还想看得更远。弟弟从小话就多，路上总要问父亲很多问题。

有一次弟弟问："如果桥塌了怎么办？"

父亲说他乌鸦嘴："桥塌了你们就上不了学了。"

弟弟笑着说："我们可以穿过盐埕去上学啊。"

父亲说："只有大桥才能跨越海湾。"

…………

那些年，他们姐弟俩坐着父亲的单车，在往返海东城和鸭屎礁的途中，经历了难得的欢笑。欢笑最后因为父亲的猝然离世而终止。父亲死那年，唐叶修上初三，还是那辆单车，只是换成了姐姐骑，弟弟坐在后座上。每次过桥，姐弟俩再也不说一句话。唐叶修只顾着踩车，眼睛死死地盯住路面，她做不到父亲那样轻松自如。弟弟则对盐埕失去了兴趣，不愿意再往桥下多看一眼。唐叶修不知道是不是父亲的突然去世，让弟弟过早跨越了童年的心智，迅速拥有了自己的心事。

唐叶修想起来了，唐宁国似乎还跟她说过什么，他之所以害怕盐埕，是因为看见什么不干净的东西了，在盐埕之下，正慢慢现身呢。唐叶修怀疑弟弟见鬼了，那也可以理解，父亲刚死不久，对弟弟的打击很大，他大概是吓着了，以至于出现幻觉，见到了不该见的东西。唐叶修已经是个大姑娘了，知道这世上哪有什么鬼啊，就算是鬼，也是人扮的。

这些久远的记忆本该湮灭在繁杂的岁月里，之所以被唐叶修打捞上来，并非偶然，记忆本身仿佛就是一条长长的线索，看似断断续续，其实一直相互牵连着。唐叶修拉起了记忆的一端，自然会带起另一端——两年前弟弟出狱后，精神开始出现异常，满口的胡言乱语也正好是从盐埕开始的，他时而神秘莫测，说盐埕上的盐坨是白骨堆起来的山头；时而又惊恐万分，声称有人要把他埋在盐埕之下，还指出了具体位置，就在水闸边上，他们想把他埋在那下面……类似的昏话，唐宁国反复念叨。唐叶修只当是弟弟傻了，胡说八道，不过听了也怪吓人的。

看来这些信息都跟弟弟的失踪有关，至少是一个可以继续查下去的方向。唐叶修急于告诉马可君，唐宁国的失踪可能跟桥下的盐埕有关系，具体是什么关系，她也不知道……她又如何说服马可君相信自己呢？

吃午餐时，副校长特意绕过大半个食堂过来劝唐叶修趁早搬到新宿舍去，工程队快进来了，下了几天雨，旧房子也不安全。唐叶修答应过几天就搬。她原本还打算找到弟弟后，让他过来帮忙搬宿舍的。现在看来不太可能了。出了饭堂，唐叶修随即给马可君打了电话。

马可君在外调看监控，此时正在码头，他的声音夹杂在呼呼的海风中，听不太清楚。当然没有什么好消息，码头的几个监控探头几乎都坏了，唯一一个好的方位有问题，直愣愣地只拍到茫茫海面，根本不可能有唐宁国的身影，渔船工人也表示没见过。马可君怀疑唐宁国如果没有在码头上岸，继续往东走的话，那他肯定是上了海东大桥，往老家的方向走了，或者现在就躲在鸭屎礁的某个破屋里。

“要不，你带我去一趟鸭屎礁吧？”马可君问唐叶修。

唐叶修说：“鸭屎礁就不用去了。倒是有一个地方，我觉得要去看一下。”

马可君问是哪里。

唐叶修说：“盐埕。”

电话那边沉默了一会儿，只剩下风声和码头工人嘈杂的吆喝声。马可君估计也明白了唐叶修的意思，如果唐宁国没有上桥，就只有一种可能——他走进了盐埕。问题是，他去盐埕干什么呢？除了盐厂的曝盐工人，没有人愿意去那受罪。

“我想起了一些事情，想当面跟你讲。”唐叶修说。

于是，他们约好午后在海东大桥碰头。

9

唐叶修到时，马可君已经站在桥头抽烟了。他等了有一会儿，唐叶修比他们约好的时间迟到了半个钟头，班级里有些事要处理，耽搁了。

从桥头下到盐埕，还有很长一段小路，不能开车，是泥土路，只能步行。他们把车都停在桥头，先是下了一段水泥阶梯，再拐上田塱，两边长满茂密的芒草。因为下过雨，路上都是泥，不时还从草丛里钻出什么动物，唰唰唰制造了一阵动静。唐叶修不合时宜地穿了一双高跟皮鞋，网上买的，一直放着，只在屋里试穿过。马可君不得不在前面领路，不时伸出手来，牵她一把。这让唐叶修很不好意思，脸上顿时一阵燥热。他们先是顺着一排木麻黄继续深入，木麻黄作为防风林，一直延续到码头的位置，从这个角度看，他们几乎就被树木掩藏了起来，完全看不见岸上，声响也被隔绝了，感觉像是进入一个世外荒凉的世界。事实上，他们与海东城只是咫尺之遥，中间就隔了一排树木。树毛像松针一样铺满了地面，踩起来像是踩在松软的沙发上。早些年，附近村里的小孩会用竹耙把树毛收集在尿素袋里背回家烧火，后来就没人再干这样的活儿了，树毛一年比一年厚，足足有半个小腿那么深了。眼前的盐埕倒换了个模样，至少没有在桥上看起来那么晃眼了，它变成了一大片平坦的田地，曝盐工看似不是在曝盐，而是在田里插秧，只有一堆堆盐坨才证明了这里是海东城最大的盐厂。

唐叶修还是第一次走进盐埕，她不知道马可君是否也是第一次，看样子，他也对眼前的场景表现出了生疏和惊讶。雨后的云层已经散开了，太阳像是被雨水浇湿的烧红的铁饼，阳光不是很强烈，却有种让人烦躁的闷热。腥热的海风吹来，夹杂了咸卤水的酸臭味，仿佛他们正置身于狭窄的地下室，面对的分明又是广阔的天地。

继续深入腹地，他们看见了曝盐人的棚寮，就是几间红砖与木头砌成的简陋房屋，顶上统一盖着蓝色的隔热石棉瓦。他们在棚寮前停下脚步，盐埕的热浪一阵一阵朝脸上扑来。马可君掏出烟来抽，唐叶修则看着曝盐工发呆，似乎想像梦里见到的一样，在他们中间辨认出弟弟的身影。雨过天晴是曝盐人最忙的时候，他们得把下雨时放进卤缸池的盐卤水重新绞水上埕。在此之前，他们先得用大竹刷清洗结晶埕，再套上米攀石做的筒状石磙来回碾压，把埕上的砂粒碾压踏实了，日后收盐了才不至于掺进砂粒。这些都是烦琐而笨重的工作，远比在桥上俯望时缺乏美感——倒是盐埕之间的田垦上长满了咸驳草，散发出不易察觉的淡香；远处飞来一群白鹭鸶，纷纷落在蓝色的卤水池边上，一只暗红色的脚屈起，张翅抖动，像是羽毛上沾了什么脏东西。

唐叶修正要说话，马可君把烟蒂扔在地上，抬脚踝灭，抢先开了口。

“你弟弟在这里吗？”

唐叶修摇头，她显然有些失落，就像她当年考上师范学校，面对破败的校园，心情也一样失落。不过她一开始也没觉得弟弟会在盐埕里，她只是想走进来看一看，如果他们之间有关系，她希望能看出这关系的症结，起码也有所发现。如今面对一片苍茫之地，看样子除了成堆的粗盐，她发现不了什么。

“真没有？”马可君问。

“我没说他会在这里。是我昨晚梦见了，梦见他拿着盐耙混在他们中间，浑身发黑，突然回头看着我笑……就在水闸边上，喏，就是那儿。”唐叶修的目光搜索一番，果真发现了位于远处的水闸，和梦里所见一模一样。

“梦见的？在电话里你说要告诉我的就是这些？没其他别

的线索？”马可君惊讶地看着唐叶修。他开始怀疑眼前这个女人是不是也和唐宁国一样，精神有些失常了。

“是的，马警官。这几天我老觉得我弟的失踪和这里有很大的关系。我也说不太清楚到底是什么关系，我拿一个梦来说事肯定不能让你相信我。不过，今早醒来后，我想起了我弟以前说过的话，当然那是他精神不正常时说的，总是反复念叨一句话，说是有人要把他埋在盐埕下……这话听起来莫名其妙，可能是发病了胡乱说的。我当时也这么认为。现在我却开始怀疑，他这次失踪，是不是就跟他之前说的有关。反正我是这么觉得的，不知道你怎么看……”

“你也知道那不是一个正常的人说的话……算了唐老师，我劝你也别太着急，该休息就好好休息，别累坏了身体。这样，有什么新情况我再通知你行吗？”

马可君转身，正要往回走。

唐叶修却一把拽住了他说：“马警官，先别走，不好意思，我知道这样的想法很突然，不过我真的有预感，从今天早上开始，我就说不出的难受。真的，我怀疑我弟弟已经死了，我们再也找不到了，他就埋在这片盐埕之下。我有不好的预感，别问我为什么知道，我也确实不知道，只是感觉就是这么回事。他托梦告诉我的也好，或是其他什么第六感。总之，请你相信女人的直觉，如果你对女人还算了解的话……我的意思是，你们警方是不是应该把我提供的信息当作破案的线索，把盐埕挖起来看一看，那样真相就可以大白了。”

马可君简直有点听不下去了，尤其是唐叶修说到了女人的直觉——自离异后，马可君最为反感的就是所谓女人的直觉，正是那些说得玄乎的直觉让他和前妻再也过不下去了。他都不知道说什么好，最后还是摆摆手，说：“好吧，就算你说的是真的，你看看，这么一大片盐埕，尸体埋在哪儿呢？我们是不是该把这里全部都翻起来看看？”

“马警官，你错了，别说是真的，就算有百分之一的可能，你们也得这么干。”唐叶修像是抓到了马可君话里的纰漏，突然显得理直气壮起来。

马可君这下有些生气了，他承认自己说漏了嘴，但唐叶修这么咄咄逼人，确实也让他有些反感。如若不是因为张纯，他大可不必这么用心介入这桩稀里糊涂的失踪案，所里不知有多少类似的积案，几年毫无进展，最后都不了了之，案卷放在档案室的架子上落满了灰尘。与此同时，他又不便把这种恼火表现得太过明显。唐叶修说的没错，如果失踪的唐宁国真有可能被埋在这片盐埕地里——显然这种可能性微乎其微——那么，警方确实有义务排除这种可能，不过也不能单凭一个人的信口开河、胡说八道，就贸然行动啊，除非唐叶修真的能拿出证据来，或者有说服人的理由。马可君坚信是唐叶修想多了，脑子开始有些糊涂了。唐宁国肯定还在某个不为人知的角落里躲着，没死，一个坐过八年牢的人哪有那么容易死。

“好吧，”马可君缓和了下语气说，“这事不是说干就能干的，警察也要按规矩办事，没有任何目击证人，或有力线索的指认，我们不能随便做出决定，那样是不负责任的，至少对盐厂老板是这样……你知道这里的老板是谁吗？”

“知道，我当然知道。唐雄嘛，咱们海东城最有钱的人，盐埕是他的，海东城的房地产，也几乎全是他的，连我们学校的科学馆都是他出资捐助的，上千万呢，听说过几天工程队就要进驻了，我答应学校领导过几天就搬宿舍……”唐叶修开始意识到自己有些失态，她故意把脸转向远处，继续看着盐埕，那群白鹭鸶飞起来了，又陆续落在另一块盐埕上。

有一个工人正停下手头的活儿，朝他们走来，大概是看见了他们，以为是来买盐的顾客。工人赤裸着上身，黑黝黝的，皮肤像是涂了一层油脂。他看起来很粗壮，面相也有些骇人，大老远的，他喊道：“喂，买盐吗？是卤咸蚝还是腌咸菜。”

他们没有回答，只是看着他走近。

待曝盐工来到眼前，马可君这才跟来者说自己是警察，并问他这几天有没有看见一个三十多岁的男人来过这里，看起来精神有些不正常。唐叶修在一边立马纠正，说她弟弟既然出逃了精神就是正常的，是个再正常不过的男人。曝盐工一脸懵然，不知道该听警察的还是边上的女人的，不过，来盐埕找人还是第一次遇到，要是个正常人，谁也不愿意靠近盐埕半步，除非是盐厂工人，或是盐贩。他摇摇头，说没见着，除了这里的工人，没见着一个外人来过这里；不过下了几天雨，他们抢收了新盐和盐卤水，大多时间也没在盐埕上——至于下雨时有没有人来过，那就不知道了。

曝盐工的回答没什么问题，看语气和表情不像是在隐瞒事实。

马可君觉得再问下去也问不出什么来，照他看，来这里寻人，根本就是一个失误。他以为唐叶修会提供什么新线索，没想到只是一个女人的胡乱臆想。唐叶修说的如果是真的，那唐宁国怎么会说出那样骇人的话呢？这事确实有些蹊跷，要是想进一步了解，除非找到唐宁国问个清楚，否则线索就此也中断了。

10

往后几天，唐叶修接到了几通电话，都是街上人看到寻人启事后打给她的，说是街头有人看着像是失踪者。唐叶修赶过去一看，除了性别一致，其他跟唐宁国一点关系也没有，不过是街上那些到处露宿的流浪汉。尽管如此，她还是得向来电者的好心表示感谢。甚至有一次，马可君打电话来，说是在金狮澳海滩发现了一具尸体，估计死了有七八天了，尸体呈现巨人观，面容看不太清楚，怀疑是唐宁国。唐叶修听后失声大哭，开车赶去殡仪馆认尸。她等待着尸体被一架不锈钢床推到面前时，立马一阵恶心，跑出去趴在垃圾桶上吐了半天。马可君问是不是唐宁国。唐叶修直摇头，她一眼就知道不是了，这点外人看不出来，她作为亲姐姐，比谁都更为熟悉自己的弟弟。

周末，唐叶修花了一天的时间搬宿舍。她把一个口杯一双凉鞋这些细碎的物件一一细致包裹，搬到新房间又一件件拆开，摆到它们该有的位置。末了，她又返回旧房，把地清洗得干干净净，像是等待房东来验收以便退回押金……她以此消磨时间，也消磨一天比一天冷却下来的心情。她站在新楼的阳台上，望着旧楼在机器的作用下轰然倒塌，如一个人的非正常死亡，随着那一声轰鸣，伴着卷地而起的尘土，她在旧宿舍长达十多年的生活痕迹也就消逝殆尽了。如果能遗忘——这从来都不是容易的事情，她可以遗忘一间宿舍，却遗忘不了那些年姐弟俩的生活。那时她刚参加工作，去食堂打两份饭也像做贼一样紧张，一份自己吃，另一份带回宿舍给弟弟——也就是说，唐宁国没吃牢饭之前，吃的还是海东城二中的饭。唐叶修迟迟不肯搬离老宿舍，大概也是因为那里有弟弟曾经生活过的痕迹，墙上的涂鸦，包括他花了半天组装的书架，以及换过的电灯泡和渗水的水龙头。

往后的生活自然还得继续，唐叶修可以当弟弟一直就在精神病医院里待着，只是他们不再见面；退一步，还可以当他一直在揭阳的监狱里，因为狱中闹事被加了刑罚，还有十年八年才能出来，要么干脆就是无期徒刑，一辈子都只能在监狱里了，和死了也没有多大区别；甚至于，她从来就没有这么个弟弟，行吗？唐宁国从来就没有存在过，一切记忆只是她臆想出来的——她才是那个精神病患者？父亲就只生了她一个独生女，就是这样，母亲死了，父亲也死了，严格上说，这世上唯一能证明唐宁国存在的就只剩下唐叶修了；反过来说，唯一能证明唐宁国不存在的也只剩下唐叶修了。

几天来，警方那边一点新进展也没有，和大多数失踪案件一样，唐宁国的失踪最终也会不管不顾吧。搬家后，唐叶修又去了张纯的美容院。张纯自然免不了安慰，她说基本情况马可君跟她说过一些，让唐叶修别想太多，要注意休息，努力让生活回到正轨上来，有些事情人是改变不了的，一切都是上天在安排，一个人该以什么样的方式来，又以什么样的方式离去。

张纯转而又说："阿君是个可靠的男人，部队转业后一直在镇上工作，前几年才调到海东城。三年前他和妻子离婚了，有个女儿，在读小学。你看你也老大不小了，如果没什么更合适的人选，是不是可以考虑下？当然了，我也是多嘴，随便问问，他那边呢，没什么要求。我们是老朋友了，他一直很敬重我，说实在的，我只是想撮合你们俩。你们都是好人，至少在我看来是这样的。你要是对他没感觉，就当我没说，当我臭嘴，乱说话。哈哈。”说完，张纯冲着唐叶修爽朗一笑。

唐叶修有些吃惊，她没想到张纯竟有这样的想法。她没说话，只是尴尬地笑着，不知道说什么好。当然，也正如张纯所说，她确实是好心，只是想做件好事。如果能成，唐叶修至少可以从弟弟失踪的阴影里走出来。然而，唐叶修从来没往这方面想过，至少目前没有，再说弟弟刚失踪，一个礼拜都不到，她不可能去想这么自私的事情。

马可君是没什么不好，至于离异，有女儿，唐叶修也不是不能接受，他们还同岁，都是1982年出生的，属狗。唐叶修对1982年出生的人有好感，无论男女。

晚上睡觉时，唐叶修失眠了，望着窗外摇曳的马尾松，她想起了警车上那只拼命点头的圣伯纳德陶瓷犬，觉得倒是可以利用马警官做点什么，如果有必要的话。读师范那三年，唐叶修曾暗恋过一位男老师，老师姓丁，教他们美术。像大多数女生对会弹吉他会画人物肖像的男生普遍缺乏免疫力一样，唐叶修的情感屏障也没有自己想象的牢固，只是她秘而不宣，把私密像小动物一样揣在怀中，从来不对任何人讲起，哪怕是一个表情或眼神的流露。在这点上，她确实做到了“喜怒不形于色”。毕业后，她试图说服自己，也算成功地说服了自己，那只是一段虚妄的梦幻之旅，一旦醒来，就什么都不会留下了。但是，那段经历还是给她留下了后遗症，至少让她开始意识到，喜欢一个人真的是一件很危险的事情。如果丁老师有意在某个繁星满空的夜晚邀她去海边漫步——师范学院刚好位于汕城海滨，出了校门几步就能看到海水沙滩——她心里即便是拒绝，身体也会挣脱禁锢，像只失控的木偶，随他而去的吧。这种无耻的假设好长一段时间让她对自身产生了厌恶感，不惜以极端的手法羞辱自己，比如用最为恶毒淫秽的词语自我辱骂，让她永远在男人面前羞于抬头。

唐叶修已经三十六岁了，女人到这个年龄，按理说早就练就了一身处变不惊的本领，尤其是在男人面前。当然，对于当年的极端想法，后来也有过和解，承认那是年少无知，不过总体上，她还是十分保守的女孩，像一朵夭折的花蕾，永远无法完全开放。内心隐秘的角落里，她也渴求有只手能伸过来把花蕾一瓣一瓣掰开，即便那是一个痛苦而缺乏美感的过程。这些年来，她孤僻的生活方式，让一般男人都不敢靠近，几乎不可能遇到能催生她心花怒放的人。与马可君的相遇不知算不算是阴错阳差的偶合，弟弟以失踪为代价促成了他们的相识，就算仅仅是坐上了他的副驾驶座，还有转身伸手的拉扯，在一般人看来再平常不过的举动，到了唐叶修心里，早已经越过了界限。她之所以还继续保持平静，只是因为面临着更为庞杂的事件，没有时间和余力，来料理内心的悸动。

张纯一席话算是间接挑明了他们之间的关系，不是唐叶修和张纯的关系，是唐叶修和马可君的关系。那么，只需要唐叶修再勇敢地前进一步，只要一小步，轻轻地，若无其事地捅破那层宣纸一般的隔阂，往后的风景就会大不一样。这谁也无法预料，谁又可以预料呢？即使唐叶修真的下定了决心，其实还有更为重要的目的——应该说这才是说服她下决心的动力。也就是说，一旦让马可君意识到了唐叶修的好意，他就不仅仅是一个警察的存在了。当然他还是警察，只是在面对唐宁国的失踪时，就不再是一个从精神病医院逃出来的陌生人，而是有了世俗关联的准亲人。没错，唐叶修正是带着这样自私的目的，或者说，目的之一吧，就算不是占了大部分，至少也该占有一半。

这个夜晚，即便什么都想清楚了，唐叶修还是不知道接下来该干什么，该怎样才能让马可君接收到那个隐秘的信号。这是个难题，对唐叶修而言，确实不容易办到。长期以来，她一直被动地生活着，哪怕是一个被动者，她也做得不够好，拿搬宿舍这件事情来说吧，别的老师，就算是那些刚入职的小姑娘，也懂得主动去找校长申请个三居室的大宿舍，几乎能把一家人都安排妥当。唐叶修作为有着十多年教龄的老教师，就算没什么突出的成绩，至少也具有申请大宿舍的资格啊，可她不但放弃了，连同搬宿舍的硬性规定也想抵抗，最后还得要领导三番两次出面请求。学校也算是头次遇到这样的怪胎，几乎拿她没办法。作为最后一个搬去新宿舍的老师，能供唐叶修选择的已经没得选择，只剩下狭窄阴暗的小房间。她也无所谓，只要有放张床的空间，只要房间里还流淌着空气，她都能接受。唐叶修就一个人，一人住好全家不露宿，完全不需要大房子，再说弟弟也失踪了，不会过来蹭吃蹭住了。

在唐叶修心里，差不多可以确定，弟弟已经死了，连杀害弟弟的凶手，她也能猜出来是谁。她现在只求马可君的帮助，也只有马可君能帮她，去翻开那盐埕之下的沙土，找出弟弟的尸体。

11

两天后，马可君联系唐叶修，让她去派出所一趟，有些事情，需要向她进一步了解。

马可君在电话里没有透露任何信息，这让唐叶修隐约有些担心。她觉得是个机会，她说，要不中午一起吃个饭吧。唐叶修说她不喜欢派出所压抑的氛围。唐叶修对派出所的排斥正是当年弟弟被捕时落下的心理阴影，倒也不是有意为难。

马可君犹豫了一下，答应了。

唐叶修在海边公路选了一家本城有名的海鲜餐厅，她提前到了，点了一桌海鲜，看架势像是要款待一帮人。她故意选在海边公路，主要是怕在马街，万一被张纯看见，有些不太好意思。大中午的海鲜城顾客不算多，大厅里除了几个老人就着一盘凤爪看报消磨时间，剩下的都是系着蓝色围裙的服务员，她们围在一起谈论某些事，时不时发出突然高涨又及时抑住的笑声。唐叶修坐在包间里等马可君，看着一桌陆续上来的海鲜正冒着热气，却没敢动一下筷子。窗口刚好对着公路，透过木麻黄树的缝隙能看见泊港的渔船，渔民们正在修补渔网或清洗船身。

此时阳光正烈，地上好像也在冒着热气，路过的摩托车看着都是扭曲的。照这样的天气看，很快就会有暴风雨了，也许海东城今年夏天的第一枚风球已经在海上酝酿了。是的，五月了——五月开始，海东城禁渔，到时码头会安静下来，所有渔船停港，渔民们进入休息期，除了躲过渔政出海钓鳗鱼，其余时间就只能在屋里打麻将了，当然了，政府有补贴，不至于饿死。禁渔三个月，这三个月里海东城的海鲜会贵得离谱。这么看来，唐叶修也算是趁着海鲜涨价之前，请马可君大吃一餐。

马可君到时，菜都有些凉了。他并没有开警车来，而是骑了一辆半旧的本田摩托车。唐叶修从窗户看见了，马可君特意换掉了一身警服，穿着短袖衬衣和深灰色的运动裤，头上还戴着笨重的头盔，一时没能认出来，等他敲门进屋，唐叶修才知道在窗外停摩托车的就是他。这一细微的错觉不算什么，唐叶修事后想起却感觉心里软酥酥的，像是又重新认识了马可君，一个不穿警服的马可君。

面对一桌海鲜，马可君有些发愣。他看着紧张兮兮的唐叶修，抓起筷子便吃了起来，“先吃吧。”他吃着蘸了芥末的小鱿鱼，含糊着说。看来他喜好这一口，在海东城住久了的人没有不喜好这一口的。

唐叶修有些放松下来，她还怨服务员把空调开得太低了。这下知道，是她紧张了，一旦放松下来，身体就自在了。她想着跟马可君尝试说点什么题外话，至少表面上跟案件无关的话。当然，话题最好涉及他们共同认识的人。

“听说你跟张姐认识很久了？”唐叶修没吃东西，双手捧着白色茶杯转圈。杯子里的茶水暖暖的，刚好能抚慰她最后一丝紧张。

“嗯，好几年了吧。”马可君又把一盘扇贝粉丝转到面前，“对了，三年了，比唐宁国出狱早一年。”

马可君表情诡异地看着唐叶修，有意把话题往案件上引，也可以理解，吃人家的嘴软，一个警察不和家属谈案件，便不太好意思吃了。

“你们是怎么认识的？”唐叶修故意不谈唐宁国。

“嗯，怎么说呢？三年前我调到海东城，在巡逻中队当巡警，经常路过张姐的美容院。张姐人比较好，总是招呼我喝茶，慢慢就熟了呗。后来……”马可君停顿了一下，“后来的事不知道张姐跟你说过没有？我不是离婚了嘛，好几年了，感情上出现了点问题，最后因为买房的事吵翻了。当时前妻在老家鹿西城，我要回了女儿，把她接到海东城，第一件事就得找个学校接纳她。刚好那时候，张姐帮了忙。所以，我还挺感激她的……”

“张姐是个好人，你也是个好人。谢谢你们，真的。”唐叶修突然有些感动。

“千万别这么说，我也是做我该做的事。你弟失踪的事我会继续跟下去的。当然了……我也希望你能跟我坦白，不要再隐瞒了。我知道你可能心里有顾虑，放心，我只是一名警察，是外地人，跟本地那些乱七八糟的人一点关系也没有……就算有关系，谁犯了法，照样抓人。”

马可君的话让唐叶修有些惊讶，不知道他是什么意思。她一脸疑惑地看着他。

马可君放下筷子，叹了口气，双手平放在白色的桌面布上，看起来他才像是那个正要坦白的人。他说：“我查阅了十年前的案子，唐宁国根本不是你所说的，是街头打群架误杀了人才坐的牢。他是蓄意谋杀，用的还是雷管，当时整辆商务车都被炸毁了，是吧？”

唐叶修低着头没再说话。马可君果真下了功夫，十年前的案子也被他翻出来了。是的，唐叶修是骗了他，那也不能说是骗，她只是避重就轻，不想把多年前的旧案和现在的事扯在一起。这是最初的想法，那时唐叶修还没意识到事情会这么严重，她以为弟弟在跟她闹脾气，躲着姐姐不见而已。后来她才知道，事情没那么简单，她犹豫着要不要把前因告诉马可君时，又神经质地对任何人产生了怀疑，尤其是他还不相信自己说的话。说不定马可君就是他们那边的人，就算不是那边的人，他一个小小的民警也是惹不起他们的。这么想来，唐叶修选择瞒住马可君，还隐约有些要保护他的意思，尤其是张纯跟她说了他的情况之后，她内心隐隐不忍，怕把他卷入这浑水。不过眼下，除了马可君，唐叶修似乎也找不到能依托的人了。

“没错，他确实是杀了人，无意也好，故意也好，他都为此付出了代价，不是吗？”唐叶修终于抬起头，目光正好与马可君对视，她又开始瑟瑟发抖。

“是吗？如果我没猜错的话，他当天要杀的人恐怕不是那个普普通通的司机，是另有其人吧。那辆商务车的主人可是唐雄。唐雄你应该不陌生，正是盐厂的老板，当然他现在更显眼的身份是海东城赫赫有名的房地产商，唐氏集团的董事长，最近他给你们学校捐建了科学馆。只是我有点想不明白，唐宁国为什么要杀唐雄，他们之间有什么仇恨大到需要用雷管炸车的地步？我希望你能跟我坦白，不要再瞒着我了。”

唐叶修的眼眶里已经蓄满了泪。

“马警官，你是一名警察，我不知道你怎么看待仇恨？也就是说，当有人犯了罪却没有得到应有的惩罚时，你如果是受害者，你会怎么办？你是沉默，还是会想办法报仇？我知道这样诘问一个代表着法律公正的警察，是有点过分，但是你也可以试着想想，如果你不是警察，只是一个普通老百姓呢？你没有权势，也没有足够多的钱，你的仇人却是有钱有势的大老板。傻瓜都知道，你不可能斗得过他，甚至连见上一面都难……

“我以为这是我的家事，所以不想让任何人知道。况且已经过去这么多年了，事实上在我这里，早就淡忘了，毕竟身为一个女人，不淡忘又能怎么样呢？我能为此去拼命吗？能像我弟那样拿着雷管去炸他的车吗？虽然最终炸死的是他的司机，他还是一根汗毛也伤不着。说实话，我至今都不太确定他长什么模样。二十年前，他带头打死我爸时，我才上初三，什么都不懂，只知道哭和浑身无休止地颤抖。那年，鸭屎礁的五房和三房为了争夺海东桥下的盐埕，发生了械斗事件。我爸作为校长被五房人推举为谈判人，他平时一直是族人眼中的乡贤，邻居啊叔伯啊同媳之间闹个矛盾，都会请我爸去做公亲，可是那次不太一样，事情闹得有些大，一时半会儿没办法收拾，我爸也勉为其难，但他没办法，像粒沙子一样被众人裹挟着往前走。房头之间的谈判是怎么进行的我不清楚，当时我不在场，只知道后来听人说，打起来了……

“事后我们姐弟俩才知道，我爸在那场械斗中被人敲了一铁钎，送去医院，没过海东大桥，就死了。他们都说打死我爸的就是唐雄，当年还是个年轻仔，充当三房的行头人。后来，你也知道了，唐雄顺利拿下了盐埕，当了盐厂的厂长。这些我不关心，作为鸭屎礁人，我跟那地方其实一点关系也没有，才不在乎那片盐埕到底应该属于谁。可是他杀了我爸啊！那是众目睽睽的事情。政府后来以息事宁人的姿态对械斗事件做了处理，法不责众嘛，也缺乏直接证据证明他杀了人，拘留一段时间，罚点钱就没事了。我爸就那样冤死了，政府出于人道主义，免去我们姐弟俩的求学费用，一直到师范毕业，再安排工作。这也是我为什么一毕业就能进海东城二中的原因，一般的师范毕业生，得先去乡下的小学历练几年，大多一辈子就走不了了，就像我爸，到死也没能走出鸭屎礁……

“我弟弟不像我，他并没有接受资助，他选择了辍学。那时他才十几岁，不过从眼神可以看出来，仇恨已经种植在他的心上了。那些年，弟弟染了一头绿发，纠结一帮社会上的朋友在街上混，是个让人讨厌的问题青年。我只能拼命读书，赶上了最后一批初中师范生的考试，并以高分考进了汕城师范学院，离开了海东城。刚踏进师范校园的那一天，我觉得踏进了另一个世界，至少走上了一条跟我弟完全不同的道路。我只能通过拼命学习来改变命运，也可以说是遗忘吧。我当时设想，等参加工作了，就把弟弟慢慢拉回自己身边，让他也和我一样，把仇恨忘掉，甚至，把死去的亲人也一并忘掉，就像一对鸵鸟，将头埋进土里生活——我们姐弟俩要像大街上任何一个海东城人那样，好好地过好这辈子……”

说完这些，唐叶修不知道该如何平复心情，她干脆趴在桌面上哭了起来。

12

马可君无法验证唐叶修说的是否就是当年的实情，他在所里找不到二十年前那场盐埕之争的案件资料，估计早就被抹洗干净了。如今，从原始材料上看，盐埕归属唐雄名下手续齐全，一点问题也没有，当年他通过正规的手段获得盐埕的承包权，几乎没有经过任何波折，就成了大片盐埕的主人，那是他财富之旅的起步。

盐埕作为海东地区最大的产盐场地，收益相当好，唐雄正是靠制盐捞到了人生第一桶金。现在看来，盐埕早就不仅仅是盐厂了，而是唐氏集团未来准备开发的海东开发区，这事几年前就在城里传开了。

凭直觉——马可君也和唐叶修一样，开始凭直觉了——他还是相信唐叶修所讲的，否则无法解释十年前唐宁国为什么要炸唐雄的车，那可不是一般街头小混混可以做出来的事情。据了解，街上混的人哪个不吃唐雄一口饭，就算不吃，也惧于唐老板的威望，哪敢动他一根手指头。唐宁国当年闯了禁区，搞出那么大祸，全城哗然，差点就被人做死了。马可君翻阅了当年的案卷，案发地点在马街，时间是中午，当时街头又没有监控探头，警方其实拿不出确凿的证据，是唐宁国自首认罪并交代了作案细节。当年为唐宁国辩护的律师姓严，后来很出名，他一直强调唐宁国是为父报仇，于情于理都应该得到宽恕，最终才让当事人免于死刑。唐宁国没死，在唐雄心头自然是个隐患，这么看来，唐宁国出狱后精神失常，是不是也跟唐雄有关？唐叶修说过，出狱后的唐宁国一直念叨着他们要把他埋在盐埕下，他们是不是指唐雄的人呢？这话虽是胡言乱语，如今前后一勾连，似乎真相就要大白了。

深夜，马可君还在所里徘徊不走。他急于联系唐叶修，想把自己的推测告知于她。马可君越来越相信唐叶修的直觉，也许正如唐叶修所言，唐宁国的尸体真的就埋在盐埕下面。打个比方，假设行凶者是唐雄——当然最大的可能是他指使人行凶——那么，尸体埋在哪里最能瞒天过海呢？就是自家盐埕，最危险的地方也最安全，海东城人谁也不敢在唐老板的地头没事找事，那几天的大雨，刚好又提供了最佳的掩埋时机——没有谁会怀疑盐埕下埋了尸体，除非那人和唐宁国一样精神不太正常。马可君激动得快要窒息了，一桩大案即将在手头告破。他转入刑警中队后，还真没像模像样破过一宗案子，何况案件还直指地产大亨唐雄——当然了，这也正是棘手的地方。马可君如果贸然以涉嫌杀害唐宁国的名义传唤唐雄，这事操作起来难度肯定很大，且不说他无法证明唐宁国现在是生是死，就算真的死了，仅凭他们两家多年前的恩怨，唐雄就算有作案嫌疑，作案动机也不充分啊——唐宁国都已经是个傻子了，一个傻子能干出什么事来呢？有必要杀人灭口吗？

除非真的能在盐埕里挖出唐宁国的尸体。

马可君给唐叶修打电话。唐叶修还没睡，从海边公路回来后，她就一直在等马可君的电话。马可君再三跟唐叶修确认，白天她说的是否是实情，如果是的话，唐宁国的失踪或者说被害就完全有可能跟唐雄有关，他就有充分的理由传唤调查唐雄，包括进盐埕找寻唐宁国的尸体。

大热的天，唐叶修激动得浑身发抖，她仿佛又看见弟弟在一群曝盐工中，回头冲着她笑。

“不过，我们现在走的是一步险棋，如果，我是说如果，不能在盐埕里找到你弟的尸体。这事就会很被动……你也知道唐雄的地位，十多年的人大代表，半个身子都搅进了官场，跟我们领导关系也很好，不是一般的生意人哪。”马可君压低声音说话，似乎有人正在墙外偷听。

唐叶修知道这事马可君确实冒着风险，要是真的不能找到弟弟的尸体，“被动”只是轻描淡写的说法，马可君能不能继续在海东城干警察，唐叶修能不能继续当老师，都还是个未知数。挂了电话，唐叶修还是睡不着，天气闷热得整个城市像是放在蒸笼里蒸，她脱光了所有衣物，坐在沙发上，面对着无声的电视发呆。

唐叶修能不能当老师倒无所谓。这些年来，她这个老师当得也不太称职，不能继续教书，甚至有可能在海东城待不下去，也不见得是一件坏事，至少给了她出走的勇气。她可以去更大的城市，就像当年父亲希望他们远离鸭屎礁跨过大桥来海东城一样，说到底父亲的目光还是短浅了，以为海东城就是大城市了。如果不是为了弟弟，唐叶修估计早就在这里待不下去了。她做梦都想离开。马可君可跟她不一样，他有一个还在读四年级的女儿，他要是在海东城当不了差，情况会比唐叶修严重得多。唐叶修是想利用马可君寻找弟弟，也不忍心因此害了他。

天气预报说两天后海东城即将迎来大风暴，敬请民众做好防御工作。

唐叶修看着电视荧屏下方滑过去的文字，那是闭路电视公司特意放出来的“市民提醒”，是给渔民和瓯船人（疍民）看的，好让他们提前把渔船开回避风港，拴好船体，上岸避风。尽管如此，每年夏天，一旦风暴来临，还是有船只失踪。风雨过后，渔民会请一帮师公在海边念经作法，敲锣打鼓，把冥钱撒向海面，超度亡魂。唐叶修从小在海东城读书，码头上见多了这种悲剧。此刻她却觉得暴风雨来得真是及时，由此心生一念，认为可以规避风险——也就是说，马可君不用着急向上级报告，他们完全可以趁着风雨，先潜入盐埕，找到了尸体，那样就不会如马可君所说的“被动”起来了。

这当然是个疯狂的想法。唐叶修不知道马可君敢不敢，敢不敢不仅是指有违一名警察的行为规范，让人发怵的是他们要寻找的还是一具尸体，还得在深夜进行，才能保证盐埕没人在场。

唐叶修犹豫了一会儿，给马可君发了一条信息，只有七个字：看天气预报了吗？

隔了好大一会儿，马可君才回复：我明白你的意思，再想想。

13

两天后，暴风雨并没有如期而至。

唐叶修把备好的工具都放在后备厢里，有雨衣、手电筒、崭新的锄头、铲子，以及沙耙、簸箕等，随时等着出发。暴风雨像是故意和他们作对，徘徊在海上迟迟不上岸。全城进入紧急戒备状态，码头上泊满了渔船，船杆上的红旗啪啪啪在风中摇摆，风倒是越来越大了。

他们特意沿着海边公路，从码头到海东大桥，一路观察，最后站在桥上俯望盐埕。曝盐工已经提前把新盐抢收完毕，盐卤水也全部引进了卤缸池。从高处看，一个个卤缸池就像是银色盐埕上的蓝色眼睛，正闪耀着暗光。没有曝盐工的盐埕看起来十分空荡，而他们竟然想要在这片上百亩的滩涂地上寻找一具被掩埋起来的尸体，就算不是疯掉了，也是傻掉了。唐叶修有寻找亲人的力量在支撑着，马可君呢？难道说是爱情的力量吗？他不太清楚，他心里绞着几股力量，既有爱情的冲动，也有破案的动力，更有对房地产商的痛恨，如若不是他们炒作房价，把房价哄抬得那么高，他也不会因买房的事闹得离了婚。

他们站在桥上，分明感受到风暴已经提前在他们身体里来临了。

在桥头分开时，马可君说：“台风晚上就要登陆了，记得不要再穿高跟皮鞋了。”

唐叶修腼然一笑，她突然叫住了马可君。

“要不，晚上就不回去了吧，我们去开个房……”

唐叶修说到开个房时，明显感觉到心里的震荡，脸颊瞬间也热辣辣的。她还从来没这么主动过，这简直是疯了，比弟弟唐宁国还要严重。不过，话刚脱口，她却心有期盼，两情相悦也好，一厢情愿做出补偿也罢，她愿意在这个激越的夜晚把身体的初夜献出去。马可君也接收到了一个成熟女人的信号，单纯考虑警民关系，他万不可让这样的事情发生，或即将发生，然而事情已经走到了这一步，等同于和唐叶修上了同一条贼船，也就无所顾忌了。

马可君尴尬一笑：“我得先回学校接女儿。”

唐叶修点点头：“那我等你。”

等待天黑成了漫长的过程。唐叶修在附近的酒店开好房间，她故意挑了最顶楼，窗户刚好面向盐埕的方向，隐约能看见里面的情况，大风把木麻黄树梢压了下去，像是一排人正被强行压下头颅。傍晚五点多，天迅速阴沉了下来，黑压压的云层开始从海的方向翻滚到海东城上空。唐叶修站在窗边，看着天地一点点暗下来——正如马可君所料，风暴即将来临。唐叶修又开始紧张起来，她现在的紧张不仅来自策划好的行动，还有身体即将袒露在一个男人面前的兴奋。后者无耻的兴奋瞬间让她羞愧难当，她真想逃离这个房间，又觉得是万万做不到的事情。她提前洗了个澡，重新把衣服穿上。她坐在床上试了试床垫的弹性，立马又站起来照镜子，镜子中的人仿佛是另一个陌生人，存在于房间内，只为了窥视她内心的羞耻。

马可君到来时，天完全黑了。他打包上来一份粿条汤，说他已经吃过了。

“你女儿呢？”唐叶修问。

“我把她送到张姐那儿去了，我骗她有事要外出。没事，她和张姐比我还亲。”

“哦，我还不知道她长什么样呢。”唐叶修说。

“以后会认识的，你会喜欢她的，她也会喜欢你的。”马可君站在一边笑着，看得出来，他也很紧张，故意以各种动作掩饰。他朝窗口张望，窗外除了海东大桥晦暗的路灯，其他几乎都湮没在漫无边际的黑暗当中。风呼呼叫着，只听其声，不见其影。“再等等，等下雨了，风就会被雨压下来，到时风小了，我们就出发。”说完他拉了一张椅子坐了下来，掏出烟来抽。烟壳子扁扁的，没剩下几根了。

“你怕不怕？”唐叶修突然问。

“怕什么？”马可君反问。

"尸体啊。"

"我什么尸体没见过。"

"我见过我妈的尸体，也见过我爸的尸体，现在要见的是我弟的尸体……"

"先别想太多。你还记得你弟告诉你的位置吗？"

"记得，他说了，他们想把他埋在水闸边。"

"也只能听他的了，先找到水闸再说。"

唐叶修吃好粿条汤，暗自吸了口气，对马可君说："你去洗个澡吧。"声音很小，不过房间也很小，马可君听得很清楚。他正在抽第二根烟，"你放心，唐老师，只要你对小惟好，我就会对你好。"说完又感觉说错了话，慌乱起身，跌撞着进了洗浴室，身后的椅子差点被带倒在地。

马可君出来时，唐叶修已经钻在被窝里了。马可君还想再抽根烟，又觉得不合适。他来到床边，看见唐叶修都把胸罩脱了放在床头柜上了。马可君正抬手解开衬衣的纽扣，唐叶修迅速从被窝里伸出手，关掉了床头灯。马可君站在黑暗中脱衣服，早知道他洗了澡就不用把衣服穿上了，他有点恍惚，有那么一会儿，并不知道自己身处何地欲干何事。风把窗户拍得啪啪响，雨已经开始下了，还不是很大，没能压住台风。风其实也不大，这时候的台风更多是铺垫性质的，意在告知海东城人民，风季已经到来，往后得时刻做好准备，迎接更为强悍的风暴。

唐叶修在性爱方面确实毫无经验，她完全像只小鸟一样蜷缩在马可君怀里，双手还习惯性地曲在胸前保护双乳。两人的身体都在冒着热气，汗珠沁湿了裹住他们的白色被单。房间里分明很暗，他们又似乎能感觉微光正从被窝里升起，彼此能看清面孔，甚至看得见各自呼出来的空气的形状。

“你真的喜欢我吗？”唐叶修问马可君。

马可君臀部的节奏越来越快，“喜欢，”他气喘着说，“第一天见了就喜欢。”

14

雨大了起来，以至于窗外只听得见雨声，没有了风声。

唐叶修开车，马可君坐副驾驶座，雨水像泡沫一样把前挡风玻璃挡住了。路上不见一辆车，积水大概有一拃那么深。唐叶修完全凭感觉在往前开，幸好几年前唐雄捐资修建的海边公路还算笔直平坦。几分钟后，他们终于到达海东桥头。他们预先把雨衣穿好，马可君下车去后备厢拿工具，唐叶修提着手电筒，两人一前一后下了坡道，照之前走过的路径，一步步艰难地朝盐埕走去。夜路当然不好走，况且还下着大雨，周围漆黑一片，只有手电筒的光束照到的地方，才看清雨点噼里啪啦打在草木上，耳中充斥着的尽是哗啦啦的声响。

其间，他们各自都摔了一跤，不过问题不大，厚实的雨衣充当起了屏障。人躲在雨衣里，就像躲在房间里一样，如果没有这身连体雨衣，人赤裸裸在天地间，感觉就会完全不一样。雨水打在雨衣上发出噗噗的声响，除了眼镜不时被溅进来的雨点弄模糊了，唐叶修感觉整个身体都隐藏在了雨衣里，她甚至有点肆无忌惮地往前蹚，逢沟过沟，逢水过水，仿佛身上穿的不是雨衣，是一身盔甲。

马可君走在前面，他在盐厂棚寮屋前停了下来。屋里灯火全无，工人们肯定都撤回家中了。马可君确认屋里没人，才领着唐叶修继续往前走，进了平坦之地后，天地间有了微光，那既是桥上的路灯照下来的，也是盐埕上返照起来的幽暗的银光。在一片微光里，仿佛能清晰地看见雨水落下的形状，就像千万的丝状物体，大网一样挂在广阔的天地之间，看起来不但壮观，还有一种难以名状的美感。

唐叶修站着都看呆了。海东大桥像是一座彩虹横跨在眼前，路灯微弱，为大桥画出了轮廓，雨帘就是从大桥上披挂而下，落在跟前的盐埕里。盐埕修了通畅的排水，几乎不见积水，依然泛着银光，雨水像是击打在宽阔的镜面上。唐叶修故意站在梦里能见的位置，引水入埕的水闸就在身边，顺着目光往前看去，正是一块长方形的盐埕——是的，唐宁国就是在那儿回头的——唐叶修抬手指着前方，仿佛此刻弟弟又出现在了眼前。

唐叶修朝马可君喊："就是那儿。"

马可君双手抱着工具，开始顺着唐叶修指的方向蹚过去。他差点一头栽进卤水池里，池面被工人们盖起一层三色纸，还铺了层树芼。马可君绕过卤水池，站在了唐叶修指定的位置，举手晃了几下。唐叶修这才记得要把手电筒照过去。马可君开始抡起锄头往下挖，盐埕除了面上一层结晶比较硬之外，再往下就基本都是滩涂泥，不用费多大的劲。

唐叶修不敢站得太近，她拿手电筒的手一直在抖，实际上趁着微光，也可以不需要手电筒。不过那样会看不清楚挖到了什么，翻出来的泥土黑黝黝的，完全跟面上的颜色不一样。唐叶修只能照着马可君的吩咐，把手电筒对准坑里照。这样一来，她的目光也必须盯着坑里看。这是个极大的考验，唐叶修既想看见尸体，又不想真的看见。

过了一会儿，马可君似乎想起了什么，他放下手中的锄头，走到唐叶修面前，把手机递给她，"差点忘了，我们得把全程录下来。"唐叶修只好一手拿手电筒，一手拿手机，为了防止手机被雨淋湿，她特意猫下腰，半蹲在埕地上。

雨开始小了些，雨一小，风又大了，大风刮过海东大桥的涵洞，呼呼地发出怪叫。唐叶修有些害怕，她问马可君，挖到没有？马可君不作声，看样子已经进入亢奋状态。他把罩在头上的雨衣帽子也揭开了，雨水直接浇在他略微秃顶的头上，全湿了，脸上也挂满了雨滴。他大声喘着气，坑越挖越深，每一锄头下去，都像是一拳头砸在奶酪上面，发出沉闷的声响，一直到砰的一声，锄头像是碰到了什么，显然不再是泥土。马可君谨慎地停下来，改用铲子把撒在周边的泥土铲开，他甚至俯下身去，用手去扒开坑里的淤泥。

“是什么？”唐叶修急切地问道。

“不知道。”马可君说，“好像是石头，奇怪，滩涂地里一般不会有石头。”

马可君把从坑里捡出的石块扔到一边，那确实是一块石头，乌黑，像是碾压盐埕的米攀石。马可君舒了口气，他立起身子，朝桥上望了一眼，又看了一眼唐叶修，问：“你确定就是这个位置？”

唐叶修说：“斜对着水闸，应该没错。”

马可君继续拿起锄头，他已经没有了力气，雨水早顺着领子浇湿了身体。

接着又是一声闷响，这声闷响不像是砸在泥土上，也不像是石头，倒像是砸到木头上了。两人再一次定住了。马可君顺势抬起锄头，见锄刃带出了一根木棍模样的东西。马可君抓下来一看，瞬间把它扔开了。他显然吓了一跳。

“是什么？”唐叶修差点惊叫起来。

“好像是人骨。”

唐叶修“啊”的一声尖叫，她别过脸去，不敢看。马可君叫她把手电筒挪过去，她只好照做，不过把眼睛闭上了。

“真的是我弟的尸体吗？”唐叶修哭着问。

马可君大半会儿不说话，他趴下身子，用簸箕把坑里的泥土和积水往外戽。他又从坑里摸出了一块人骨，是髋关节骨，可以确定是人的骨头了。他终于跌坐在一边，说：“都已经白骨化了，不可能是唐宁国的。”

唐叶修这才慢慢睁开眼，她看见马可君坐在边上，浑身都是泥水。盐埕上放着几根柴火一样的东西，肉眼完全看不出来是人的骨头。

“报警吧。”马可君有气无力地说。

他似乎忘了自己就是警察。

第二章　陌生人来自外乡

1

马可君决定去鸭屎礁打听一个姓孔的陌生人。

这天正好是码头开港的日子，从五月开始，禁渔三个月了，所有渔船都拴在浅澳歇了三个月。终于等来解禁的通知，于是敲锣打鼓，在妈祖庙前摆席祭祀，舞狮弄虎，一挂长鞭炮悬在旗杆之上，长达几分钟的噼里啪啦，所有渔船竞相驶出海港，桅杆上新换的旗帜迎着风，像极了无数大鸟翻飞的翅膀。

马可君站在海东大桥上，刚好目睹了这壮观的一幕。来海东城三年了，作为外乡人，他还是头一回看见这么隆重的出海盛况。虽然距离相隔有些远，不过八月的天气很好，台风刚过，把天空打扫得一片澄清，目之所及，都是毫无阻隔的瓦蓝。马可君还能看见鸽群在小城的上空盘旋，它们以码头为飞行的界限，从不敢越过码头去往海面……这会儿从远处看，倒像是一群侦察无人机，隐约能听见鸽响。目光收回，桥底下的银色盐埕像是一面镜子，在阳光下泛着白光，亮得无法直视。

摩托车的启动杆踩到第五下，才终于把火点着。这辆本田摩托已经跟了马可君三年，刚来海东城没多久，他就在马街一间旧车铺买了，大毛病没有，小毛病一大堆——只要熄火超过十分钟，重新启动就得费老大劲。修车师傅说一辆摩托如果经常性“冷机”，要么是化油器不好，要么就是烧过机油。马可君暂时还没有多余的精力能花在一辆破车上。

过了海东大桥，天地一下变得狭窄，如人一头扎下溪沟，眼前除了一条单车道的水泥路和随之延伸至深处的桉树林，再也见不到它们之外的事物。马可君第一次往这个方向来，在他的印象里，以海东大桥为界，桥的北面是他生活工作的小城，桥之外的世界，不会和他有任何关系——即便是在此之前，具体是三个月以前，他还是一名警察，也没觉得有一天会跨过大桥深入这片荒僻的腹地。

一个地方的民风有时候真是顽固，就像这里裹挟着咸涩味的空气让马可君很快就患上过敏性鼻炎一样，不习惯也好，讨厌也好，就是拿它没办法——城里人有个什么事只要不涉及人命，尚且都不麻烦警察，尽量私了，何况是城外豆子般大小的渔村，就是死了人，如若不是把事情闹大了，警察也会睁只眼闭只眼，能不出警尽量不出警，宗族间的势力自会平衡……印象中，三年来，马可君就没见警车驶过海东大桥，自己没有，他的那些同事也不会有；现在更不会有了——三个月前，他捅了娄子，被停职检查，弄不好还得离开警队。领导一脸严肃告诫他，最好在家里好好待着，乜事也不要理，等风头一过，兴许能躲过去。

马可君还是不听劝，在家里待不住。

桉树在海东城泛滥成灾是近几年的事情，这种会脱皮可造纸的树木，看起来像是一个人的脸部得了白癜风。眼前的水泥路在桉树林里延伸了好几里，路还算笔直，是新修的，因为树木遮天蔽日，使之像是看不到尽头的漫漫旅途。摩托车的轰鸣声响在树林里显然被放大数倍，那些快速移动的树木背后似乎随时都可能闪出可怖的身影。马可君开始有些紧张，这是生理上的反应，心理上他还不至于，毕竟也是行伍出身。

出了桉树林，摆在眼前的是个岔路口，继续向前是沙坝，望得见海水蔚蓝，沙坝上零星长着木麻黄，树下是成片翠绿的马鞍藤，这种海边常见的藤蔓植物繁殖力旺盛，几乎铺盖了整条海岸线，夏天会开出粉红色的喇叭形状的花朵。

马可君在路口右转，抬眼就看见鸭屎礁错落的瓦屋了，车子停在村口的榕树下，下去绕了一圈，拿出烟来抽。这是他见过的最大的榕树，刚经历过台风，枝叶有些残缺。他还发现，大树是由两种不同品种的榕树合抱长成，南面的是细叶榕，叶子暗黑，根须垂挂在地上；北边则是阔叶榕，枝叶朝上，色泽比较明亮。

从马可君面向的方向望去，刚好就是鸭屎礁牙齿般排列的巷口，除了几个小孩在追逐玩耍，不见大人的身影，连老人也没有。也许是来的时间不对，午饭时刻，村里未见炊烟，隐约能闻到海鱼熬汤再撒了把九层塔的香味。马可君有些饿了，早上送女儿去培训班，多买一份早餐都没舍得。路过张纯的美容院，他是想进去坐会儿，张纯肯定做好了早餐，以前干巡警时就没少吃她煮的海鲜粥，鳗鱼加海虾和过了油的鱿鱼干，舀一调羹葱花油，撒几片芫荽，一口气能吃三碗，连舌头都差点吞掉。

2

此刻在鸭屎礁的榕树下，马可君望着静穆的村庄，却能听见肚子在咕咕地叫。

目之所及，鸭屎礁作为早期瓯船人上岸喘息聚居的渔村，面积可不小，连远在桥下的盐埕都属于它的地界，否则也不可能酿出骇人的悲剧。如今村里只剩下残旧的瓦屋，曾经的繁华也好，鸡犬相闻也好，都已经跟多年后的凋零气氛无关了。

从结构上看，村子被一片鱼塘一分为二，鱼塘狭长，更像是一脉溪水，中间架起两座石头桥，供人过往。马可君事先探听过，溪水这边住的是五房，对面则是三房，一脉相承。数百年前，三房和五房就是亲兄弟，其他房头，要么年幼夭折，要么远走他乡，浮桴海外。总之，剩下的两个房头，一直住在鸭屎礁，世代繁衍，同姓同宗，拜的是同一座祠堂，祠堂的门斗石上，常年贴着的对联是“帝尧启绪，唐叔振封”。

问题是，既然鸭屎礁都姓唐，马可君来打听一个姓孔的陌生人，常理上说不通啊。更何况，马可君曾在户籍部仔细核查过，不但鸭屎礁没人姓孔，而且整个海东城以及周边的村落都没有孔姓族人，或曾经有孔姓人居住过。

马可君朝巷子深处走，凭感觉，这儿没剩下几户人家了，废弃的院落大多已经坍塌，长满了白茅草和芒花。巷道上坑坑洼洼，一不小心就能踩到小孩或猫狗的屎尿。马可君缓慢地走在巷子里，以一个陌生人的身份扮演闯入者，他得找一个到来的借口，否则很有可能被当作不善之客。

阳光从屋头的飞檐照下来，只照到巷子一半。马可君贴着阴影的位置走，牛筋草好几次差点把他绊倒。接近巷尾时，见一户人家敞开门楼，皴裂的柴门上刷着“神荼郁垒”四个红色大字，漆已经掉得差不多了，露出打底的柴褐色。百香果茂盛的藤蔓像是为门楼披上了外衣，圆润的果子顺着藤子挂满屋檐，檐下的碓臼里放着几颗洗好的番茨。这里显然还住着人家，天井打扫得很干净，人字形的竹架子上晒着鱿鱼和河豚，在日头里，散发出阵阵腥臭。

马可君走进门楼，站住，没敢进一步往天井走，怕有狗。在乡下，狗都没拴，冲出来直接就会往陌生人身上咬。马可君记得有一回出警，去郊外抓赌，人还没进屋，就被大大小小五六条土狗给赶回了警车，枪都差点开了。

“有人在吗？”马可君站在门楼问。

出来一个小女孩，端着一碗白饭，上面搁着一条吃了一半的红衫鱼。

“你找谁？”小女孩看着马可君，两只眼睛湖水一样清澈。

“你家大人在吗？”

“阿公，有人找。”小女孩干脆蹲在门槛上，继续吃。

马可君下了台阶，来到天井，头顶上的天空变成了正四方形，阳光斜照进来，空中一朵云也没有，感觉像是站在一个盒子的中央，阳光就像一束强烈的探照灯。老人从厅堂里走了出来，他正用袖子擦嘴，颌下不长的胡须上还沾着饭粒。

“你是……”老人眯起眼睛，朝前走了一步。

“我是城里来的，想了解下村里的情况……”马可君含糊其词。

“哦，您是政府的人？”老人立马侧过身子，让马可君进屋。

马可君没说话，径直进了厅堂，光线突然暗了下来。有那么一会儿，马可君看不见任何东西，只感觉屋里黑麻麻一片，眼前闪烁着被阳光照射后的星星点点，待他大概能看清屋里的物件时，老人已经坐在茶几边上为客人冲茶了。海东城人家里都备有陶瓷茶具，只是这家子的茶具看起来不像经常使用，老人摩挲半会儿才把它们凑齐，并找出藏在抽屉底下的半包茶叶，窸窸窣窣打开，隐约能闻到潮霉味。

屋里杂乱得让马可君不知道往哪儿看好，不是没收拾，是东西太多了，叠堆在一起，有一种压迫感。对面墙上挂着数串用绳索穿起的河豚干，海东人把河豚称作乖鱼，除了喜欢吃新鲜的，还喜欢晒干了吃，也都知道有毒，却又经不住诱惑，掌握了一套处理的办法，照吃不误，没听说有人吃乖鱼吃出事的，大概也是乖鱼种类多样，他们一般只吃毒性不强的粉乖和鲈豚乖，春季产卵期肥美花乖是不敢吃的。马可君都不敢吃，不是怕死，是不喜欢乖鱼的样子，青黄色的带刺的胶质皮肤看着就有一种黏糊糊的恶心感。

老人一边冲茶，一边嘱咐小女孩吃饱了收拾碗筷。

“我孙女，六岁了。”老人面向马可君，他冲好了茶，正把其中一杯推到客人面前。

马可君没喝，天气太热，茶也烫。

“她爸妈呢？”

“他们在海东城打工，海边公路的锦明餐厅，晚上才回来。”

马可君记起来了，那正是三个月前唐叶修请他吃海鲜的地方。大堂那几个围在一起说话的服务员当中，其中有一个应该就是眼前这个小女孩的母亲。

“生活还好吧?！”马可君故意做出严肃的姿态。

“唉，怎么说呢？同志，我们渔民，饿不死人，但这日子也越来越难了啊，海里就那么些鱼，你看现在东宫码头的渔船有多少，没一百条，也有八十了吧，它们一出港，就没有我们这些小渔民什么事了——也就是禁渔时，偷偷在浅海打点小鱼小虾，拉到城里摆地摊，可以赚点钱。这会儿一开港，地摊也摆不成啰。”

“老人家您怎么称呼啊？”

“叫我金伯就行，”老人摆摆手，“这个村上的人都这么叫我。”

“金伯，咱们鸭屎礁现在有多少户人家啊？看样子好像不多了，刚才进村都没遇见几个人。”马可君掏出香烟，给金伯递上一根。

金伯接过烟，立马有些兴奋地说：“不多了，这些年走得凶，大都搬去海东城，年轻人都待不住啊。我们这边凑合还有几户人家，那边就没有了。”

“那边是指三房吗？”马可君问。

金伯有些诧异地说：“您对我们鸭屎礁还是挺了解的嘛。”

马可君笑着说：“听我女朋友说的，她就是你们鸭屎礁人，叫唐叶修。”

“唐叶修？唉，老了，年青一代大多不认识了，见了面他们也不打招呼。”

“她爸以前是鸭屎礁小学的校长，您应该认识。”马可君故意继续提醒，在他看来，既然都是五房人，肯定就是友好的。

“哦……我是认识，唐世伟嘛，他是我们鸭屎礁的才子，不过……”金伯欲言又止。

“听说二十年前就去世了。”

“是，想一想，是有二十年了。世伟可惜了，死得太早了，死的时候才五十多岁，我记得他比我大两岁，我今年七十一了。”金伯叹了口气说，“80年代初，政府提倡社青参考，鸭屎礁就世伟和我两个名额，最后世伟当了老师，我就没那福分啰。世伟确实有才，一本唐诗集一天能背下来一半，汤头歌也能当歌谣一样唱。不过聪明反被聪明误，后来他妻子就是喝错药死的，药还是他自己开的。人们都怀疑他精神有些不正常了，尤其是三房人，老拿他开玩笑，背后说他闲话。我们五房就这么一个才子，搞臭世伟不等于搞臭我们五房嘛……”

马可君故意站了起来，绕着屋里走了一圈，像是真想了解些什么实际情况。他在大门边上停下脚步，小女孩就坐在脏得发黑的门槛石上吃饭，碗里的红衫鱼只剩下一副整齐的骨架了，一只苍蝇不离不弃地叮在上面。

“小朋友几岁了，读书没有啊？”马可君弯下身子问。小女孩看着他，摇摇头。看样子她还没到读书年龄，也没有像海东城的孩子那样被送进幼儿园。小女孩一脸哀怨地看了老人一眼，嘟着嘴说：“阿公不肯。”

“太远了，过桥读个幼儿园，谁去接送啊？你妈妈那么晚才回家，走丢了怎么办，前不久丢了的那个小孩，你在手机上没看见啊，肯定是被外省人用麻袋套去卖器官了……”

老人明显在吓唬小女孩，她果然又低下头，默默吃饭，米饭早凉了。

“你看你饭一口都没吃，你妈妈回来我叫她打你。”老人转而对马可君说，“现在的小孩，都不听话，整天就知道玩手机。”

马可君笑着附和：“我女儿也这样。”

老人说：“城里孩子肯定要乖些，说话能听，不用动手打吧。”

马可君没搭话。他有时还真希望能动手打，女儿倒也不是不听话，就是开始懂事了，知道离婚是怎么回事了。马可君和前妻离婚时，女儿还小，现在她开始羡慕别人家有妈妈，却又反感爸爸交女朋友。马可君都没怎么敢在女儿面前提及唐叶修。唐叶修也是敏感的女人，最近一段时间，她老是做噩梦，便趁着暑假，说是去外面走一走，散散心。马可君知道唐叶修已经在刻意避着他，虽然还没提分手，至少已经有了处不下去的意思。马可君知道这样下去不是办法，他一个大男人，有能力侦破案子，却处理不好女友和女儿之间的关系。

“村里没幼儿园吗？”话刚出口，马可君就觉得有点傻。

“自从世伟去世后，鸭屎礁连学校都撤并了，得去隔壁村读，不过大多人都把孩子送到海东城去。当年有人笑话世伟把两个孩子都往城里送，翘楚得很，现在倒好，家家户户都那样送了。”

“听说唐世伟的死不简单。”马可君故意随口一问。

“多年前的事了，海东人都知道……”金伯特意看了马可君一眼，眼神却在瞬间塌了下来，“唉，恩恩怨怨，就不再说了。人都会死，早死晚死还不是一样要死，过几年，等我们这一辈人都死干净了，以前的事就不用再计较了，也没人计较了。您是同志，您说人生短短几十年，是不是这样子哪，何必呢……”

3

三个月前，也就是马可君和唐叶修冒雨从盐埕里挖出白骨的那天深夜起，马可君的人生轨迹就发生突如其来的转折——或者说，早在此之前，他答应了唐叶修的冒险计划，并且在行动之前与唐叶修发生了关系，事情就已经注定了。不过，他万万没有想到，他们当真会挖出一具白骨，本来他心里一直有疑惑，唐叶修刚怀疑弟弟的尸首就埋在盐埕下时，马可君只当是她焦虑过度胡思乱想，并没有当真，之所以会答应去干那样的蠢事，说到底还是被情感蒙蔽了理智冲昏了头脑，否则真有点解释不通。

唐叶修言之凿凿，像是亲眼看见了整个埋尸过程，连方位都能清楚地指出来。这让身处现场的马可君倒吸了一口凉气，挖掘过程中，他浑身战栗，不是因为风雨刮得生冷，确实是心里发怵，有种预感，他可能真的会挖出什么东西来，保不准，唐宁国的尸体就被埋在盐埕之下。他当警察十多年了，虽然没破过什么像样的案子，但离奇残酷的案情和案发现场，也是见过不少。要是真的挖出了唐宁国的尸体，他除了惊诧，其实也应该暗自感到高兴，毕竟一切都应验了，失踪案变成了谋杀埋尸案，还是同一个案子，也算是在侦破上有了突破性的进展，是值得高兴和表彰的事情。

然而，马可君挖出来的却是一具白骨，唐宁国那时失踪才一个礼拜，真死了也不可能那么快白骨化。挖出来的又是谁呢？不知道。一个案子变成了两个案子，也就是说，一个小案扯出一桩大案、无头案……马可君当即昏了头，不知如何是好。面对那几根黑乎乎沾着泥水的枯枝一样的骨殖，他甚至产生了幻觉，继而推演整片盐埕地只要轻轻掘开那层脆硬的结晶盐，底下就都是横七竖八的骨殖，就仿佛某个战时留下的万人坑遗址。这么一想，他浑身竖起了寒毛，趔趄着后退几步，雨衣的头遮耷拉在脑后，雨水和风直接甩在他的脸皮和略秃的头顶上。他一点感觉也没有，脑里如被发烫的软糖黏住，撕扯不开，也思想不出妥当的处理办法。

马可君几乎无意识地说："报警吧。"

他不像是对谁说的，更像是自言自语。当他看见唐叶修哆哆嗦嗦真要拨出报警电话时，突然又激灵一下清醒了起来，别急别急，他想，同时制止了唐叶修。他站在雨中沉思了一会儿，立马手脚灵敏地把地上散落的工具收拾妥当，示意唐叶修马上离开现场，并再三确保没有落下任何不属于盐埕的物件。骨殖倒是还在原地放着，经过雨水的冲刷，是隐约能看出骨头的样子了，白惨惨的，大概是经过盐水浸泡的缘故，竟有一种区别埋于土里的晶莹剔透感。马可君和唐叶修都不敢再多看它们一眼，丢下它们，便脚步匆忙地离开了。

马可君先是把唐叶修送回学校。那时候他已经完全清醒了，他首先得保证唐叶修的安全，至少不要过多地牵扯进这突如其来的案情里，盐埕的骨殖跟唐宁国的失踪如果说有关系，也不可能是直接的关系了。马可君愿意独自把这个他们共同捅下的娄子承担下来，他知道骨殖既然是在盐埕找到的，势必就会牵连到盐埕背后的主子，这里面的关系错综复杂，不是他一个小民警可以驾驭的。所以，他其实也留了一手，不让唐叶修报警，就是害怕案情公开化，到时所有与之相关的人都会被推到舞台中央，任凭谁的魄力再大，也没了台阶可以下。为此，马可君决定私自找领导汇报，他不得不站在深夜空无一人的马街上，颤巍巍地拨通领导的号码。

领导的惊愕可想而知——毕竟也是领导，当晚他亲自指挥，调兵遣将，争分夺秒地处理好现场。马可君和同事们一夜未眠，等他们把骨殖挖掘干净，并恢复如初地把盐土填上时，风雨正好停了，斜着往海东大桥的方向张望，能感觉到曙光正从桥的背后透过来，仿佛海东城的黎明正是从一座桥体开始的。马可君望着水闸边上的盐埕，那一整片，因为重新被灌上了盐卤水，不知情的人，是看不出那儿曾发生过什么可怖的事情的。

事后，马可君被放了几天假，当他重回所里上班时，就能明显地感觉到领导的淡漠和同事们异样的眼光了。他没往心里去，该干什么干什么，还故意和同事悄声问起盐埕骨殖案的进展，以及骨殖的检验报告。同事们自然都对他讳莫如深，哼哼哈哈的——三岁小孩都知道这里面肯定有猫腻。很快，马可君就被领导找去谈话，明确告知他跟骨殖案无关，让他不要再插手，至于唐宁国的失踪案，也移交给了同事处理。马可君心里一阵发凛，让他不管盐埕的骨殖案，他可以接受，他也巴不得，虽然那是自个儿扒出来的案子。但是，唐宁国的案子也不让他管，他脸上有些挂不住，凭什么呢？他担心的不是案子本身，而是一时之间，他成了一个事不关己的人，这是一个充满危险的信号，让他有了危机感。马可君甚至当场跟领导拍了桌子，事后他也十分后悔，既然拍了，干脆就和盘托出，他声称唐宁国的案子他要管，盐埕的骨殖案他也有知情权，暂且不管这两个案子有没有关联，就凭他马可君是第一个发现的，就不应该把他支开。

半个月后，马可君却等来了更为严厉的惩罚，他涉嫌违规，被停职检查，好在还留了最后一道防线，只是内部处理，并未通报张扬。马可君没想到事情会这么严重，这是他事先没有想到的，整个过程他似乎并没有违法犯错，私自挖掘盐埕，算是贸然，却也挖出了东西啊。马可君还是低估了同事们的侦查能力，他被告知违规的理由是在查案期间接受家属的宴请和性贿赂，他们竟然还调出了旅馆的监控录像，能清楚地看见唐叶修和马可君前后进入同一间包房……马可君百口莫辩，当真犯了错，理应受到处罚，就算不处罚，如若他和唐叶修是正当的男女朋友关系，案子涉及唐叶修一家和唐雄的仇怨，作为唐叶修的男友，他也应该避嫌。马可君没办法，只能任人摆布，他怀疑这里面可能是精心设计好的圈套，只是作为局中人，暂时还理不清圈套到底该从哪儿解起。

马可君只好求助于张纯。

张纯虽说是马街一家美容院的老板兼海东城二中的在编教师，背后的关系在海东城却可以通天，还没等马可君开口，她就知道最近都发生了些什么事，什么盐埕挖出多年的骨殖，以及马可君牵连其中，被内部停了职。张纯倒是没怎么责备马可君，他愿意为唐叶修铤而走险，想必两人的关系也在警民的基础上更进了一步，这不正是她所期盼的嘛，她确实觉得这是绝好的一对人儿，不走到一起会让人可惜。同时，张纯也意识到事件的严重性，案件涉及唐雄，作为海东城有名的富商，他黑白都有道儿，不好对付。张纯跟唐雄也算认识，更多只是生意人之间的场面客套。张纯劝马可君能算还是算了，失踪的唐宁国也不用找了，十有八九是找不着了，只要他和唐叶修相爱，就好好在海东城生活，过过小日子得了，别没事惹火上身。

话虽这么说，张纯还是通过隐秘的关系，为马可君打听到了一些消息。据检验报告比对得知，盐埕骨殖的主人并非本地人，似乎姓孔，都失踪二十年了。海东城警方最后定论死者系跳海自杀，溺水身亡。这倒也合情合理，欺瞒得过，早在二十年前，海东大桥下还不全是盐埕，多半是深暗色的海湾和滩涂，深藏个尸首也是正常的事情。

马可君也试图接受这样的结论，只是几个月来，他一直睡不着觉，双眼一闭上，立马就浮现一个模糊的身影，看不清楚，如通过一具骨殖难以辨别某个身形，却可以肯定，那就是他，一个完全陌生的，消失二十年的，注定和马可君脱不了干系的人——至少，是马可君，让他重见了天日。

而且，因为时间上的巧合——都发生在二十年前，马可君便在心里坚信，和唐宁国的失踪一样，盐埕的骨殖很有可能也跟鸭屎礁的房头械斗事件有关。马可君身为外地人，最忌讳介入当地宗族之间的恩怨，本来就有诸多不便，在海东城当差三年，所里的人还是把他当外人看待，有些事情上自领导下至同事，多少都对他遮遮掩掩。不过为了还原事件，马可君这段时间可以说倾注了所有的精力，到处打听有关鸭屎礁的往事，除了从唐叶修那儿得来的信息，他还时不时去码头，去菜市场，去各种人多声杂的地方，旁敲侧击的，故意让那些上了年纪的，或者疑似来自一桥之隔的渔村的瓯船人，回忆起二十年前的前尘旧事，其间的恩恩怨怨，马可君大致算是梳理清楚了。

简单说，在1998年，鸭屎礁五房和三房之间为了争夺海东大桥下的盐埕，当时三房的行头人唐雄，一铁钎把五房的唐世伟给敲死了，这事在民间说法上基本属实，没人否认。只是当时找不到直接证据，况且又是一起群体事件，法不责众，死了也就白死，跟海东城发生过的无数群体事件一样，最终都拿不出好的解决方案，只好依赖宗族内部的调解，不再发生类似的流血事件就算过了。至于十年前，唐宁国为父报仇的雷管炸车案，马可君则无须到街上打听，那个轰动全城的爆炸案，他早已在当年的卷宗和法院笔录里仔细研读过了。

4

离开金伯家，烈日炎炎下，几条流浪狗正对着马可君吠叫。马可君上前一步，它们就后退一步。马可君走回榕树下，摩托车停在树下倒像一条不会吠叫的大狗。他侧身坐上车座，猫着腰吸烟，榕树的须根不时拂在脸上。流浪狗消失在不远处的芒花丛里，草木背后是引到村前的河湾，河湾停泊着几条残旧的渔船，看样子已经多时没有出过海了，和村里坍塌的瓦屋一样沉寂。

金伯说，二十年前的谈判就在榕树下进行。当年的榕树比现在茂盛，枝叶伸出去几乎有一座下山虎厝屋那么宽，树下围了栅栏，摆上竹凳子，村里有个什么事都得通过铝质喇叭宣布，平时没事，人们就在这里闲坐讲古，三国、水浒、隋唐、封神榜……有一年台风大作，将榕树打得支离破碎，树受了伤，就再也长不出旧时的旺盛势头了。

马可君有些失落，此行并没有探听到满意的信息，至少金伯肯定当年没有一个姓孔的年轻人参与了鸭屎礁的械斗。金伯作为五房的老者，见证了事件的始末，就是他上门请唐世伟出面的，唐校长推辞过，最后还是被裹挟上了前阵。金伯清楚参与械斗的每一个人，五房的、三房的，所有来到榕树下的人，他都能叫出名字——“不可能有姓孔的人，外姓绝对不会插手。”这么看来，是马可君多疑了吗？盐埕下的骨殖当真是个意外，与械斗事件无关？

金伯看样子是个老实人，说起往事还习惯性地情绪激动，不像是隐瞒了什么。

马可君坐在树下，时隔多年，他仿佛还能看见当天的谈判现场。

那时的冬天自然要更冷一些，一大早，芒花丛上会结起一层盐粉一样的霜花。陆陆续续来到树下的村民，大多畏缩着腰身，抽烟的嘴里吐着烟雾，不抽烟的嘴里也吐着烟雾。谁都没说话，或者说，谁都不想开口说第一句话，在各自房头的行头人没有面对面坐下之前，他们围拢在树下，像是一群冒着寒气赶来听古仔的发烧友。双方肯定都克制着情绪，在平和的气氛下谈判，没有谁愿意看见族人流血。唐世伟作为五房的代表，确实也有威望，即便是三房，大多数年轻人，几乎也都是唐校长的学生，包括唐雄。唐雄那年二十出头，还是一个浪荡仔，上学时就是刺螺，没少顶撞唐世伟，也没少被唐世伟用细细的竹枝抽打过。谈判现场那么肃穆的场合，自然轮不到唐雄插嘴说话，甚至他都不被允许站在前排，只能踮起脚尖，在外围张望。可以想象，唐雄弓着身子努力往前挤的样子，正处于爱表现的年纪，他是多么希望在行头人面前出出风头。这期间，唐雄应该也说了什么，但是五房人没把他看在眼里，唐世伟更不会给他面子。在唐世伟眼里，唐雄一直就是个不成器的小毛孩。也许，唐世伟说了什么，在众人面前羞辱了唐雄，或者，他什么话也没说，只当唐雄是空气。把唐雄惹怒的，恰恰是唐世伟把他当空气，唐雄一个大活人，心比天高，怎么甘心被迂腐的老校长当空气看待呢？那口恶气，唐雄没办法咽下去，也可以说，在众人面前，他下不了台阶，丢不起人……那根铁钎大概是从废弃的渔船里抽出来的，唐雄一路拖着，铁钎在沙地上划出一道歪歪扭扭的痕迹，众人见了，都下意识地躲开，给他让出路来。唐雄几步跳到树下，对着唐世伟的额头，一铁钎敲了下去。可怜唐校长，一句话还在嘴里含了一半，就像一块软糖那样瘫在了地上——应该说，是唐雄一铁钎挑起了三房和五房之间的械斗。作为三房最为卖命的年轻人，他在械斗中打出了声望和地位，以至于后来三房人愿意推崇他为行头人，隔年就当上了盐厂的老板……

马可君费了不少劲启动摩托，驶离了鸭屎礁——除了金伯和几条流浪狗，似乎没有谁知道他来过鸭屎礁。原路返回，穿过桉树林，海东大桥很快就出现在眼前。桥上风很大，空气中的炮烟味还没有完全散去，整个海东城，沉浸在一种欢快喜庆的氛围里。桥下的盐埕上，曝盐工正在用盐耙一行一行地翻晒盐粒，从高处看，那些波浪一样雪白的长痕看起来具有某种整齐划一的仪式感。先前马可君和唐叶修冒雨挖出骨殖的坑地早已曝上盐卤水，恢复如初，像是什么也不曾发生。

过了海东大桥，马可君左拐上东宫码头，他想去见一个老朋友。

刚来海东城那会儿，马可君还在巡逻队，每次巡逻至纯纯美容院，被张纯招呼进去喝茶，时不时能遇着一个长得很壮实的中年人，张纯介绍说那人叫虎哥，瓯船渔民，海钓鳗鱼为生。之后，马可君就经常在码头遇上虎哥，虎哥很热情，总笑着上前敬烟。

虎哥自己有条渔船，即便是休渔期，也照样出海，渔政局里有熟人，多数时候就当没看见。虎哥的海钓技术在海东城出了名，只要是行船出海，就没有空手而归的，几十斤的海鳗一上岸，马上就被各大海鲜餐馆的老板围住了，图的就是海钓的鳗鱼新鲜。为了便于讨价还价，他们通常会用一块灰布盖住手掌，两人在底下比画价格，虎哥再挑出价最高的卖出。本港鳗鱼在海东城备受欢迎，休渔期上百元一斤，没有比鳗鱼更适合煮粥煲汤的海鲜了，这儿的人百吃不腻。虎哥钓鳗多年，赚得不错，也付出过代价，有一回被一条大海鳗咬去两根手指。每次马可君接过虎哥手里的烟，虎哥都会趁势亮出残缺的手掌，说，就凭这个，海东城人钓鳗，我称第二，没人敢称第一。马可君还挺喜欢虎哥的性格，吃过几餐饭，喝过几回酒，一来二去，两人就成了朋友。虎哥曾求马可君帮过一些忙，都是些小事情，无非是开个什么证明，或超生儿入户时跟户籍部打声招呼行个方便。马可君能办的都会办到，虎哥就说，如果在海东城遇到什么事情，就找他，别的不熟，行船的人，没有一个不是自己的朋友，都得敬他三分。

关键是，前不久马可君还打听到，虎哥也是鸭屎礁人，和唐叶修一样，是因为当年那场械斗事件，才离开了家乡。这事是挺意外的，不过想想也正常，海东城人几乎都是周边渔村搬过来的，鸭屎礁人除了往东去揭阳往西下鹿西城，大多也就往一桥之隔的海东城跑。马可君一直没问虎哥是哪里人，虎哥估计也不想说，即便真的说过，那时马可君对鸭屎礁也不敏感，估计听过就忘了。

此刻的东宫码头看似安静了不少，只有妈祖庙前的烧炉仍冒着浓烟，早上的银锭纸箔还没烧完。地上倒是撒满了炮仗纸碎，红灿灿的，铺满整个狭长形的码头，如一夜之间长出来的花地，空气中的腥臭味如今夹杂上了硝烟的味道，闻着就怪怪的。马可君把摩托车停在路边，几个老人正在妈祖庙前下棋，观棋的声响比下棋的还大。他过去瞄了一眼，老人们都认得马警官，笑着打了招呼。马可君没站一会儿，给老人各派了支烟，随口问："见着虎哥了吗？"其中一个瘦得跟柴火似的老头仰起头，故意朝海边张望，嘟囔着扁扁的嘴巴说："无睇见，出海了吧。"

马可君踩着炮仗纸屑往海边的铁栅栏走，路边几根歪歪斜斜的电线杆上除了贴满各种"淋病"或"通厕"的广告外，还能见一两张有关唐宁国的寻人启事，有的已经被风吹下一边，在海风中啪啪啪响，有的干脆撕去了一半，只见黑乎乎的头像，没有"寻人启事"的字眼，看着倒像是悬赏捉拿穷凶极恶的通缉犯……马可君这才想起，三个月前从法留山下的精神病医院回来时，他是叫唐叶修打印一些寻人启事到处贴一贴的。如今看来，除了让唐宁国失踪的事公之于众外，实在没起到什么作用。马可君站在海边独自吸了会儿烟，看见浅水里只剩下几条半遗弃的破船，和几个捡杂鱼的包裹得像是一团布在挪动的嫲人。这开港第一天，像虎哥那样连休渔期都出海的人，怎么可能在码头里闲着呢？马可君其实早已猜到了，之所以来码头，主要也是一时半会儿不知道去哪儿，又没到吃午饭的时辰。

人没找着，他必须得打个电话。

马可君迎着海风，在手机里翻找了一会儿，才找出虎哥的号码，该有个小半年没联系了，不知道他还用不用以前的号码。拨过去，嘟嘟响了几声，接了，是虎哥的声音，还没说话，先爽声笑开了。

“马警官，好久不见啦，我正出海呢，有事吗？”

手机里果然能听见海风和浪涛的声响。

“是这样的，虎哥，我从鸭屎礁回来，路过码头，想找你喝个酒啊。”

“哈哈，马警官，不巧不巧……你说什么，鸭屎礁？你去那儿干什么？村里现在没几户人家了，大都搬走了。”

“你挺了解的嘛。”

“嘿，那是我老家啊。”

“哦，原来虎哥也是鸭屎礁人。”

“呀，马警官才知道啊。”

“也没什么，一个案子，失踪案，人是鸭屎礁人，所以去村里了解下情况。”马可君语气淡定，他故意向虎哥表露出不太上心的态度。

“哦，是听码头上有人在说，说是几年前刚从牢里出来，精神上有些不正常，是吧？”

“没错，从精神病医院逃出来的，至今下落不明。”

“可能出了海东城，流浪去了，这种人外面多的是，没必要找了吧，找回来又能怎么样呢？”

“话虽这么说，可人家家属不放弃，我们也不能结案啊。”

“明白，马警官，是需要我帮什么忙吗？”

“聪明人哪虎哥，这样，改天我请你吃饭，咱们喝两杯，再聊。”

“好啊，过两天吧，开港了，忙着多钓几条鳗鱼，到时我请你，哪敢让你破费啊？”

挂了电话，马可君还蛮期待与虎哥见面的，吃饭喝酒倒是其次，关键是，虎哥既然是鸭屎礁人，无论是三房还是五房，他身上肯定有马可君想要了解的信息。

马可君开始往回走，从码头边上的小巷子钻了进去，来到了山脚下，眼前出现了一片宽阔的场地，铺了水泥，整齐摆满晒鱼虾的竹架，腥臭味像是热浪，瞬间能把人淹没。

山不高，一个Z字形的阶梯就可以到达山顶，山上有文阁楼，已经废弃多年，没见修缮。这座小山头还拥有一个俗不可耐的名字——大胆山。话说当年宋帝逃亡至此，一上岸，海岸数里的山头都夷为平地，唯有这座小山包安然无事。数百年来，海东城人的蛮劲，确实也像极了大胆山的气质，天不怕地不怕，还怕什么末路帝王。

马可君站上山头的巨石，远眺海上，稠密的船只把海平面连成一片，海东大桥则像一道横跨城区与渔村的彩虹，东面的妈祖石像面朝大海，花岗岩的面容依然雍雅；回头看海东城，瞬间小巧了许多，貌似漫长热闹的海边公路和马街，也像是模型一样的摆设了。他不是第一次爬大胆山，以前作为巡逻的最后一站，就经常上山抽根烟、发会儿呆，如今他站在山头，心头却有了异样，望着山下的草木、水土、楼房和人车……似乎每一样东西的背后都藏了些什么……就像他亲手挖起来的骨殖，那个姓孔的陌生人，他是海东城人吗？如果不是，那么他也跟马可君一样，是海东城的过客，活着的和死去的，二者曾经相隔遥远，相遇时却只不过是薄薄一层盐土。

下山时，马可君给张纯打了个电话，问她在美容院吗？

张纯反问，你在哪儿呢？小惟放学后跑我这里来了，说你没去接她。

马可君这才想起忘了去接女儿了。暑期培训班是张纯帮小惟报的名，练舞蹈，学费也是她掏的。按理说，张纯这么关心小惟，把小惟当亲女儿看待，马可君应该感激不已，他却又觉得多此一举，因为这样一来，整个假期，他还得送女儿上下课，是件挺麻烦的事情。马可君忘记接女儿也不是第一次了，从警队出来后，他就经常心不在焉，忘这忘那的。当然也是依赖，培训机构离张纯的美容院不远，女儿又与张阿姨亲，没见着父亲，自然会去美容院。马可君有时想，要是唐叶修和小惟的关系也能像张纯和小惟的关系这么好，那就省心多了。

5

马可君到时，女儿正在厝内睡午觉，张纯在店里泡茶，几个女员工各自坐在角落玩手机。这时候的美容院没什么生意，大街上像是火在烤，升腾起一层烟雾，使得街对面的东西看起来都是走形的。街上几乎没什么人，除了突突而过的摩托车，它们都赶着去码头运送头捞的海鲜。

“怎么啦？还在查那事？”张纯直截了当，没好脸色。

“谈不上查，我都不是警察了，还查什么呢？就是到处走走，看看。”马可君像是犯了错的小男孩，也奇怪，在张纯面前，他就成了小男孩，跟在唐叶修面前是完全不一样的感觉——后者更能激起他强烈的保护欲望。

“小惟可全都跟我说了。这样下去可不是办法，你应该把精力都放在上面，好好跟她们相处，培养感情，小惟还是孩子，要要性子是正常的，你得想办法让她接受，逃避怎么行呢，老大不小了，不用每次都要我来说了，明白吗？”张纯语气严肃，即便这样，她仍不忘继续泡茶，用头冲茶水把檀木茶盘上的三个陶瓷小杯淘了又淘。

马可君在对面的沙发上坐了下来，不自觉地拿出烟来抽，还没点上，就被张纯伸手给抢了去，直接掐灭在鸟巢形状的玻璃烟灰缸里。马可君夹烟的手还停顿在空中，嘴巴半张着，想要说什么，最后却叹了一声。

三年前，马可君和前妻离婚，往大了讲是夫妻俩在买房这件事上有观念上的差异，往小了说也是因为几根烟的事。妻子当时想拿出家里所有的积蓄，还要马可君跟亲朋好友开口借钱，把房子的首付付了，剩下的贷款慢慢还。马可君不愿意，不愿意的原因有很多，除了不愿当三十年房奴，从此还得省吃俭用，戒烟戒酒，更不愿意拉下面子跟人伸手借钱，把所有的家当都押给那些没心没肺的小城房地产商……其实更大的原因是他不想待在一个地方一辈子，哪怕那是他的家乡，买房就等于将他和那儿给硬生生地捆绑上了。刚好那时马可君被调到海东城，夫妻分隔两地，他以为彼此冷静一阵子，就会达成一致。然而没过多久，妻子就有了外遇，并向他提出离婚。马可君没想到事情会闹到那一步，如果不是女儿小惟，离婚也没什么，他巴不得回到参军时无忧无虑睡架子床的日子，在妻子看来，他胸无大志不思进取的生活态度确实不配拥有幸福的家庭。马可君喜欢女儿，离不开女儿，或者说，他接受不了女儿以任何一种形式不在他身边。他跟妻子说，离婚可以，女儿得归他。妻子当即就答应了，可以证实，她确实有了外遇，否则一个母亲不可能那么干脆决绝地抛弃儿女。

老实说，来到海东城后，张纯对马可君的关心，曾让他产生过特殊的想法。张纯虽然年纪比较大，装扮却比一般女人时髦，性子也开朗，有种让人心酥酥的体贴和温存。那种体贴和温存要是在陌生人之间，一瞬即逝，自然是安全的，一旦熟悉了，就会慢慢滋生出微妙的暧昧，若有若无，让人心旌荡漾，又捉摸不定。正是这种捉摸不定，让马可君难以判别，他甚至幻想过以偷情的形式和张纯产生关系，报复前妻也好，慰藉孤寂的异地生活也好，如果张纯当真有意，他断然是不会拒绝的。问题是，张纯迟迟未能表露，或者说，她本来就没有那种想法，她也犯不着啊，作为海东城二中的老师，教教一般科目，平时多数时间就在美容院，拥有一个看起来很圆满的家庭，丈夫在宣传部上班，儿子已经长大了，在外地读大学……直至张纯有意撮合马可君和唐叶修认识，马可君这才知道，他对张纯的遐想邪恶而龌龊，他一度很懊恼，没多大脸面来美容院。张纯还以为马可君有了女朋友，就忘了她这个大姐了。

如今，当张纯伸手夺过马可君嘴里的香烟，就那瞬间，他灵敏地闻到了她手指间的香味，挟带着一种异性的诱惑，虽然美容院时刻弥漫着女性的气味，此刻在张纯纤细而白皙的手指间散发出来，竟一下子盖住了烟草的味道，立马就占据了马可君的大脑，像毒品一样让他产生了麻醉的错觉，再次体会到了那种心酥酥的感觉。他不知道如何是好，这种感觉让他充满罪恶感。他急于转移话题，哪怕这个话题并不怎么受人欢迎。

“张姐，你还记得虎哥吗？”马可君嗫嚅着，“就是那个被鳗鱼咬断两根手指的家伙。”

“怎么啦？”张纯故作生气，“当然记得。”

“他是鸭屎礁人。”

“废话，这个我比你清楚。”

“那你知道他是三房，还是五房的？”马可君也不知道自己想要说什么，他大概在试探张纯，对鸭屎礁的事了解多少。

“嗯，应该是三房的吧。鸭屎礁的事海东城人都有听说，事情过后，三房人几乎都搬走了，虎哥也是那时候来的海东城。这么多年了，来城里的人都不分什么三房五房了，城里就这点好，关系没那么复杂。你倒好，还揪着三房五房不放。小唐也真是的，她弟失踪那事，说不定就纯粹是一次意外，跟以前一点关系也没有。你们老觉得事情有因有果，我吃过的盐比你们吃过的米都多，不是所有事情都有因有果的，没必要钻牛角尖，都弄到这步田地了，你也不想想，就算不为自己着想，也要为小惟着想啊……”

马可君沉默，他心里有不同意见，又觉得张纯说的有道理，没办法反驳，也不想反驳。他继续在沙发上坐着，喝了几杯茶，天气热，茶又烫嘴，不知道海东城人为什么老喜欢把茶水煮得沸腾，轻易入不了口。好在美容院开着空调，马可君斜靠在沙发松软的后座上，竟然有点困了，想眯一会儿。女儿一时半会儿不会醒来，他还得继续等着。

马可君刚眯了一会儿，似乎还做了什么梦，一个阴暗的走廊里，有模糊的人影和笃笃笃的脚步声。他突然醒了过来，发现张纯不在对面了，檀木茶盘上褐色小瓷杯里的茶水已经凉了，颜色像是池塘里的浑浊死水。他掏出手机一看，差不多到上课时间了，朝厝内张望，没看见女儿的身影，床上的灰色被单被折叠成小豆腐块。显然，女儿已经醒了，十有八九，被张纯送去上课了。

马可君支起身子，他是睡了有一会儿，腰都酸了。他想不起来梦见了什么，有一阵子他老是梦见去世多年的母亲。母亲在他八岁那年上吊自杀，当地人优雅地把上吊称作“望高”，母亲跟父亲吵了一架，想不开就去“望高”了。那时他们还住在乡下的大宅里，房间很多，住了叔伯们好几户人家。马可君记得从房间里出来，要走长长的走廊才能到达院子，走廊没有明确归属谁家，灯坏了常年没人修，所以黑魆魆的，早晚的时候，他都不太敢在走廊逗留，总是一路小跑，到了院子，看到满院子的三角梅，心情才舒展开来。记得是小叔子，喜欢种花种草，院子里都是他种的盆景，各种各样，会开花的，不会开花的，有名字的没名字的。马可君不太记得小叔子长什么样了，父亲他们一辈人都住在一个院子里，关系一直很紧张，有一次，家里不知什么事大吵了一架，马可君只记得母亲哭了很久，也没人过去劝她。马可君那时还不太懂，也不敢靠近母亲，母亲哭得实在是太厉害了，她整个人躺在地上，地上是打翻了的脏水，她浑身湿漉漉的，脏兮兮的，像是村里经常能看见的痟嫲人。那天夜里，母亲就上吊自杀了，她没选择在自家的走廊上吊，而是到伯父家门口的走廊。当时马可君被人抱走了，不让他看从走廊上取下来的尸体，据说很难看，屎尿都拉了一裤子，舌头和眼睛都往外凸出了。马可君至今都不敢想象，不过也能够想象，尤其是他当了警察后，亲眼看见过各种死者的惨状。

母亲死后，父亲就带着马可君离开了村子，直到父亲去世，也没回去办葬礼，在小城的殡仪馆草草火化了，现场来送父亲的寥寥无几，都是城里人，老家的一个也没到，他们也没接到马可君的讣告。可以这么说，马可君已经忘了他还有一个出生地，那个小村子，和鸭屎礁差不多大小的地方。他不会再回去了，这辈子也不会了，就像母亲选择在大伯家门口"望高"，她以死的形式在下诅咒。马可君不知道到底是什么仇恨让母亲那么决绝，父亲到死也没有提及。也许事情并没有想象的那么严重，父亲当时只要稍微安抚一下，母亲可能就挺过去了，不至于寻死。这事在马可君幼小的心里留下了抹不去的阴影，他经常梦见那条狭长的走廊，看不到尽头，走廊上有大人们脚步匆忙的声响，却不见一个人影，包括母亲悬挂在横梁之下的直挺挺的身体……

好长时间没梦见了——具体是退伍转业之后，至少有十多年了吧，马可君没再为那条狭长的走廊恐惧过了。在这个闷热的海东城午后，他似乎又梦见了，像是突然拾起一段刻意遗忘了的记忆。他浑身起了一层鸡皮疙瘩，连忙拿出烟来点上，深深吸了一口，尽最大努力让自己清醒过来。

6

两天后，虎哥打电话让马可君去东门矿场找他。

虎哥新钓了一条海鳗，要请马可君吃新鲜的海鳗粥。虎哥在电话里高兴得像个小孩，那会儿估计刚登船上岸，他半喘着气说，十斤的鳗鱼，禁渔期间，养得白白胖胖，吃了包你晚上睡不着觉。说完哈哈大笑。马可君知道虎哥的言外之意，在张纯的美容院时，虎哥也经常拿那些小姑娘开玩笑，逗得她们花枝乱颤。

马可君在市场上见过海鳗，不过都是被人宰杀过的，肚子上划一刀，用食指挑出长条状的鱼鳔，晒干了就成了鱼胶，卖得比鱼肉贵多了；鱼身则要论块卖，看着像是一条大蟒蛇，露出来的鱼肉洁白而松散。海东城人吃海鲜可讲究了，跟他们泡工夫茶一样讲究，所谓新鲜可不仅仅是不隔夜，得是活生生的，现杀现卖，巴不得第一时间扔进沸腾的锅里。有人要泡海马酒治腰椎间盘突出，还得提着装满高度酒的玻璃瓶子上码头，抓了屈成一团的活海马往酒里一放，海马挣扎中撒尿入酒——据说那泡海马尿才是治病的良药。

东门矿场在城东，早年那儿还真是矿场，出产锆矿，稀有金属，是核反应堆的重要材料，用作核电厂的燃料罐和核动力舰船原子燃料的包装材料。据勘查，整个城东就位于一座巨大的锆山之上，往下挖，都是哗啦啦的锆石。如今矿场已经废弃了，寻不见任何一点矿场的痕迹了，一条小街巷，南北走向，街巷两边布满低矮的铺头，经营各种杂货，居家过日子，需要什么都能在街巷上买得到。虎哥就在街角开了一家粿条汤店，具体是虎哥的老婆开的，看店面，小得只能放下三张桌子，余下的都摆到街面上，占去了一半道路。

马可君刚到时，店里还有人在吃早餐，看样子是通宵作业的渔民，吃碗粿条汤就可以回家睡觉了。马可君站在门口愣了半天，炉灶前忙碌的应该就是虎哥的老婆，长得壮实，穿着短裤汗衫，脖子上挂着毛巾，时不时抹把汗。

“吃什么？”女人问，都没抬头看人。

马可君说：“我找虎哥。”

女人这才看了一眼马可君说：“他呀，在上面。”

马可君进了店铺，发现厝内有一把木质的小楼梯，通往阁楼。楼梯可真窄，只能容一人上下。马可君担心炉灶前的女人平时是怎么上去的。上了阁楼，空间突然敞亮了起来，阁楼不小，前后都有阳台，光线亮得像是露天，前阳台面向街景，后阳台对着菜地，还能望见远处的海东大桥和东宫码头。这可真是一个好地方！

虎哥在茶几前泡茶，笑着伸手招呼马可君过去。

“这是你的房子？租的还是买的？”马可君倒不生分，像个熟人。

“以前是租的，房东是渔民，有一年遇了台风，船没了，还死了几个工人，急用钱，我就趁机给买下了，连地带房，五万块。房子是不值钱，地值钱，你知道吗？这里地下有矿，住在矿山之上，也算是坐拥金山银山啰。”

“比商品房好。”马可君坐了下来。

“商品房贵啊，买不起呀。我老婆爱做生意，一楼就给她煮粿条汤，二楼是我的，我们互不干涉，哈哈。她没帮我钓过一条鳗鱼，我也没怪她把下面弄得像垃圾场。就这样，我回来没帮她收拾，她还白眼我，说我乜事都甩手不干，像个大老爷。我操她大爷，她以为出海是闹着玩的，女人就是不讲理。马警官的女人应该不会吧，读书人都不会，嘿嘿。”

虎哥从茶几下的抽屉里拿出一包硬装中华，给了马可君一根。

马可君接过烟说：“我离婚了——女人嘛，都一样。”他故意这么说，算是套了近乎。

果然，虎哥哈哈笑了起来，用少了两根手指的手打火点烟。

“看见那条海鳗没有？在楼下门口放着。”虎哥突然问马可君。

马可君摇摇头，他真没注意看。

“看来马警官不是真心来吃鳗鱼粥的哦。”虎哥眼里闪着话里有话的意味。

马可君一愣，还真让虎哥说中了。

“说说，想知道些什么？”虎哥倒是开门见山的豪爽人。

马可君这会儿却沉默起来，他继续抽着烟，没说话。虎哥还把他当警察，这点不用怀疑，停职检查是内部处理，不至于全城公开。不过虎哥是三房人，也不知和唐雄的关系如何，这点马可君有些把握不准，不像面对金伯时那么坦诚。马可君不忌讳在金伯面前提及孔姓死者，因为他心里大致有个推测，骨殖是在盐埕挖出来的，盐厂老板以及三房人的嫌疑无疑最大，虎哥知不知情，那就不得而知了。对于海东城人来说，那是一个已经消失了的，或者说根本就不存在的人，马可君需要谨慎对待那个陌生的姓氏。这些猜忌让他在虎哥面前暂且不敢贸然，更不敢披露盐埕骨殖案的任何细节。

“也不是什么大事，”马可君故作放松，“就是有一桩失踪案，涉及鸭屎礁以前的纷争，你知道我是外地人，过去的事不是很清楚，所以想……”

“马警官都去过鸭屎礁了，事情的经过应该了解得差不多了吧。我嘛，粗人一个，也没什么独家报料，那么多年前的事了，谁都不想再提了，现在都什么社会啊，毕竟不光彩嘛，你说是吧，说起来是族人相残，虽然隔了几代，不出五服还是亲人嘛。你也看见了，现在的鸭屎礁成什么样了，再过几年，人都走光了，就得回到百年前，我们瓯船人的祖先还没有上岸的样子，看来也算是报应啰。”虎哥有些激动。

“那年你多大？”马可君问。

“我也就十多岁吧，那时学也没上了，唐校长老早就说我不是读书的料，不如趁早提个篮子去捡牛屎。哈哈，我也没听唐校长的，那时已经有点力气，码头上有老板要雇工，就去码头搬鱼赚钱。事情刚开始时，我还挺兴奋的，后来听说唐雄把唐校长给敲了，唐雄比我大，胆子也大，他敢把校长敲了，还是让我挺意外。后来听说唐校长在去医院的路上就死了，都死了人了，五房人是不会那么算了的——我爸叫我在码头躲几天，先别回家。我知道事情闹大了，没敢回去。后来也没什么事发生，村里很平静，没见五房的人有什么举动，唐雄也好好的，被公安带走不久又放了。唐校长就真的死了，他是死得有些冤哪。”

虎哥起身，走到楼梯口，下楼去交代老婆煮粥。夫妻俩在楼下还吵了几句，不过虎哥很快又笑嘻嘻地上来了，他说：“等会，鳗鱼粥很快就好，她脾气不好，煮鳗鱼粥可有一手，鳗鱼也新鲜，新鲜的东西随便往水里一煮也是甜的。”

虎哥大大咧咧的性情感染了马可君，让马可君完全放松了下来。

“唐世伟人怎么样？你觉得。”马可君语气轻淡。

“唉！”虎哥叹了口气，把壶里剩余的茶水淋在茶宠上，那只癞蛤蟆瞬间变了颜色，立马又恢复了原貌，“唐校长是个好人哪，鸭屎礁的孩子没有谁不是他的学生，虽说是五房人，我们三房的孩子却一直没把他当外人。或者说，那么多年鸭屎礁房头之间磕磕碰碰的，矛盾隔日不隔月，要说还有一个公亲人，在努力维持着俩房头之间的关系，不至于打起来，这个人无疑就是唐校长了。五房认他是行头人，我们三房也得叫他一声唐先生啊。可是没办法，到头来死的不是别人，就是他唐校长，你说冤不冤？”

马可君点点头，虎哥继续说：“说起来唐校长命水也不好，后生那阵时就死了老婆，还是他亲自抓的中草药，他老婆喝了药汤，胸口闷，她本身就有心脏病哪，人们借了一辆板车往海东城拉，人还没过海东大桥，就死了——你说巧不巧，后来唐校长据说也是在过桥时断的气……不过村里死老婆的也不止他一个，他就和别人不一样，四十几岁的人，硬是从此就不娶了，连上街洗头按摩都没有，更免说去旅社找外省鸡婆了。

“也有私下说他糊涂犯傻的，他不是我们鸭屎礁小学的校长嘛，却把孩子都送到海东城来读书，每天一大早，踏着单车，先载小孩过桥上学，又匆匆赶回村里敲钟。大家都说他翘楚，没街市命，又不认命，不死心哪。我想啊，他是不想让孩子卷入房头间的纠纷，最好能和鸭屎礁断绝关系。人算不如天算，后来他的死反而激起了械斗，他不愿看到也没办法了。再后来，十年前的事，马警官你应该也听说了，他儿子的事，可以说是为父报仇吧，用雷管炸了唐雄的车，不过唐雄没炸着，却把司机炸死了，当时那个案子闹得挺大，也就是那么一闹，海东城人才知道鸭屎礁有那样的陈年旧事，人们反倒佩服起做儿子的来，有仇必报真君子哪。那小子还算幸运，没被政府枪毙，警察押来指认现场时，我才知道，原来他也住在矿场，租了一间小瓦屋，炸车的雷管就是在屋里自制的。我当时还去看了，那场面我本来不感兴趣，人山人海，有骂败类的，有喊豪杰的，我看那小子挺面熟，多年没见，确实认不出来他就是唐校长的儿子了，平时也没怎么见过，他在村里的时间不多——觉得他面熟可能是有时在街上碰过面，他来楼下吃过粿条汤什么的，他染了一头绿色的头发，看起来像个商店里摆着的小玩偶，怪可怜的——听说两年前放出来了，脑子关出了问题，又进了精神病医院……唐校长生前苦苦经营，就是为了儿女能离开鸭屎礁那么个鬼地方，如今却落了这样的下场，他肯定死不瞑目哪——俗话说得好，共用天各人命哟。”

“是的，三个月前，唐宁国从精神病医院逃出来后，就失踪了。”马可君接着补充。

“我知道，听说了。所以你怀疑这事跟唐雄有关？”虎哥话锋突然一转，直视着马可君。

马可君没说话，算是默认。

“对了，马警官——听说，你现在和唐校长的女儿关系不一般，是不是真的？算我多嘴，我觉得这是好事，没别的意思。哈哈。”

虎哥一面诡异地看着马可君，一面笑着又递过来一根香烟。

马可君心里一紧，看来他的事，虎哥没少知道。不过这样也好，铜锣不用藏在衣袖里敲了，马可君也不想藏藏掖掖，像是干了什么见不得人的事。

“那你觉得唐宁国的失踪和唐雄有关吗？”马可君反问虎哥。

虎哥沉默了一会儿说：“正常人都会这么想啦。十年前，唐宁国没能报仇。十年后，不管他是真傻还是假傻，唐雄不也得怕他三分嘛，搞不好，这次他要炸的不是汽车，而是唐老板在螺河边的大别墅呢。这么一想，凭唐雄现在的势力，先下手为强，弄死一个精神病就跟捏死只蚂蚁一样容易。不过，马警官如果真要问我的想法，心里话，真的，哥们儿，我不这么认为，我觉得唐雄不会这么傻，是个正常人都能想到的事情，他一个大老板不可能想不到，他犯不着这么明着干，这不明摆着把自己往火炉上抬吗？”

马可君暗自赞许，虎哥看起来是个粗人，想法却蛮细致。

“马警官，你可别误会，我这么说，并不是因为我是三房人，就得替他说话。他唐雄算个什么鸟东西，他是有钱，我也不用跟他借一分半毫。这些年，他在海东城风生水起，论辈分，我们算是堂亲，可我从来没求过他什么，他做他的生意当他的鸟官，我钓我的鳗鱼卖我的粿条汤，井水不犯河水，互不干涉。老话说，穷人好相叫，破庙好烧香。人有了钱就不一样了。当年买房子，海东城的商品房不都是他唐氏集团的嘛，我老婆求我去找他，说不定可以打个大折扣。我没去，我要的是脸，我宁愿买个二手房，住在这矿地之上。你看，这儿多好，从这儿望出去，还能望见海东大桥，晚上路灯要是亮起来，跟道彩虹似的……”

马可君顺着虎哥的指引往后阳台望去，从这个角度看，大桥倒像是海东城伸出去的一只巨手，忙不迭地，想去拉扯一个即将出走的小孩似的。

7

虎哥的老婆把热腾腾的鳗鱼粥端上阁楼时，马可君才看清了她的模样，这个长相笨拙的女人，实际上五官挺清秀，如若不是生活所累，大概也可以收拾得跟张纯差不多。她笑着招呼马可君，可以看出笑容勉强，有陌生人在场，她算是对虎哥客气了，主要也是因为虎哥介绍说，当初小孩入户口的事就是马警官帮的忙。相比而言，马可君和妻子在离婚前的状态要好得多，和和睦睦的，旁人丝毫看不出他们的感情出了问题。生活就这么奇怪，马可君都离婚三年了，倒是眼下这个小家庭，当着客人的面都能吵起来，私下里也不知道动手打了几回——他们却打死也不会离婚。

浅海鳗鱼粥果真好吃，除了几块姜片和一把九层塔，粥里几乎不放任何作料；鳗鱼切成长条小方块，看起来像是小孩吃的糖丁，银灰色的鱼皮，白色的鱼肉，混合在黏稠的米粥里，散发出甜滋滋的清香。

一人一碗粥，虎哥再给每人倒上了一杯白酒。

“慢吃如补药，慢行如坐轿。马警官，鳗鱼粥得慢点吃。”

马可君知道鳗鱼刺多，就像任何事物都不可能完美。

“马警官，你见过宰牛吗？”虎哥突然抬起头，汗水在他的眉目间挂着。

马可君摇摇头，他不知道虎哥为什么突然提起宰牛。

“老黄牛正低头吃着番薯藤呢，它并不知道自己死期已经到了，还慢吞吞地把藤叶嚼进嘴里，嘴角泛出黏糊糊的白色泡沫。这时有人突然拉起牛鼻上的铁环，宰牛人从身后亮出大刀，刀磨了一晚上，亮得像阳光下的玻璃片子，晃眼哪，一刀下去，牛头就滚落在了番薯藤上，血把绿藤染成了红藤……”虎哥几乎要站起来比画宰牛的动作，但他只是舞动了几下手掌，轻叹一声，又坐稳了，“嘿，我小时候见过无数次宰牛的现场，起初还有些怕，慢慢也就习惯了，后来竟然一点感觉也没有了，眼巴巴看着牛头滚落在地，就像是一个水桶被踢翻了，滚两下就停止了。”

没等马可君说话，虎哥接着又说：“我老爹卖盐之前是贩牛的，鸭屎礁就他一个人能把牛从揭阳赶回来，卖给海东城大大小小的牛肉火锅店。当然了，也会留一头强壮的黄牛给村里祭海。所以嘛，宰牛就是为了祭海，每年一次，渔禁过后开港，无论是五房还是三房，在那一天，都得聚拢在海边，看一头牛被活生生地宰杀，然后分割牛肉，各自提回家煮了吃掉。”

“现在还这样吗？”马可君问。

“是我小时候的事情了。现在改了方式，几天前你也看见了，政府号召，出海仪式统一在东宫码头搞，敲锣打鼓，放放鞭炮，有时也要耍秧歌舞什么的，多热闹都行，就是别再杀生了——说起来，我们讨海人就那阵时还算风光，出海的渔船，看起来像是古时候舰队在出征，哈哈。”

“我在海东大桥看见过。”说着，马可君侧身望向窗口，正好能望见远处大桥拱起的桥面。

虎哥坐着没动，似乎窗外的事物早就没法吸引他了。

“我们瓯船人啊，跟你们不一样，我们把船当家，海就是我们起居的陆地。但是我们也害怕，只有杀牛祭海，才敢把渔船开出大海，好像那样就不会遭遇海难似的——事实上该发生的还是会发生，台风每年都有，回不来的，葬身海底的，也会遇见漂过来的陌生尸体，谁见到了就负责把那些残缺不全的尸体随地挖个坑埋了，不会报警，报警也没用。你不是海东城人，你可能不知道，我们这里死个人跟死头牛一样，真不算什么大事。行船讨海三分命，这里的人每天都面临死亡，再稀松平常不过了。所以，我的意思是，唐世伟也好，那个被唐宁国炸死的司机也好，包括现在唐宁国本人，十有八九，也是死了的，不管他的死跟谁有关，那又如何呢？你能拿他怎么样？要是能怎么样，早在二十年前就怎么样了，何必等到今天，二十年前都不能怎么样，现在更不能怎么样啦……”

看样子酒精已经在虎哥身上起了作用。马可君明白虎哥的意思，但他怎么说也是一名警察，想法和做法都不能像虎哥说得这么消极。杀人偿命，天经地义，即便真的做不到，偿还的方式也不仅仅是世人所认为的那么单一明了。是的，他们的死在虎哥看来还都是有名有姓的，是存在过的，有前因也有后果——那么，那具从盐埕地里挖出来的骨殖呢？他算是怎么一回事呢？马可君心口一凛，差点脱口而出。他突然又想起母亲的死（似乎他在盐埕挖起的就是母亲的骨殖），在那个叔伯混住的大院里，各种猜忌和秘密，像是蜘蛛在瓦楞间结下的黏糊糊的网，看着就让人恶心——他倒是时刻希望能发生些骇人的事情。马可君现在完全不必为小时候的“阴险”忏悔，母亲去世多年了，腐烂放在久远的年月里也是清洁的方式，至少骨头是干净的，只是过程稍显漫长。母亲的死，没有谁为此负了责，父亲在世时，也从未谈及。这在父亲那里一定是个不能被撬开的创伤，父亲肯定认为他就是害死母亲的罪魁祸首，因为他没能妥善处理亲人之间的矛盾，这是一个男人最大的无能。

不过，马可君倒开始喜欢听虎哥讲话了，这是个有故事的人，话里有股活泼泼的生活气息，尤其是喝了酒，扭捏有态，让人不忍去打断。

“说了不怕人笑话，我老爹一辈子最嫉妒的人就是唐校长。哈哈。他在世时就经常念叨，后来他不贩牛了，改卖盐，在马街边上守着盐担念叨，还是老唐命好啊，敲敲钟捏捏粉笔就把日子过了，不用打鱼，不用曝盐，不用贩牛，更不用上街吆喝卖盐……要说唐校长的死，我那没出息的老爹心里肯定有过短暂的高兴。”虎哥停顿了一下，一只灰猫从窗户蹿上了横梁上的猫仓篮。虎哥起身把猫抱在身边，将桌面上的鳗鱼刺收拢在一起，小灰猫就埋头吃了起来，虎哥又说，“野猫，经常从阳台跑进来，喂几天，说不定又跑了。”

“它是闻到鳗鱼粥的香味了。”马可君伸手去抚摸小猫拱起的背部。

“你看，它可比我们幸福多了，哪家有吃的就往哪家跑，东门矿场上百户人家，够它吃几年了。当年为了赚口饭吃，我老爹挑着一担粗盐上百斤，从盐埕挑到马街，腰都压弯了。我跟在他背后，提着一个收钱的篮子——喏，就是我头顶挂的这个旧篮子，我一直留着呢，现在给野猫当窝。我们父子俩先在马街叫卖，又沿着人民路叫卖，一担子盐要花几天才能卖完，卖完了收的也不全是现钱，大多是鸡蛋，篮子都装鸡蛋用了，有时满满一篮，重得很，胳膊都提麻了。

“没办法，摊上一个没本事的老爹，成世被人瞧不起，全家人住草屋，日出鸡蛋影，落雨伸钵子，海东城人骂我们是瓯船仔，鸭屎礁又说我们是旱鸭子。我老爹一辈子也没上过船——哈哈，他晕船，你信吗？一个瓯船人，却晕船，还是十分严重那种，见河湾上摇晃的渔船都能吐得稀里哗啦……对了，你知道我是怎么认识张纯的吗？那年张纯刚怀孕，挺着大肚子，站在马街口，看我提着一篮子鸡蛋，就问我卖不卖。我当然求之不得，那么沉的鸡蛋，我提回鸭屎礁，可费劲了。那时候起，每次卖盐换来的鸡蛋，我们都会卖给张纯。我估计啊，张纯生她那个儿子时，至少吃了五百个鸡蛋，难怪那么聪明，后来考上大学，听说要出国留学了。”

马可君印象中，晃荡在马街上的小青年都是染了头发的，把摩托车开得像条水蛇，他当巡警时，见到就烦，如今听这么一说，虎哥曾经还提着个篮子跟着父亲卖盐，能想象当时的画面，确实和印象中的情景不太一样。一提及张纯，两人似乎找到了生活的交集，至少他们就是因为张纯才认识的，哪怕交情不是太深，有张纯在中间，彼此也都充满敬意，否则在这个夏秋之交的上午，他们也不可能像老相识似的面对面在阁楼上喝起了小酒。吃饱喝足，马可君的心情自然是好的，他借机站了起来，伸手去触摸头顶上悬挂着的猫仓篮，挺古旧的物件，竹篾都脱落了。

虎哥则完全陶醉在回忆的语境里，丝毫没注意马可君已经有些倦意了，倦意不是不喜欢，是这根本就不是他此行拜访想要了解的情况。

“从一开始就是个错误。我是说我老爹，他随便卖个水果都比卖盐好啊，海东城人缺什么也不缺盐。当然，他还不算太笨，很快就意识到，应该把盐挑到鹿西城去。鹿西城是山区，比海东城更需要盐。”

“鹿西城？”

“是的，鹿西城。”

马可君有些惊讶，确认虎哥所说的正是他的老家鹿西城时，突然有些兴奋，还有一种来自家乡的亲切感。这种感觉让他有些羞赧，完全出乎意料。

虎哥正要给马可君倒酒，被马可君挡住了，他不想再喝了。虎哥没勉强，自己又倒了一杯，满满的，都快溢出来了。鳗鱼粥已经吃得差不多了，虎哥又朝楼下喊，让老婆沏两碗粿条汤。等粿条汤端上来时，虎哥正说到他家在鹿西城还有一门亲戚。

“我管她叫云姨，是我老妈的姐姐。我们两家其实一直没来往，可以说都不认识了。云姨和我老妈在家时关系就不好，从小吵到大，嫁人后都恨不得断绝关系。如果不是老爹准备去鹿西城卖盐，都想不起有这么一门亲戚呢。当然，我们也没有受到欢迎。我那时不大，十几岁，十几岁的小孩最敏感，一进门我就知道了，云姨和姨丈都没有好脸色。老爹还把每天卖剩下的盐都送给了他们，云姨却说，也只有卖剩下的才舍得送人。我挺不高兴，就算把盐倒甘蔗地里当肥料，送人还没人家一句好话呢。当时也没办法，路途太远，夜里赶不回海东城，得在鹿西城借宿一晚，只好硬着头皮在她家赖下来。也奇怪，云姨不喜欢我，她几个儿子却喜欢我，有一个年龄和我相近，我们长得很像，像是亲兄弟，甚至像双生兄弟。每次去借宿，他会给我看好多东西，他收藏的小人儿书，还有各种我没见过的玩具。那时他读初中，正准备参加中考，说是要考鹿西城最好的高中，以后考大学，去落雪的地方读书。我只有羡慕的份，我在鸭屎礁读完小学，就没再读了。我不喜欢读书，特别讨厌读书，我羡慕表弟生活在一个不用到处卖盐的家庭，家里还有单独的房间和书架——如果我也有单独的房间和书架，说不定也会喜欢读书呢，你说是不是啊马警官？”

马可君回想着那时候他在干什么，他们都是同代人，相差不大，也就是说，虎哥跟着父亲去鹿西城卖盐时，马可君应该刚上初中，盼着毕业后参军入伍，整天幻想一身军服穿在身上的样子。

“没过多久，我老爹就不行了，胃癌晚期，完全是省吃俭用饿出来的病。有一天他突然跟我说，你去海东城吧，顺带买条船，打点鱼虾过日子。他把一辈子攒下来的钱都给了我。第二年，我用老爹的钱买了一条旧船，下海钓鳗鱼，没过多久就让鳗鱼咬去了两根手指头，你看——”虎哥举起残缺的手指，“鳗鱼活生生地，把我的手指咬下来了。它们的牙齿就像刀子一样锋利，我一点感觉也没有，像是冷天被铁皮剐了一下，也不觉得痛。那天我把鳗鱼拉上岸，一船都是血水，人们还以为我杀了人呢。我没有去医院，当场就把鳗鱼的肚子剖开，取出两根手指，发现已经只剩下骨头了，还残留着一些筋肉，像是被人啃得不是很干净的凤爪。人们说没用了，接不回去了，接回去也长不了肉了。我拿着‘凤爪’看了半天，一转身，就把它们扔到海里去了，落水时，一点声音也没有。”

马可君沉默着，像是在想象虎哥所讲的画面。

虎哥突然起身，走向后阳台，面向外面半荒芜的菜地，他抬手指了出去。

“马警官，你听说了吧，整个东门矿场，从这片菜地，一直到桥下的盐埕——这么一大片地都是唐雄的，他要在这里建开发区。到时我们都要拆迁，你说，我是不是得好好赚他一笔？那时候，就不钓鱼了，买个小别墅，改晒太阳去。”

“看来你是有预谋的。”马可君笑着说。

“唉，十赔九不足。以前只是不想和他有瓜葛，没想到啊，海东城就这么大，不想有瓜葛也没办法啊。”

8

离开虎哥的粿条汤店，马可君没有马上回家，他继续沿着小街转了一个来回。这时候的街市是一天当中最热闹的，店面、小摊，以及各种挑着担沿街喊叫的买卖。马可君几乎每踩出一脚都能踩到脏东西，东门矿场这地方他不常来，也知道外来人员几乎聚集在这片区域，当然不是喜欢这里的脏乱差，主要是因为这里有全城最便宜的出租屋，那种老式的本地人已经遗弃的瓦屋，脱漆的柴门上还隐约能见到“加官进禄”的字样。正如虎哥所言，失踪者唐宁国十年前就租住在这里，一个人躲在阴暗的小屋里制造雷管，伺机报仇。马可君翻过当年的案宗，看过详细的资料，甚至还能准确地找出唐宁国的住处，那屋子破败不堪，没再住人了，也住不了人了，估计都成野猫窝了。

马可君停下脚步，突然没兴趣再继续往前走。他承认唐宁国的失踪在他心里已经淡漠下来了，而随着唐宁国的淡出，另一个逐渐升温并完全占据脑海的无疑是那个姓孔的陌生人。马可君决定去一趟派出所，想办法了解案情的进展也好，实在不行，也得找领导谈谈，到底要怎么处理自己。

三个月没上班了，摩托车开在去往派出所的路上，一切都显得陌生起来，不算太远的路程，竟也觉得十分遥远了，像是开错了道，绕了海东城两圈才到达曾经的单位。一路上，鸽群从小城的上空掠过，像一群小号的无人机，正在跟踪侦察马可君的一举一动。摩托车停在门口，马可君都有些紧张了，竖着红旗挂了国徽的大门，肃穆而庄严，似乎已经不是马可君这种“不听话”的人可以自由出入的了。

马可君把摩托车推到门卫处，支好，伸手去敲那面贴了旧报纸的玻璃窗，门卫耀叔立马就把头伸了出来，一见是马可君，吃了一惊，立马又笑着说，马警官上班哪。马可君点点头，欣慰耀叔还念旧情，没为难，依然把他当所里的人。马可君进门时，给耀叔递了根烟，耀叔很开心地接了，继续笑着说，马警官高升哪。

马可君径直去了领导的办公室，领导不在。马可君松了口气，好像领导不在才是他此行的目的。他转身下楼，去找方队。方队刚升上去，具体说是马可君被处理后升上去的，之前和马可君一样，也是一名干警。马可君不知道方队是怎么坐上这个位置的，不过也没什么值得怀疑的，他也是老警察了，还是本地人，能力各方面都可以，早晚得升。之前共事时，他们的关系不算亲密，也没什么过节儿，甚至有一次马可君还帮过他，当然只是小忙，就是配合一起编了个谎言——有一次抓聚赌，缴了几万赌资，方队几乎独吞一半，回所里做报告时，马可君故意把缴获的赌资说少了。方队知道马可君帮了他，事后请他吃了餐海鲜，说了一通家里遇到的情况，意思就是手头紧，没办法。方队当时还给马可君塞了个信封，目测有好几千，不过离开时，马可君又偷偷把信封塞回方队的公文包。这事后来想想做得也不是太地道，至少让方队一直觉得，被人抓了把柄。如果是聪明的做法，他应该收下，让人家放心。

不过现在看来，当时还是做对了，至少马可君有了理直气壮的资本，就算别人都不待见，方队也得笑脸相迎。方队把马可君请进了办公室，扯了一些闲话、套话，诸如最近过得怎么样啊，放心吧领导会妥善处理的，等等。

马可君说："都三个月了，实在不行，给个痛快话，我回鹿西城做点小生意。"

方队马上制止说："别闹情绪，上面也没别的意思，就是让你休息一段时间，避避嫌，别没事找事。"

马可君也是故意将军，试试底，他暂时可离不开海东城，那样会有一大堆麻烦事，女儿上学的事，还有女友唐叶修，也还糊里糊涂的，半死不活的胶着状态。

马可君说："我能惹什么事？"

方队说："不惹事就好，你也知道，多一事不如少一事。"

马可君说："我也不想啊，好心找个精神病，却惹出这么一摊子破事来。"

方队说："过去的事就别再提了。案子已经结了，是意外死亡。"

马可君问："意外？知道是哪儿的人吗？都埋了二十年了怎么没人找？"

方队说："都说别再提了，你老是不明白我的意思。"

马可君哧的一声笑，他怎么能不明白呢。如今在所里，他已经是个外人了吧，人家高兴了跟你说几句，不高兴当然可以什么都不透露。他喝掉纸杯里的温水，环顾四周，起身告辞了。

离开时，马可君脑子里突然闪出一个大胆的计划。

马可君不想再这么被动下去了，以他在所里工作三年的经验，想在深夜潜入，拿到盐埕骨殖案的材料，倒并不是一件多么难的事。问题是，他得等待一个安全的时机。按照往年的惯例，码头开港之初，所里会组织一次海鲜大宴，由高升的同事请客，毫无疑问，今年做东的肯定是方队。马可君刚在办公室也注意到一个细节，文员小李进来汇报说酒楼的房间订好了，方队让小李通知下同事。海鲜宴十有八九就在今天晚上举行，地点应该还是海边公路的锦明餐厅。那里的海鲜是全城最地道的，海东城人嘴刁，所里的人嘴更刁。

就是说，天时地利，马可君只要能瞒过门卫耀叔，基本上就如入无人之境了。

耀叔是老实人，所里人都知道，马可君跟他关系还不错，平时上班，进出都能聊几句。耀叔不像其他保安那样上蹿下跳，想巴结点人，积累资源，出去好办事。耀叔无所谓，除了本职工作，从不过问多余的人事。耀叔的老伴常年患病，听说是尿毒症，马可君还为他发起过募捐活动，凑了几万块。耀叔出于感激，工作上十分上心，无论什么时候，保卫室里总亮着灯。所里看他年纪大了，不好意思辞退，就当是照顾，况且有他在，值班人员时不时也可以偷个懒。

出大门时，马可君特意停下来和耀叔说会儿话，隔着保卫室的小方窗，两人抽了一根烟。耀叔问马可君最近好像没怎么见人。马可君撒了个谎，说是去外地办个案子。耀叔“哦”了一声，咧着嘴朝马可君憨笑。他可能当真不知道马可君已经被停职了，上层的事也犯不着跟一个门卫汇报。

虽说冒险的主意基本已定，可整个下午，马可君还是神思不定，接女儿回家后，饭也没做，直接躺床上先睡了一觉。是的，他又梦见童年那个幽暗的走廊，明知道走廊的尽头就悬挂着母亲的身体，却怎么也看不到，像是被一层透明物过滤了视线——突然一阵急促的脚步声，他被惊醒了。楼上刚搬来的小孩又在玩耍追逐，力度比以往任何时候都大，马可君担心顶上那层老旧单薄的地板会瞬间坍塌，把他像条蛇鳝鱼一样压死在沙发上——他倒是不怕死，就是觉得小惟不应该和他一起受难。他的担心自然是多余的，窗外的光已经暗下来了，浑浊得像是绘画师调坏了的颜料。他还不愿起来，睁着眼睛看天花板上的水渍斑点，仿佛还置身于梦中，梦中所见，他并不能参与其中，只能像看电影一样，是个观众，触不着摸不到。或者说，有人故意不让他触碰。母亲当年死得不明不白，都没人愿意谈论她为什么要自杀，仿佛自杀本来就是她应该去做的事情。

马可君从小就怀着怨气，有一种自我演绎的英雄气概，他希望有一天能查出母亲自杀的真相，尽管可能是让人十分不齿的鸡毛蒜皮。至少，他不想像父亲那样沉默不语。十多年前，马可君转业回家，刚分配到警队，浑身焕发着旺盛的精力，他突然决定回乡下走一趟。探亲当然只是借口，主要是想会一会那些叔伯，看他们是否心怀愧疚。马可君回到阔别多年的乡村，却发现那座童年的宅院已经破败不堪，到处长满了和人一样高的白茅草。他试图进门，院门紧锁，从门外往里张望，小叔子当年培植的盆栽，竟都扎根长成了茂盛的草木，树上的果子密集而鲜红，吸引了一大群鸟类在厝内觅食和筑巢。

听村里人说，叔伯们都搬走了，一大家子人散落四方，只有清明才回乡祭祖。马可君这一房头却连清明都没再回去，像是家族里落下队伍自我脱离的一支，也许永远都无法归拢了。由此看来，他这一脉算是丢弃了源头，成了无源之水。当年他年轻气盛，是见过世面的军人，自然不会在乎这些，探听到叔伯的踪迹后，也没有继续探寻的意思，甚至连要炫耀一下的强烈愿望也在面对废宅的那一刻消逝殆尽了。他一下子变得释然，仿佛身上所有恩怨都放下了。这么多年来，他不再梦见那个狭长的走廊了。然而，黑暗之手还是没能轻易放过他，盐埕下挖起的那具布满盐晶的白骨，他一直有一种错觉是母亲的白骨——母亲以白骨的形式提醒他，有些坎一辈子都跨不过去。

客厅里，小惟把电视的音响放得很大，她正在看一档湖南台的娱乐节目，时不时发出没来由的笑声。马可君翻身摸出手机，快五点了，他得起来准备晚餐。虽说是父女两个人的吃食，能简单就简单，一般也是应付着过，小惟还提早进入女孩的节食期，有时一餐一个苹果就完事了，马可君哪让啊，孩子正长身体呢，不能听信影视上那些迷惑人的谣言，于是他还得每餐都郑重其事地煮饭做菜，一肉一菜一汤，按时摆上了餐桌，父女俩面对面坐下来吃，也只有这样，有了仪式感，才能“逼迫”小惟吃下点饭菜。

不仅对女儿这样，对待唐叶修也是如此。放暑假之前，唐叶修每个周末都会来马可君家里吃饭，面对突然多出来的一个女人，小惟也知道是怎么一回事了，心里不高兴，那会儿还没敢明显表露出来。再说了，唐叶修每次都带了好吃的和送给小惟的礼物，一个水晶手表或毛茸茸的公仔之类的。而且，他们在家里聊的多是关于案子的事情，不像是在谈恋爱。直到唐叶修要去厦门度假的前一夜，她没回学校，在马可君家里过了夜，第二天一大早起来洗漱时，刚好被小惟撞见了。小惟把房门用力一摔，不再出来，把马可君和唐叶修晾在客厅里，愣了好大一会儿。他们才知道，面前这个小女孩文文静静的，原来心事都积压着，暴发起来可一点都不好对付。

那天，马可君送唐叶修去高铁站，两人几乎一路没说话。马可君试图说点什么，唐叶修也不搭腔。马可君明白唐叶修的心情，她矜持的自尊一下子被击打得稀里哗啦——她甚至哭了，只是没给正面，不让马可君看见。如今，唐叶修出去快一个月了，一直没给马可君打电话，也没发个微信什么的。马可君怀疑她已经回来了，只是躲在学校宿舍里，不想见马可君，更不想见小惟。马可君也没有搅扰的意思，事情就这样，明摆着，唐叶修是需要时间好好考虑清楚。马可君是结过一次婚的人，他比谁都清楚，要慎之又慎。除此之外，唐叶修的弟弟唐宁国已经失踪几个月了，仍一点线索也没有，按常理推定，找回来的希望已经很渺茫了。唐叶修趁着暑假离开海东城这个伤心之地，一个人出去散散心，完全可以理解。

在这个睡意惺忪的黄昏，马可君抓着手机，却突然想给唐叶修打个电话，即便不想过早地把今晚的行动透露给她，也要关心地问候一声，回来没有？马可君犹豫再三，还是没打电话，他不知道如何组织语言，仿佛经女儿那么一闹，他们之间把肌肤之亲形成的默契都洗刷掉了，只剩下初次交往时的紧张和尴尬。马可君最终只是匆匆忙忙给唐叶修发了个微信，可是一直到他们吃过简单的晚饭，仍没收到回复。他时不时盯着手机看的反常举动，倒是全被女儿看在了眼里。

9

马可君没敢把车开到派出所门口，而是停在马路对面的照相馆，装出一副有事的样子匆忙走近门卫室。事先他已经绕到海边公路"侦察"过了，所里的人果真都在锦明餐厅聚餐。马可君喊了一声"耀叔"，耀叔把头从小窗口伸了出来，满脸红润，看样子喝了酒，嘴唇上还沾着油渍。

耀叔问："大家都去吃海鲜了，你怎么没去？"

马可君说："刚吃了一半，临时想起要弄个文件，急着要。”

耀叔说：“哦，我这有竹叶青，干脆陪我喝两口吧。”

耀叔把铁门打开，让马可君进去。

“不了，”马可君摆摆手，“我弄好就走，他们等着我呢。”

“好吧，你忙你的。我就不碍你做事了。”耀叔把头缩了进去，随手把门卫室的门打开，放出一道光，这样可以照着马可君顺利跨过院里几块废弃的花圃。

木棉树上挂着的节能灯管看样子是坏了，一闪一闪的，使得整个大院有了一种诡异的感觉。白天来时没怎么注意，夜里的木棉树像个巨大的人影耸立在院里，此时花期已经过了，开春时红黄相错的花簇，时常落满树下的石板桌椅，马可君还会拣一些干净的回去，铺在阳台上晒干，煲鲫鱼汤喝——他还保持在鹿西城时喜欢吃淡水鱼的习惯，让海东城人有些瞧不上。

马可君走近档案室，发现门竟然没锁，事先备好的开锁工具也没能用上。他熟练地打开灯，假装忙碌起来。三个月前，为了查唐宁国失踪案，他连续多个夜晚都这么干活，是最后一个离开的人。他又像一个需要加班的办案民警，做他该做的事。在档案室找案卷材料，对马可君来说不是什么难事，他比谁都清楚这里的情况，闭着眼睛都能摸到想要的卷宗，即便是多年前无人问津的积案，他都能准确地找出，并说出个所以然。所里没有人愿意干这种吃力不讨好的活儿，档案室还和以前一样，是马可君熟悉的状态，所有卷宗都还按照原来的位置归档存放。不出十分钟，马可君便在一份隐蔽的文件盒里找出了盐埕骨殖案的结案材料，他来不及翻看，随手复印了一份，装进大信封，藏好。他又花了几分钟让现场恢复进来之前的样子。接着，关灯离开。

马可君穿过院子，举头望了一眼木棉树，黑魆魆的，什么也看不见，倒是让灯火给闪花了眼。

“耀叔，灯该换了。”马可君走近门卫室。

耀叔站在门口，他的身影挡住了灯光，矮小的影子被拉得很长。

“是该换了，马警官，忙好啦？”耀叔笑着说。

“好了，就一个小资料，修改一下就好了。”马可君翻遍口袋，却发现忘了带烟。

“不用了，我这儿有。”耀叔给马可君递过来一根，硬壳的红双喜，“那个，我喝酒的事，记得帮我保密，方队不让喝的。”

马可君一愣，突然笑着说：“一定一定。我不是那种人，耀叔。”

“我知道。”哗啦啦一阵响，耀叔把铁栅门按开了。

一路上马可君把摩托车开得飞快，回到家里，心还在怦怦乱跳。他回味着耀叔的话，似乎有没点明的意思，耀叔让马可君帮忙保密，是不是在告诉马可君，他也会帮马可君保密？这么想时，马可君长舒了一口气。

马可君把复印回来的材料放在茶几上，久久不敢拆开来看，仿佛面对的是一份事关命运的成绩单或者体检报告。小惟已经睡着了，属于她的小房间总是关得紧紧的，平时一刻也不让父亲进入，晚上睡觉，还从里面上了锁。女儿逐渐长大了，作为父亲的就不仅仅是父亲了，还是一个男人。马可君也没办法，他找不到可以和女儿接近的办法，至少像一般的父女那样，他都做不到——家里是多么需要一个母亲，如果生的恰好是女儿的话。

马可君想给唐叶修打个电话，看了手机才知道唐叶修给他回了微信，他急切地点开来看，心立马凉了半截。没错，唐叶修向马可君提出了分手，她在微信里倒没有直接说分手，只是说这段时间想了很多，觉得还是遵从内心的想法，让彼此都好过一些。唐叶修说的彼此，明显不是指她和马可君，而是她和小惟。马可君不知道怎么回复，以他的性格，他不会纠缠不放，既然已经考虑清楚了，那就彼此接受吧，毕竟大家都是成年人了。要说伤心吧，马可君也是真伤心，只是他不想表露出来，更不想让唐叶修知道。

连抽了两根烟，马可君才把信封里的复印件抽了出来。

正如方队所言，案子确实已经结了，家属也认了，没再追究。法医给出的结论是溺水身亡，DNA检验结果，死者果真如张纯打探到的一样，姓孔，名见山——让马可君惊讶的是，孔见山竟是几十里之外的鹿西城人，也就是说，他们是老乡。孔见山死时才二十岁，早在二十年前，鹿西城那边就把他按失踪人口处理，并注销了户籍。除此之外，材料没有涉及孔见山一个鹿西城人怎么会跑到海东城来溺水身亡，然后被风浪裹着淤泥冲上滩涂，最终被掩埋在盐埕之下……家属的说辞也语焉不详，只是说他患了病，精神上有些失常，离家出走，一直下落不明。

从材料上看，合情合理，没有任何破绽。马可君都怀疑，是不是自己多疑了，他躺在沙发上，睁眼看着天花板，脑子里浮现的却是唐叶修的面容。面容是一个人最好的辨识，那么，这个叫孔见山的年轻人，长着该是怎样一副面容呢？想到这儿，马可君胸口一紧，似乎想起了什么。他突然坐起来，翻出原先的材料，档案页上，附在右上角的黑白照片模糊不清，确实年代久远，又是户籍照，表情绷着，关键还是复印件，更加看不清。不过从那个颧骨高耸的轮廓上看，马可君似乎又觉得，这人好像在哪儿见过，或者说，像极了某个人。

马可君一晚上没睡好，迷糊中，他只是眯瞪了一会儿，就听见小房间的门咔嗒一声打开了。小惟赤着脚走出来，见父亲躺在沙发上，纸张撒了一地。晨光刺得马可君睁开眼，他倏地坐了起来，骨头酸痛得像是刚被人揍了一顿。女儿被吓了一跳，穿着小睡衣又躲进房间里，过了一会儿，才换了校服出来，也没说句话，或问父亲怎么在沙发上睡，就径直进了洗手间。马可君在沙发上睡不是第一次了，大多时候随便一躺就是一整夜，习惯了。这会儿醒来却有些异样，脑中像是一锅煮烂了的甜糜，他努力回想着昨晚的事情，像是做了一场梦，不像是真实发生过的，至少不敢相信自己真的那样做了。他俯身把撒了一地的纸张拾起来，事实证明，白纸黑字，错不了。他再次端详起那张既陌生又熟悉的脸，某些想法似乎再次夯实了。

趁着女儿还在洗手间里，马可君想去阳台抽根烟，顺带把茶几上隔夜的茶水端出去浇金边吊兰。这种兰花最好养了，随便把花茎上的植株剪下来，放土里就能活——他也养不了金贵的东西，没当年小叔子的天赋，种了满院子的奇花异草。清早上阳台抽烟同样也成了马可君的习惯，小惟不让他在屋里抽，说白了就是不能当着她的面抽，这小姑娘越来越像她妈妈了。奇怪的是，马可君无法容忍前妻，却乖乖听从了女儿的旨意。

阳台向南，隔着一个长满马尾松的小山坡，对面是海东人民医院的住院部，窗台上晒满了浅蓝竖条的病服。马可君想象哪一天自己也住了院，是否能在那些窗台的任何一个，望见自家的阳台，望见那个独自抽烟的中年人……近处，一路之隔，山坡下是一家钢筋厂，灰突突的建筑，常年见不着人，倒是每天都有卡车准确无误地把车尾倒进狭窄的装卸门口。马可君每次看得入神，他希望卡车司机哪天能一时疏忽，把钢铸的大门给撞翻了，别每次都那么精准无误。

10

出门前，马可君把茶几上那张印有照片的档案页带上，他准备送小惟去培训班后，直接去马街找张纯。

时间还早，屋外的阳光却有些咬人了。在贸易城十字路口等红灯时，马可君干脆把头盔摘下，挂在后视镜上，他被闷出了一头酸汗。街上的人不少，买粿条汤和卤肉糜的早餐店坐满了赶着去码头的乡下鱼贩，门口横七竖八停着驮了鱼筐的摩托车，像扎堆的池鱼，空气中充斥着隔夜的腥臭味。过了十字路口，马可君在老车站的面包店为女儿买了芋头包和豆浆，再穿插过几条小巷，把小惟送到了向日葵培训机构楼下，看着她穿着舞蹈服的身影，竟陌生得像是别人家的孩子——但愿她是真的喜欢跳舞。

马可君把摩托车拐上马街，去往纯纯美容院，远远地就看见，门还没开，紧闭的拉闸门像是一个人生气时紧绷的脸。马可君蹲在门口抽了根烟，才开始拍门。

开门的是个小女孩，嘴里还含着一口泡沫，松垮的睡衣里挺着两颗咸包似的乳房。女孩认得马可君，含糊着说，张姐还没来呢。马可君没说话，他也不好意思让目光在女孩身上停留，只好径直跨过门去，在沙发上坐了下来。“我给她发微信。”他说着，拿出手机，却没有点开张纯的微信。小女孩见状，就不再理了，进了洗手间继续洗漱。

等张纯的过程中，马可君一次次把孔见山的档案页摊在茶几上，端详良久。美容院的几个小女孩还以为他在研究六合彩图纸呢，便凑过来问，马警官也买六合彩啊？今晚押哪个生肖啊？马可君知道海东城人喜欢赌，尤其是香港六合彩的外围赌，泛滥时几乎每家每户都有各种猜码的彩报，见面时第一句话不是问吃了吗，而是问今晚押什么。不过马可君从来没买过，倒是带队捣毁过几个头家窝点，事后听说那只是一些小头目，真正的大头家在幕后。

“谁敢买六合彩啊？”张纯人还没进门，严厉的责问声先传了进来。

小女孩们都笑开了。马可君站了起来，和张纯打了招呼。

“阿君，这么早。”张纯在茶几对面坐下，“有事吗？”

马可君把桌上的纸张推给张纯说：“你看看，这照片，像谁？”

张纯蹙起眉头，拿起档案页说：“孔——见山？不会是……”

马可君点点头，嘴角处有不易察觉的得意的微笑。

“像谁呢？”张纯迟疑着，似乎在脑子里调动她所有认识的面孔。

“再想想，昨天刚跟你提起。”马可君有点等不及了，故意提醒。

“哦。”张纯想起来了。

“虎哥。”他们几乎异口同声。

“怎么回事呢？”张纯一脸疑惑，“这人怎么跟虎哥扯上关系了呢？”

“很快就知道真相了。”马可君有些兴奋，他折起纸张的手都微微在发抖，“我得去下码头。那我先走了，张姐。”

“我不知道你在搞什么鬼，你最好先顾着你自己，别再惹麻烦了。”见马可君都快出了门，张纯的语气有些惶惑，她是真的担心马可君再出事。

“张姐，放心。”马可君回头一笑，“对了，我来主要是想告诉你，我和小唐分手了，谢谢你一直以来的好意。”

还没等张纯反应过来，马可君已经跨上门口的摩托车，朝码头的方向驶去了。

这时的东宫码头一片热闹，和昨日所见的情景完全相反，忙碌的人群如升腾在空中的一股热浪，远远就能看见，像烈日下的柏油路，冒着滚滚的烟雾。

马可君走到写着“东宫渡口”的铁格栅门下，透过疏朗的铁格，刚好望见褐色的海滩上搁着几条旧渔船，几个渔民穿着连体塑料衣，正往沙滩上搬运鱼筐，都是颜色不太好看的杂鱼，小渔船只能有这样的收获，跟码头上的大船没法比。虎哥的渔船大概也是这种改装过的木筏子，船尾加个发动机，横斜焊出一根长长的钢管操控行船方向，看似简陋，却很实用。马可君站了一会儿，绕过一边的铁格栅门，顺着石阶下到海滩，一切都是脏兮兮的，各种杂物都有，味道更是刺鼻。他朝搁浅的几条小渔船探望，果真看见虎哥嘴里咬着一支香烟，正往船上提工具，他穿着大襟衫，头上是一顶垂檐篾帽，完全一副疍民的装扮。马可君快步上前，脚下被废弃的渔网缠住，差点绊倒。

“嘿，虎哥，是我。”马可君大声喊道。

虎哥看见马可君穿着皮鞋，正一步一挪，他手里提着缆绳，见状，又把缆绳环扣在岸上的木桩上。虎哥一脚踩上船舷板，猫下身子，伸手把马可君拉上了渔船。船确实是小了点，马可君猛一上去，没站稳，差点从另一边栽下海，不过该有的也都有，甚至还像大渔船那样，在连接船杆的绳索上绑了好几面红色的旗布，风一吹，啪啪啪地响动。马可君第一次上船，有些晕，他双手抓住绳索，努力把身体稳住。虎哥见马可君一副生疏的样子，早料到是只旱鸭子，连忙从船头拿过一张木凳子，让马可君坐好，双手刚好握住船舱的横梁。

“怎么啦，马警官，想跟我一起出海啊？”

“是啊，择日不如撞日，长这么大还真没出过海。”马可君抬起头，神情像个央求大人带他上街市的乡下小孩。

“行船讨海三分命，咱们丑话说在前面，出海可不是闹着玩的哦，搞不好会出人命。你不怕吧？”虎哥哈哈笑起来，看样子也像是在吓唬孩子。

“走吧，我知道。”马可君故作镇定，想试着站起来，像虎哥那样自如。

“好咧，出海啰，但愿马警官能给我带来好运，不要空手而归……”

虎哥自言自语，解开缆绳，启动发动机，渔船突突突吼叫起来，在熟练的操作下，很快就驶出了海港。马可君回头，东宫码头从海上的角度看，就是一排简陋的水泥台阶，一阶之上的海东城，渐行渐远，也开始微缩成岸上的模型，似乎不是船只在离开，是小城在往相反的方向隐匿。这种奇异而陌生的感觉让马可君有些惶恐，眼看着渔船朝深海处行驶，经过养蚝场上颜色各异的球形浮标，美丽而壮观，远处岸上的山石和巨型风车逐步被抛远，直至周际只剩暗蓝色的海水，估摸不到底的深厚。马可君假装被初遇的景象迷住，眼角却一直偷瞄着虎哥，只要虎哥还在哼着无字歌，神情淡定，他也就用不着害怕，船翻不了，人也死不了。越往外开，空气越是清爽，阳光比岸上强烈，天空湛蓝得不太真实，白云也像是画上去的，不时有海鸥盘旋在船边，它们一点都不怕人，它们知道，这儿不再是人的地盘，自然不是人说了算。海浪逐渐大了起来，不过是暗涌，一下一下把船抬高又放下，要是海水稍有不高兴，完全可以轻易地把船和人翻下水，像是倒掉簸箕里两颗发酸的土豆。

虎哥站着掌控船头杆，直到驶过了暗涌，来到更为旷阔的海面上，这儿就是渔民所说的“浅海”了。虎哥看似松了口气，他不再哼歌，而是四处张望，看样子想找个地方把船靠边停下，在浩瀚的大海上，这样的想法一旦浮现就显得十分滑稽。马可君都差点笑了，他心情突然很好，半猫着腰身，探出头，近距离看海水，暗蓝色的海水，平静如一块巨大的肥皂。虎哥开始转动船头，不远处是一块礁石，礁石上还有废弃的灯塔。虎哥把船挪到礁石边上，停了下来——看来这是他经常光顾的老地方。

“海鳗喜阴，又嗜血，白天就喜欢躲在礁石的缝隙里，突袭过路的虾蟹和小鱿鱼。”

虎哥边说边从船舱板下拉出钓具，以及一个白色塑料盒，打开一看，竟都是小鱿鱼，海东城人习惯叫它们“尼仔”，其实就是管子，半夜经常有渔民开船架灯出海，就是出来照尼仔。虎哥带上的尼仔还是活的，肚子一闪一闪，泛着银光。

虎哥说："海鳗可挑剔了，尼仔不新鲜，它们不咬钩。"

半小时，或更长的时间过去了，海面越来越平静，波澜看起来像是鱼的鳞片，似乎整片海域就是一条大鱼，他们就附在鱼的身体之上。虎哥一直盯着鱼钩，时不时抽根烟，提上鱼钩换鱼饵，他忘了身边还有别人存在。马可君对海钓的新鲜劲头早就消逝殆尽了，剩下的只有烈日下的煎熬和无聊。马可君上船可不是为了体验海钓，他觉得应该说点什么，要不虎哥真把他给忘了。

"那个……"马可君刚一开口，就被虎哥打手势制止了。

"咬钩了。"虎哥小声说，看样子很兴奋。

马可君瞬间也屏住了呼吸，跟着虎哥一起盯着浮漂看，白色的泡沫浮漂看起来有一只四十几码的鞋子那么大，一会儿被拉下水里，一会儿浮出水面。虎哥熟练地操作着钓鱼竿，时而放线时而拉线，钢丝索在轮轴处发出风吹过门缝咻咻的声响。十分钟后，一条碗口大的海鳗终于浮上水面，目测有一米多长，像条蟒蛇那样游动、挣扎，因为嘴上咬了钩，整个头部便呈现出一种不自然的状态，随时会一跃而起。马可君有些紧张，他做好了躲闪的姿势，又按捺不住好奇，上前俯身观看，想帮上点什么忙。一会儿，海鳗终于疲软了下来，它翻起白色的肚皮。虎哥笑着说，它在装死呢，海鳗可狡猾了。马可君四下找打捞的工具，才发现，一根7字形的铁钩已经被虎哥拿在手上，只见他快速把海鳗拉到船边，铁钩便准确无误地插进了海鳗的颈部，随手一提，就把它甩上了甲板。海鳗在甲板上拼命跳跃，整个身子几乎死死地缠住铁钩，张着骇人的利齿，有誓死搏斗的决心。马可君听说过海鳗刚烈，亲眼见到了，还是有些意外，怕碍事，只好躲到一边。虎哥上前一脚踩住海鳗的头部，掏出小刀把颈部血管、硬骨切断，再用一块抹布蒙住，割断鱼钩，否则鱼身太滑，按不住时，很容易被咬伤——多年前，虎哥没经验，两根手指头就是那么失去的，当然，那条海鳗比眼前的要大得多，虎哥至今都没能打破纪录。

处理完第一条海鳗，虎哥显得轻松多了，再次下钓时，话也多了起来。

“马警官果然给我带来好运啊。”虎哥回头给马可君扔了一根烟。

马可君觉得是时候谈下正事了。

“最多一天能钓多少？”

“钓不了一天，谁在海里都待不了一天，像我这种小破船，三四条吧，不过也不能论条算，像刚才那条，一条就够了，所以说你给我带来好运嘛。”

“我还真是见识了，各人赚一行，行行出状元。”马可君忍不住奉承起来。

“那是，在海东，我称第二，没人敢称第一。凭什么呢？”虎哥再次举起他的断指，“海东人还没有钓海鳗失去两根手指头的，哈哈，除非把命都搭进去了。”

“确实挺危险的。”

“说实话，我从没有带人出过海，钓海鳗，可不是打鱼虾，浪险过打紫菜，钓海鳗比打紫菜危险多了。”虎哥把烟嘴子啐下海，“今天算是破例了——马警官这么急着找我是有什么事吗？”

“也谈不上是什么急事……”马可君伸手摸了摸放了档案页的裤兜，迟疑一下，还是把手挪开了，“唐宁国那边看来是没什么希望了，你说的没错，有些事情并不是努力了就有结果。昨天听你讲了那么多，我感触也蛮多的，像我们这些年纪不上不下的人，前途是没什么可展望的了，倒是有些往事，有时间想一想，说一说，才能把日子继续过下去……”

“马警官是属什么的？”虎哥干脆把鱼竿卡在船舷板上，转过身来。

“属狗，虚岁三十七了。”

“我属龙，比你虚长几岁。确实是中年人了，我们这批人又总是不服老，老觉得还是二十几岁的样子，只有看着孩子唰唰地往上长，都快和我们一样高了，才知道已经和我们小时候讨厌的那些人一样老了。说起来也是没出息啊，有出息的人谁会觉得自己还是小年轻呢，你说是不是？”说完，虎哥哈哈笑起来。

“是的，你昨天的话也让我想起小时候，住在乡下的大院子里，一家人，伯伯叔叔婶子嫂子，几十人，整天闹闹哄哄的，没有一天不争吵。其实他们长什么模样都不记得了，倒是有个小叔子，大概是最小的那个，也没结婚，二十岁出头吧，他整天不怎么出门的，也不说话，唯一的爱好就是在院子里种花草，一盆一盆的，种了满满一院子，各种各样，有蔷薇、三角梅和山上挖的墨兰，更多的都叫不上名号。照说一个乡下人，喜欢种花草，是有点奇怪，其他人也看不惯，经常一有什么不顺心的，就拿小叔子的花草撒气，踢了个底朝天。小叔子也不生气，事情过后才默默地走过去重新种好、摆好。印象里，我还真没听他说过话，是有过几次眼神上的对视，我都躲开了，因为我记得有一次，妈妈跟我说，小叔子的脑瓜有问题——有问题应该是言重了，只是人内向，有心事，不知道怎么说，也没有人愿意听他说。我现在想啊，他的形象却比其他人都清晰，瘦瘦高高的，头发也长，没怎么打理，老是交替穿那两件相差不大的格子衬衣，和一条明显大几码的西裤，脚下有一截踩进了拖鞋里，全是泥……我不知道他现在怎么样了，结婚没有，有孩子没有，或者，是生是死，不过，他在我脑子里，不管是死是生，却一直是那么年轻的，似乎一天也没有老过，一直是那个样子，憨憨的，活在我的记忆里哪，变不了了……”

马可君一口气说了很多心里话。

虎哥明显被马可君的话吸引了，他想不到，马警官会突然跟他说这些。

“嘿，还真是，我跟你说过的，我那表弟也一样，二十年过去了，他的模样也没变过，他们都说，我们长得很像，我那时候不觉得，他比我好看多了，至少比我白，比我斯文，我挺喜欢他的。这么多年了，我们没再联系，关系说断就断了，像是没发生过。我们之间只差几个月，我比他早生几个月，做了哥哥，他很不情愿，总是像个哥哥那样教导我，我也不反感啊。我记得他还送过我一样东西，是个小魔方什么的，早就没了，不知丢哪儿去了。”

“后来呢，他考上大学没有？”马可君急着问道。

“他是想考大学，我也不太懂，我们通了几年书信，大多是他写给我，我很少回，不是不想，是不大会写，最多就会写几个大字。那时我白天去海东城打散工，在码头卸鱼，满满的鱼筐要抬满整个码头，一眼望去，跟地里长出来的一样。一天下来，骨架都快散了，浑身鱼腥味，有时澡也不洗，倒头就睡，哪还有心情写字哪。他写给我的信又长，字也多，我看都看不过来，好多信最后都丢了，我也没读完。他在信里总是有好多话对我说，学习上的，生活上的，包括谈恋爱——这方面我挺感兴趣，哈哈，就挑着读完了。他说他喜欢上了语文老师，每次来信得用一半的篇幅写他的语文老师。刚开始，我看得挺来劲的，心想他的语文老师肯定是个年轻漂亮的女孩子，那时我也对女孩子有想法了。你懂的，马警官——可是后来怎么着，你知道吗，我表弟喜欢的语文老师竟然是个男的，他是最后才敢告诉我，把我给吓傻了，一时没反应过来是怎么回事。自那之后，他中断给我写信，我也觉得没意思，一个男孩子怎么可能爱上男孩子呢？我理解不了。大概有半年时间吧，突然又收到他的信，说要来鸭屎礁找我。我以为他在开玩笑，我也不希望他来找我，对他有了看法，再说，我那个样子，浑身鱼腥味，偶尔回信，还担心沾到信纸被他闻到，写信前得特意洗手，垫上白纸，留出一行空白的来写呢。

“刚好那会儿鸭屎礁又出了事，你知道的，唐校长的死，让大家都很紧张，尤其是我们三房的人，没事都不敢出门，怕五房人报复。我白天在码头搬鱼，晚上不敢回村，就窝在天后宫过夜。一个月后，事情总算平息了，我不知道表弟有没有来找过我，可能来了，找不到，又离开了，也可能没来，都说不定。总之我没见着他，这事也就过去了，我没放在心上。后来，几年后吧，我听说，不知道真假，听谁说的也忘了，他说我表弟早在几年前就失踪了，那年他没考上大学，离家出走，再没回去过。我当时听了，有些蒙，表弟失踪的时间刚好和他写信说要来找我的时间对上了，也就是说，他是真准备来投靠我的。这件事我一直很难过，如果当初不躲在天后宫，他找着我了，大概就不会失踪吧。这么多年过去了，活要见人死要见尸，他却是一点音信也没有……”

虎哥说完，长时间地沉默，盯着海面上的浮漂，浮漂随波起伏，像极了一块被人丢弃的杂物。

马可君好几次都想把裤兜里的档案页拿出来，指着上面的头像问虎哥，这是你表弟吗？你表弟是不是叫孔见山？可是，他最终都没有那么做。因为那样的话，意味着他也要把盐埕的骨殖告知虎哥，告诉他，孔见山早在二十年前来海东城投奔表哥时就死了，死后尸首被埋在盐埕里，就在海东城人的眼皮底下，埋了二十年之久……马可君实在不忍心说这些。

海鸥再次盘旋了过来，在他们头顶上咕咕地叫着。它们不是海东城上空的鸽群，同样不畏人，却是不同的样貌。马可君突然喜欢上了这浩瀚的大海，他羡慕虎哥作为一个讨海人，可以天天和海在一起。若是习惯了，海水其实和大地一样，同样能给人以坚硬和安全之感。马可君甚至觉得，就算他此刻越过船舷，跳进海里，海水也会把他托住，不会让他像一块石子那样沉没下去。

一直到晌午，他们却再也没等到海鳗过来咬钩。

11

从海上回来后，马可君黑了一圈，去张纯那儿接女儿时，她们都吓了一跳，差点没能认出来。马可君提了半条海鳗回去，想送给张纯。这么些年，张纯一直帮他，他也没送过什么东西。那半条海鳗是虎哥硬塞给马可君的，说既然一起出的海，就得平分，是规矩。张纯没要，她等着马可君说点别的。马可君故意不说，似乎他早上就没来找过张纯，也没给张纯看过那张貌似六合彩报的档案页。

马可君回家后，手忙脚乱煮了一锅鳗鱼粥，没有虎哥老婆煮的那么美味，至少鳗鱼是新鲜的，闻着都甜。小惟却不敢吃，嫌鱼粥腥味重，一个人关在房间里泡方便面。马可君只好硬撑着把一锅粥吃完，吃得满头大汗。

马可君感觉今天女儿的心情不错，父女俩闹僵后，她还没有主动找父亲说过一句话。应该是张纯跟小惟说了什么。看电视时，她突然问父亲，出海好玩吗？马可君笑着点点头，说挺好玩的，还神情夸张地描绘了海钓的乐趣。他是故意引起女儿的兴趣，如果可以，他真想带她随虎哥的渔船再出一次海，不过那样得瞒住张纯。

“要不，”小惟迟疑着说，“哪天叫上唐阿姨，我们一起出海玩吧。”

马可君愣了一下，很快反应过来说：“好啊，等唐阿姨回来我跟她约。”

“唐阿姨已经回来了。”小惟眨巴着小眼睛说，“今天我在张阿姨那里见过她了。”

“哦，是吗，那我跟她联系。”

马可君大致明白了。肯定是张纯得知他们分手后，背着他做了工作。小惟也好，唐叶修也好，张纯在她们跟前，都有难以替代的威力，自然不是他马可君所能比拟的。这么一想，马可君心里既甜蜜又怅然若失。无论怎么说，都是好事一桩吧，小惟不使性子了，心里怎么想的不知道，至少表面已经接受了；至于唐叶修，马可君猜得没错，她果然早就回来了，只是不愿意露面。他迫不及待要给她打电话——算了，还是找个时间直接去学校宿舍吧。

洗澡时，马可君从裤兜里翻出湿透了的纸张，拿在手里，似乎真相就攥在他手心，是松开还是继续攥着，完全由他决定——他不知道自己还在顾虑什么。关于孔见山的死，他心里已经有了大胆的推测，基本排除了自杀的说法，一个有心来投奔亲戚的人是不会自杀的。既然如此，这里面一定有什么不可告人的秘密，联想到唐宁国曾经跟唐叶修说过的话，也就是说，唐宁国既然知道盐埕里埋着尸首，还能准确地记得位置，那么他一定是见过什么，或曾经见过什么。这些疑点，马可君还想跟唐叶修好好聊聊，如果她还有什么瞒着他没说的话。

夜晚冗长而闷热，马可君倒在沙发上躺了一会儿，眼睛盯着天花板上像是桉树皮那样皴裂开来的白色胶漆——前段时间屋顶漏水，通知房东查看，原来楼上的租户搬走了，押金也没退，走时水龙头淌着水，把客厅淹得可以养鱼。马可君要房东把天花板重新刷过，房东嘴里应着，数个月过去，还不见踪影。马可君突然不指望了，他想明天见过唐叶修后，顺道去北门市场提一桶白油漆回来，再租个人字梯，自己刷了算了。他可不想长期一抬头就得面对一张“桉树的脸皮”。

这么决定时，马可君突然松了口气，事情终于还是解决了。

第二天醒来，他发现厨房里人影晃动，看样子，是女儿在准备早餐。这可是头一回。他起身，来到厨房门口，隔着油渍的玻璃推拉门，看小惟把锅里的米淘了又淘，不下五遍，而他也像煞有介事地看了五遍。

吃过早餐，小惟笑着说：“爸，你不是要去看唐阿姨吗，还不去？今天培训班没课，中午也不用管我，我自己弄饭吃。”

小惟一下子这么懂事，让马可君不知如何是好，只觉得胸口一阵暖意，眼窝里也热热的。

马可君特意刮了胡须，换了一身看起来稍稍齐整的衣裳，他把摩托车停在海东城二中的新宿舍楼下，才给唐叶修发微信，等唐叶修回时，他已经爬上宿舍楼顶层，敲响那间位于走廊尽头的宿舍门了。

唐叶修开门，迎面见到马可君，还是有些惊讶，瞬间又表现出成年人的坦然和无所谓的神情来。不过，怎么说两人也是实至名归的情侣，有过肌肤之亲，一个月未见，彼此的想念也是真切的，只是经过这么些烦心的事，如同眼睛里揉了沙子，咯噔着，就不得不表现得有些生分。他们倒是谁也没先提及前日那条预示分手的微信，仿佛它就不曾被组织和发送过。马可君心里清楚，就在昨天他和虎哥出海的某个时间，张纯也把唐叶修和小惟拉到了一起，三个女人，已经把有关马可君的事情谈论清楚了，并达成了默契。张纯再次帮了马可君大忙。马可君心里感激不尽。他故意满脸笑意，径直找个位置坐下，不等唐叶修招待，自己拿了茶桌上的杯子，倒了水，兀自喝了起来，还给唐叶修倒了一杯，就仿佛来串门的不是他，是站在一边的唐叶修。

唐叶修迟迟没有坐下来，毕竟前天刚发过分手的微信，今天又亲近地在一起，难免是尴尬的事情，与其说是张纯说服了她，倒不如说是小惟的主动示好，让她忘记了之前的受辱。就好像她和马可君之间的爱情，需要得到小惟的允许和支持，那样她心里反而有说不出的满足和谢意。事情当然还不至于这么糟糕，受挫的情绪却是真实的，难免有些怪异，一时半会儿不能平静地接受，也是可以理解的。就像此刻，她不想谈论任何感情问题，只想能找个话题，以掩饰多日未见的想念和疏离。

马可君倒显得自信从容，他正有话要跟唐叶修讲，不关他们的感情，也不关小惟，甚至不关失踪了的唐宁国，而事关那具他们一起从盐埕挖起的骨殖，陌生的外乡人孔见山——在马可君看来，经过几个月的努力，他算是查清楚了孔见山的来历，还没等唐叶修准备好，他就迫不及待讲起了自己这些日子的走访和调查，事无巨细地，都告诉给了唐叶修，仿佛她离开海东城的这段时间，类似人生的一小段空白，在马可君看来却是最值得记忆的一段，他有责任帮她弥补上。

自始至终，唐叶修没有说一句话，她可能觉得和自己关系不大。

“你怎么看？”马可君讲得舌敝唇焦，都忘了喝水，“现在我怀疑，孔见山的死好像不是那么简单……”

唐叶修还是没说话，她眉头小皱，像是在思考马可君提出的问题。

“对了，你认识一个叫金伯的老人吗？”马可君突然问唐叶修，他想起几天前去鸭屎礁，跟一个叫金伯的老人聊过天。

唐叶修点点头。

马可君沉默了一会儿，继续说：“我怀疑那个金伯就是知情人，我那天向他打听孔见山时，很明显能感觉到他有些慌乱，却又故意藏着，不动声色。他肯定是瞒我了，不肯说出实情，他一直跟我强调外姓人不会插手鸭屎礁的房头纠纷——说不定，他就是……”

还没等马可君说完，唐叶修立刻打断他——“你可别乱猜测，金伯是个好人。”

12

马可君当然不会胡乱猜测，有些真相，还像沉在海水里的石子，隔着混浊之物，也隔着起伏的波浪。毕竟已经是水了，不再是厚厚的、硬硬的、严严实实的盐土了。他隐约可以看见，那个隔着水面，隔着年月的波澜，静静地躺在深处的“真相”——真相是不会欺瞒人的，真相就是真相，就像考古学家从地里挖出来的古物。

是的，马可君越发坚定，同时也充满疑虑，疑虑不是怀疑自己的判断，是他无法也无权再往下追查了，就像走到路的尽头，或者岔口，接下来是怎么选择的问题了。他是适可而止呢，还是一条道走到黑，只求把真相大白于天下？关于这点，他确实很矛盾，尤其是最后的矛头有可能指向五房人。唐叶修应该是第一个不接受的，她一直怀疑弟弟的失踪跟唐雄有关。现在看来，如果孔见山的死是某些人所谓“秘密”，唐宁国的失踪就是那个“秘密”结出来的“果”。

一连几天，马可君茶饭不思。他知道，仅凭一个被停职检查的前警察身份，已经很难再继续往下走了，自己也没能力承担后果。还有谁可以帮他呢？他在海东终究是一个外人，虽不至于受到什么排斥和歧视，但那种格格不入，还是很明显。往日里，马可君交往的人不多，以前那些同事，大多是工作关系，一旦他脱下了那身警服，且以一种不光彩的方式，他们不但不会帮忙，反倒会避而远之，唯恐受牵连。

要说称得上有交情，除了张纯，马可君想不出第二个。

张纯在这个事情上的态度又让人捉摸不透。马可君总觉得张纯知道得更多一些，却有意阻止他继续往下查。马可君知道，张纯可能是在护着他，不想他越陷越深。张姐是个好人，这点马可君深信不疑。

事情到了这个份上，马可君也想不出什么好办法，仿佛被各方力量逼到一个死胡同，左右为难，动弹不得。好在，近来女儿小惟像是换了一副心肠，她不再反对爸爸和唐阿姨交往，还有主动撮合的意思，时不时叫爸爸抽时间去约唐阿姨出来玩，自己则主动承包了家务，做饭、洗碗、拖地，每一样都干得十分起劲，不像是刻意表现，像是本来就懂事勤快。这让马可君喜出望外，案件上的僵局所带来的心灰意冷，也缓解了不少。他想暂且就这样吧，幸好他只是停职检查，说不定哪一天，所里会通知他，没事了，回来吧。这样的好事目前看来还遥遥无期，就像单凭他个人之力能把盐埕骨殖案告破一样缺乏希望。他还是抱有幻想，并努力“配合”女儿，尽量让家里充满笑声——这个家以前可像个冰柜一样冷清。

这天周末，他骑上半旧的本田摩托，驶过马街和广场，去海东城二中的新宿舍楼下，把唐叶修叫下楼。唐叶修笑话他，说他都几十岁的人了，怎么还像个后生仔。马可君坐在摩托车上，两条长腿撑着地，俯身趴在车把上，怪笑着说，这才叫浪漫嘛，才像是谈恋爱的样子。两人都差点笑岔气，似乎爱情把他们都变年轻了不少。

唐叶修的笑容却突然僵在脸上，马可君那副模样，让她想起了弟弟——是的，唐宁国还在马街上混那会儿，有时遇着姐姐，也喜欢这样趴在摩托车上朝姐姐怪笑。那时唐叶修可真烦弟弟，照例给他一个白眼，就走过去了。唐宁国身边的伙伴还以为他在调戏美女呢，纷纷朝唐叶修吹口哨。唐宁国呵斥道，你们想死啊，那是我姐!

想起这些，唐叶修的眼圈红了。这些日子以来，对于弟弟，她已经是越来越绝望，她尝试过忘记，继续过自己安静的生活，按部就班。没办法，只要有那么一点暗示，她的脑袋瓜里就会轰的一声，跳出弟弟熟悉的身影和容貌，继而胸口一凛，像是被带刺的藤条拉过。这种突然侵袭的悲伤和丧气，一直折磨着她。

马可君后知后觉，并不知情，仍笑呵呵的，问道："你们学校这宿舍楼，也是唐雄出钱建的吧？"

唐叶修回头看了一眼宿舍楼，又指着边上正在施工的科学楼说："那也是他出的钱。"

"唐老板可真是舍得花钱。"马可君示意唐叶修上车，"来，我带你去河边吹吹风。"

摩托车往城外的方向开，开得沉稳持重，不像后生仔那样恣意狂妄。唐叶修坐在后座上，隔开一点距离，她还羞于跟他靠得太近。两人是有过肌肤之亲，那却更像是一次意外，说难听点，在她心里，还有交易的意思。她宁愿当它不存在，他们的关系还得从头处起。再说，坐在摩托车上，像是把他们的关系都裸露在众人眼里，跟坐在汽车里不一样，虽然街上没几个人会正眼看他们。海东城的摩托车比什么都多，潮水似的，挤满城市的街头巷尾，以及每一个红绿灯路口，哔哔叭叭的喇叭声，就像它们能齐声把红灯催绿似的。这对唐叶修而言，是一种全新的体验。她几乎没有以摩托车的方式出行过，更何况，近在咫尺的是马可君宽大壮实的后背，散发着荷尔蒙的汗味。这个男人三个多月前还穿着警服呢，他穿警服时简直是另外一个人，就像社会运转环节中的一个机器，她作为老师，也一样——机器可能算不上，只是机器上的一个小零件吧。眼下，这个人却因为她的事，把警服都给弄没了。唐叶修的内心浮起一丝愧疚，她终于伸出双手，迟疑地搭在马可君的肩头。

马可君略一回头，笑着说："抓好了，别掉了。"

出了城，喧嚣的气氛才算沉寂下来。继续往前走，就是法留山了，精神病医院就在山脚下，山上还有灯光寺，他们都没去过，只是听说，那上面的送子观音很灵验，海东城人要是生不出儿子，就得经常上山，虔心求子。

唐叶修以前开车去看弟弟，或送弟弟回去，都只知道赶路，没注意过路上的风景。现在一看，像是到了一个完全陌生的地方。大片的田野和翠绿的树木，它们之间掩映着蜿蜒而行的螺河。河流在野外才有河流的样子，一旦进了城，被人架起桥梁，就像个负重的老者了。马可君把唐叶修带到河边，他想制造恋爱的气氛，至少从彼此不如意的生活里抽离出来一小会儿。因为年纪，他们时时为自己的行为感觉到羞耻，即便是周末，也觉得应该躲在家里，忙工作、忙家务，不能像后生仔那样到处跑。当他们停下摩托车，在河边站住时，唐叶修才体会到马可君的用心。河里的流水，由于没有明显的坡度，看似是静止的，水草也浮着不动，偶尔鹭鸶鸟从法留山飞过来，停在河边，长长的腿脚支棱起洁白的身体。

他们已经很久没有这么安静地看过一条河流了。

河水在他们目光所及的地方拐了个弯，隐没在一片果林里。从他们站着的位置，往左看是海东城错落的楼房和码头的妈祖石像；右前方远远还能看见法留山上灯光寺顶部的琉璃瓦。海东人除了求子，每到正月初四，大都会上山求签。马可君没去求过，他来海东城之前没求签的习惯，来了之后，也没入乡随俗。他不知道唐叶修是否去求过，如果她愿意，他倒可以陪她一起去灯光寺求个签，问问往下的事情。

唐叶修却突然回头问马可君："你告诉我实话，我弟的失踪是不是真和唐雄没关系？"

唐叶修问得突然，马可君来不及琢磨，一时半会儿不知道怎么回答。他旋即又知道唐叶修为什么会在这时候问起唐雄。海东城人都知道，唐雄的大别墅就建在螺河边上，就在眼前不远，河道的拐弯处。那儿的几十亩地，都是唐氏集团的地皮。早年唐雄给海东人民医院捐款一个亿建综合大楼，政府让唐雄选块地相赠，唐雄就选了河边的荒地，背靠法留山，隔河与海东城相望。相传，唐雄还请灯光寺的住持去看过，住持说那是一块风水宝地，起厝建宅，能保唐家百年无虞。

"到底有没有关系？"唐叶修像个小女孩一样任性，仿佛马可君真能给她标准答案。

事实上，马可君几乎可以肯定，唐雄除了当年敲死唐叶修的父亲，之后孔见山的死，以及现在唐宁国的失踪，跟他应该都没什么关系。

马可君还不想告诉唐叶修实情。

他说："你放心，我不会放弃的。"

唐叶修说："如果真没关系，那就算了吧。"

马可君顺着河流拐弯的方向望去，一个大胆的想法浮上心头——没错，是时候去找大老板唐雄谈谈了。

第三章　所有事物一样的白盐

1

唐雄把位于河边的别墅命名为“白盐居”。

这是他琢磨了许久才定下的名字，在此之前，身边不少颇有学识的友朋，宣传部的记者、书法家，还有中学校长，他们都在酒桌上帮他拟过不少祥瑞的名字，什么致远楼、明德堂等等，还请了灯光寺的大师开光、祈福，其实都还不错，却不能打动唐雄的心。最后都放弃了。当时别墅装修都快竣工了，就差门楼石等着安装，书法家和石雕师傅都准备就位，就等着唐雄定夺。

他倒是不慌不忙，站在阳台上，举目张望良久。

河对岸就是海东城。这些年，在唐氏集团的努力下，海东城开始有了一个城市的模样了，至少从河这边望过去，挡住视线的都是唐氏集团开发的房地产或捐建的大楼。那些大大小小的地块和高高矮矮的楼房，在唐雄看来，就像是他小时候费尽心思积攒起来的“人仔册”——从《三国演义》《西游记》到《隋唐演义》《射雕英雄传》，积攒得越多，越丰富，他在伙伴当中的声望就越高，他们就喜欢跟在他屁股后面转，为了一起窝在墙脚时，被允许翻看几页。在他看来，和伙伴们分享“人仔册”里让人热血沸腾的故事，跟他后来在董事会上畅谈未来一样，让人心情激越和畅快。

顺着河流，越过大桥，唐雄远眺海湾的方向——是的，码头对面就是他沙尖鱼大小的家乡鸭屎礁。他是看不见的，那儿有一片铺天盖地的桉树林，鸭屎礁就隐藏在树林后面。海东大桥却清楚可见，它是有些老态了，这么多年，鸭屎礁人就靠着横跨大桥才能进城谋生，早前只能靠摆渡。对鸭屎礁人来说，大桥就是去往外面世界的通道。唐雄还记得小时候在村口眺望东宫码头的情景，那时妈祖石像才是海东城最高的建筑物，石像一度成了唐雄心目中的女神。

有些记忆已经模糊了，就像有些景象在时间和风尘的覆盖下，渐渐看不清原来的面目——大桥下那十几露盐埕地现在就没有当年那么光彩夺目了。海东人计量盐埕的单位为“露”，一露即十块埕，十几露盐埕地，一百多块盐埕，密密麻麻铺排开去，从高处看，四四方方，如巨大的围棋盘，确实很壮观。在年少的唐雄看来，更是如此。

唐雄打小就对盐埕地怀有深厚的情感，他父亲作为盐业队长，同时也是曝盐的技术工，俗称“戽母手”。每天从清早到深夜，父亲都把自己浸泡在盐埕里，大风烈日下，和其他曝盐工一起，光着老菜脯一样黑油油的膀子，用盐耙制盐、曝盐、收盐，一刻都没停歇过。在唐雄眼里，正值壮年的父亲简直就是一个机器人，他能一口气把二百多斤一担的挂卤盐径直挑到盐坨上。唐雄没事也爱跟着父亲去盐埕，他自然帮不上忙，只能待在一边，看着父亲他们干活，他喜欢很多人集聚在一起干同一件事情时的热闹，就像每年祭海时，整个鸭屎礁的村民都会出来看一头牛怎么被砍下头……他还喜欢盐埕地里新盐的酸冽味，埕壆上马缨丹的清香，以及大风从桥下的涵洞吹过时，芒花丛波浪一样随风起伏——芒花的叶子多数时是枯黄的，只有灰紫色的花束，弯着腰，制造出美好的弧度，像是戏台上那把象征着马匹的拂子；他还喜欢注视盐埕地中闪着蓝光的盐池和卤水缸，它们就像盐埕的眼睛，直勾勾地盯着同样蔚蓝的天空。

大多时候，父亲不让唐雄暴晒在烈日下，他只能躲在盐工吃饭和休息的棚寮里。那种简易得不能再简易的搭建物，用几根木麻黄撑起骨架，再用树毛披在顶上，别说是台风来了，偶尔桥洞吹过来的风稍大一些，都可以把寮顶的树毛掀得一干二净。唐雄怀抱“人仔册”，坐在敞口的棚寮里，他那时的理想倒也简单明了，就是能像父亲那样，做一个出色的“戽母手”，改良盐田，提高制盐的产量和质量，然后在地区的盐业评比中，也捧回一个金奖，还被其他盐区邀请去讲课，就像讲台上口若悬河的唐世伟校长。

和小时候的梦想相比，后来的唐雄可以说是超额完成了。如果父亲还在的话，肯定会为儿子感到骄傲。父亲从盐厂退下来后，没过多久就去世了。在唐雄看来，父亲的死不仅是生病来不及医治那么简单，他把父亲的死因直接归咎于盐埕。是的，那年属于三房的承包期限到了。三房承包盐埕十年，刚承包过来时，收益并不好，经过唐雄父亲的改良，后面几年确实赚到了钱。五房人看在眼里，自然眼红，于是期限一到，立马就闹了起来。关于盐埕，三房和五房之间没少闹过，两个房头的矛盾最早也是因盐埕而起。不过那次闹得不大，唐雄的父亲自愿辞去队长一职，等于把盐埕毫发无损地过渡给了五房。父亲作为老实本分的技术工，他本不具备和人争斗的能力，很快又抵不过五房人的排挤，连“戽母手”也做不成，直接从盐厂退了下来。这一退，就病倒了，都来不及去医院检查，就在一个风雨之夜，过生了。年少的唐雄看着父亲的尸体蜷缩在破旧的草席下面，活着时那么强壮的男人，死了，竟然萎缩成一团不知名的东西。唐雄没敢靠近父亲的尸体，他怀疑那根本不是父亲，只是盐埕地里看门的土狗。唐雄跪在煤油灯下，一身过分宽大的麻衣几乎罩住了他整个弱小的身躯，他默默看着草席下的尸体，一直到天光。

十年后，当五房承包盐埕的期限一到，唐雄便冲在了最前头。

他认定唐世伟校长就是五房背后谋划的核心人物，所以谈判一开始，他就冲着唐世伟而去。他当时只有一个目的，就是把唐世伟打倒，三房才有希望把盐埕夺回来。五房有唐世伟那样的军师，出谋划策，三房要战胜他们，只能要狠，先下手为强。当然，唐雄没想过要唐世伟的命，说到底只是为了吓唬吓唬他，唐雄没想到一铁钎下去会那么致命，或者说，唐世伟会那么不禁打。他曾是唐世伟的学生，成绩是不好，但学生要了老师的命，一辈子背负这样的罪名，他也不想。得知唐世伟死在去医院的路上时，唐雄一下子蒙了，不过他并没有完全傻掉。那时他已经成年，一人做事一人当，要坐牢，还是枪毙，他肯定不会退缩，只要能把盐埕从五房人手里抢回来，他做什么都愿意，他相信父亲在天之灵看见了也是很欣慰的。尽管房头里的人都劝他跑路，一些动了手的人都跑了，唯独唐雄不跑，他就要留下来，承担一切。没想到，阴错阳差，事件的最后，三房人成了最大的赢家。唐雄“英勇”一战，一下成了三房的领头羊，带领大家重新掌管盐厂，和他父亲一样，当上了队长，很快又成了一个比他父亲还要厉害的技术员，经他再次改良的盐埕，一年好过一年……

唐雄从别墅楼上下来，跟书法家朋友说：“就叫白盐居。”

书法家正铺开宣纸，提笔等着，他有些疑惑，白盐？海东人的习俗，对白色和“白”字都比较忌讳，只有在丧葬时才允许有白色存在，起厝建宅这等大喜事，怎么可以用“白”字起头呢？太不吉利了！海东城几百年来，没有过这样的先例。

唐雄知道书法家朋友的疑虑，挥挥手说：“写吧，就叫白盐居。”

2

唐雄靠着一袋袋白盐，白手起家，这在海东城不算什么秘密。即便是对他怀有恨意的海东城人，提及唐雄的起家，也觉得那是比较清白的路子，就像海东盐厂产出来的白盐，干干净净，质量一流，含钙高，盐卤度刚好，不含镁离子，不生盐针。唐雄也跟他暴晒出来的白盐一样，经得起海东城人的推敲，至少比那些以白粉冰毒六合彩起家的毒贩赌徒要干净正派得多。这点毋庸置疑。

应该说，唐雄真正的秘密是在成为海东城最大的房地产商后，才被公之于众的——具体是，一个叫唐宁国的小伙子制造了一起轰动全城的爆炸案，在人来人往的马街上把唐氏集团的商务车炸成了两截，炸死了唐雄的司机，现场惨不忍睹。案情一发酵，街巷邻里，七嘴八舌的，好多尘封多年的往事，就纷纷浮出水面，且版本各异，有人为了表达对唐雄和唐氏集团的憎恶，添油加醋，以至于他早年干干净净的制盐经历，也被蒙上了灰暗的烟雾，似乎藏着什么不可告人的秘密，否则凭一个行将被时光淘汰的行业的效益，又怎么能为他积累足以运作一个房地产公司的资本呢？甚至有人把唐雄的家事也扯了进来，比如他前妻得了白血病，钱没少花，最后人还是没了；还有前妻只为唐雄生了三个女儿，生不出儿子——在海东城，一个人可以穷困潦倒，一辈子就开一条破渔船，哪怕连渔船也没有，只是在码头搬鱼，或在盐埕当曝盐工，都无所谓，要是身下没有儿子，就算富贵如唐雄，也是会被人瞧不起的，当面不敢明说，背后的闲话肯定少不了。

前妻死后，过了几年，唐雄又娶了现在的老婆，比他小十多岁，外地人，大学才刚毕业，应聘到唐氏集团当建筑师，没过多久就和唐雄好上了。据说是个很厉害的女人，工作上能独当一面，河边的别墅就是她亲手设计的，见过的人都说，简直像个苏州园林。但有一点，她拒绝给唐雄生孩子，别说一定要生男孩，就算一个蛋，人家也不愿意生。唐雄要是来硬的，她就要跟他离婚。这事闹得跟个笑话似的，真是有钱人烦恼多啊！

再怎么样，这些都是人家的家务事，除了一帮闲得没事的嫲人嚼舌头，普通海东城人更为关心的还是唐雄和唐宁国两家之间的仇怨。如果说唐雄当年失手把唐世伟打死这事值得愤慨的话，那么十年后，唐宁国为父报仇，甘愿沦为街头混混，在矿场老屋隐忍多年，就为了把杀父仇人炸死在车里，似乎更值得人们感慨。

案件在当年闹得沸沸扬扬，有骂炸人者无法无天的，更有称赞小伙子是个英雄的。随着时间的推移，持后者观点的人越来越多，他们大多是底层百姓，积攒一辈子也买不起海东城的楼房，自然对唐雄怀有一定的成见。

二十年前，唐雄也是一个意气风发的少年，他并没有觉得自己做错了什么，只认为给三房出了力，出的还是一份大力。唐世伟不死，他们三房人能顺利夺回盐埕地吗？这些往事后来想起来都有些荒诞了，甚至怀疑起它的真假，像是曾经做过的噩梦，时不时闯进现实生活，吓自己一跳——当年怎么就那么傻呢？在唐雄日复一日的噩梦里，除了唐世伟，那个替自己死去的司机，还有前妻受尽病痛的折磨最后形容枯槁的身体……这些不愿回望的前尘往事，唐雄当然希望它能被世人所遗忘，即便世人不忘，他也得努力尝试忘掉它们。然而，这是不容易做到的事情，鸭屎礁还在，见证过事件始末的人也都健在，无论是三房，还是五房，尤其是金伯他们，更是紧追不舍，死盯着唐雄和唐氏集团不放。这当然不是问题的关键，生意做大之后，唐雄对人性有了透彻的理解，有些事情，看似像天那么大，其实只要愿意花钱，大多都是可以搞掂的，它们就不算什么大事，像鸭屎礁那些所谓乡亲，但凡有手有脚，只要他们有一天愿意找到唐雄，讨点钱，或要份工，尤其是为了子女求学，唐雄大手一挥，都给安排了。他还帮金伯在渔政局谋了一份编外的闲差，就是在码头的瞭望站值守，监管渔船出海，尤其是禁渔期间。所以，那么些年下来，海东城里人对唐雄怎么看他不管，至少鸭屎礁人对他是不该有怨言的，无论是给村里的，还是给村民的，该做不该做的，他都做了，该给不该给的，他也都给了。

做了这么多，还是不能让唐雄安心。他知道，真正在身体里结成疙瘩的，不是其他人，而是唐世伟留下的两个孩子。当年孩子虽小，毕竟都懂事了，知道父亲的死和谁有关系。唐雄当上盐业队长后，他有意做出补偿，说是赎罪也好。那时他还比较固执，不便明着出面，把对唐叶修和唐宁国姐弟俩的资助借以政府的名义发放。他觉得那样比较保险，如果直接赞助，就等于承认了杀人的事实。唐雄还不愿意承认，或者说，那时还没有勇气面对自己所造下的孽。

那些年，他们姐弟俩的动态，唐雄一直关注着。唐叶修比较让人放心，毕竟是女孩子，师范毕业后，按规定，本来是要分配到乡下去的，唐雄暗中相助，把她安排到了海东城二中，几任校长都对她照顾有加，就是看在唐雄的面子上。唐雄还亲自找到张纯，让张纯帮忙“看着”唐叶修。张纯的老公在宣传部工作，平时就写写新闻稿和领导讲话稿，跟唐雄是老相识了。张纯的儿子考上市里的贵族学校，高昂的学费对他们而言是一笔不小的开支，唐雄二话不说，就包给孩子十万块钱红包，说是“奖学金”。唐雄自己没怎么读过书，也读不会，小学还没读完就辍学了，成天被唐世伟当反面教材，有时一根竹藤抽下去，一条含血的印痕立马就浮了上来。成年后，他却如同被灯光寺的大师开了光，十分重视教育，也十分敬重读书人。他斥巨资赞助教育事业自不必说，还常年资助海东城的贫困生，只要谁家的孩子想读书却拿不出钱的，找到唐氏集团，报个名，核实清楚，就可以列入资助名单。这些年下来，没有上百位，也有七八十位。唐雄对自己的三个女儿，那更是有求必应，大女儿去了美国芝加哥读大学，二女儿在市里的贵族学校读高中，小女儿在海东城二中读初中。她们都很争气，成绩一直很好，唐雄准备把她们都送往国外留学，他不希望她们学成后回来帮他，为了她们，他甚至宁愿把唐氏集团卖掉。身边人多少有些不解，唐雄粗人一个，大字不识几个，早些年据说连签名都不会，找人刻个印章往合同上一戳了事。可能正是这样，他才知道读书的好处，时常劝朋友们要重视儿女的教育，有钱的自不必说，没钱的，他几十万往人面前一扔，拿去，做其他事不行，读书可以。

张纯得到了好处，当然得回报。她其实也不需要干什么，就帮忙看着唐叶修，照顾着，像个大姐姐那样，可以说是无微不至。事实证明，唐叶修在海东城，确实只交了张纯这么一个知心姐姐。唐雄安排好这些，他不知道唐叶修能否察觉，他希望她最好不要发现，只要她安安分分教书，嫁人生子，唐雄心里的疙瘩也就放下一半了。通过他多年的了解和观察，唐叶修基本是可以放心的，这女孩安分守己，是个乖孩子。好几次在学校的大会上，受邀参加的唐雄远远地看见过她，只是不敢跟她打招呼，假装不认识。他感觉到，唐叶修的目光一直是躲避的，似乎不愿意承认眼前人的存在。

真正让唐雄担忧的，是唐世伟的小儿子唐宁国。这小子不动声色，很早就放弃了学业赞助，辍学后整天跟一帮城里的小刺头混迹于马街，染了一头绿色的毛发，开着故意拆卸了消声器的摩托车，招摇过街，噪声之大，马街开铺头的人见了都得翻白眼，又不敢明着跟他们作对，有时还会遭到敲诈，要交保护费，也得乖乖上交，反正钱不多，等于给他们几个买条烟，要真不给，他们三天两头找麻烦，生意都没得做。他们都是一帮没大人管教的孩子，为首的唐宁国没父没母，跟在他屁股后面混的，情况也好不了多少，要么是瓯船人的孩子，父母几个月漂在海上；要么家人去了外地打工，几年都没见回来。就这些小混混，能拿他们怎么办呢？

小混混唐雄不怕，唐氏集团下面纠结的小混混还少吗，要不怎么对付那些钉子户？诱导、恐吓，甚至骚扰，这些有损集团形象的龌龊之事，自然得授意下面的小混混去做，做好了给钱，做不好也给钱，至于他们做了什么，跟集团一点关系也没有。开发房地产这么些年，有上层的支持，大致还算顺畅，偶尔也需要用到下三烂的手段。唐雄有时候想，那些游手好闲的本地人，确实也太过分了。他们都不知道，是谁把海东城从一个落寞的海滨小镇建设成一个城市的模样，那些文化场馆、教学楼、医院综合楼，还有大的小的小区、商铺、大商场……都是谁建的？还有海边公路，即将开发的新城区，以及计划重建的海东大桥……都是谁的手笔？如果没有唐雄，没有唐氏集团，海东城人依然生活在一个靠几条渔船和十几露盐埕地过活的小镇里，能幸福吗？

这些，海东城人是不会理解的，他们只会享受，不会管别人背后的付出。

唐雄为此苦恼过，尤其是身边还“埋伏”着唐宁国这么一个小刺头。说是战战兢兢，确实言重了，至少像是被一根丝丁鱼的软骨卡在喉里，不至于疼痛，多数时候也会忘记它的存在，但只要一咽口水，便能实实在在地感受到，它就卡在喉咙深处，吐不出，吞不下。

3

唐雄是想过把软刺吞下，凭他在海东城的势力，要“吞掉”一个没父没母的街头小混混，只要动动手段，不算什么难事。他也只是想想，唐世伟的死已经让他多年睡不好了，再加上个唐宁国，他无法想象往后的生活该怎么过。再说，他对这一对相依为命在海东城的姐弟，多少还是动了恻隐之心。唐宁国如果能像他姐那样接受帮助，唐雄为他做什么都行。唐雄其实也尝试过，他曾找到金伯，委托金伯去找唐宁国，想给唐宁国一笔钱，买条船打鱼，或者他需要干些什么，在马街开个小店做生意……唐雄都可以帮忙，只是他不能出面，只好委托金伯前往。

对于金伯，唐雄一直心存芥蒂，他怀疑当年父亲被五房人排挤出盐厂，其中就有金伯的力量，或者说，就是金伯一个人的主意。唐雄把目标对准唐世伟，确实犯了错，这也是他后来一直愧疚不安的原因。金伯一家后来遭遇困难，曾上门求助于唐雄，唐雄不计前嫌，还是帮他们摆平了。金伯的儿子在码头的海鲜餐厅做厨师，儿媳当服务员，本来一家人不愁吃穿，生活还过得去。谁能想到，他儿媳竟然跟一个外地来的大堂经理搞在一起，有一次在包间里，被金伯的儿子当场捉奸，当时金伯的儿子手上拿着长柄勺子——幸好是勺子，不是菜刀，否则那人肯定命丧海东城。没闹出人命，但还是把人打成了重伤。事情当然得解决，要么坐牢，要么赔钱。金伯也识相，得知出事后，第一时间就找到了唐雄。唐雄没有半句推辞，出面处理，还花了一大笔医药费，事后也没让金伯还。金伯感动得痛哭流涕，以后自然什么都听唐雄安排了。

金伯亲自去找唐宁国谈，他打听到唐宁国就住在东门矿场，一个人窝在一个几乎废弃的民房里，过得跟个流浪汉没什么区别。金伯拐弯抹角，劝唐宁国放下仇恨，好好过日子。唐宁国却表现出一副无赖的样子，说他什么都不想干，就想天天在街上晃荡，然后回屋睡大觉。临走时，金伯还被唐宁国伸手要去了身上仅有的几百块钱和半包双喜香烟。金伯回来跟唐雄说，那小子算是废了，不用理他，废材一个。

金伯这么说唐宁国，确实是他心里真实的想法。他清楚唐雄想帮唐宁国的目的，那样说唐宁国，也是为了让唐雄放心——以前的事，五房人不记仇，唐世伟的后人也对唐雄没有任何威胁。这就是金伯想要传达的意思，好让唐雄安心。即便唐宁国真有什么不轨的做法，有金伯他们在，也会帮唐雄化解，大事化小，小事化了。

唐雄听信了金伯的判断，一直到爆炸案发生，他才知道，他们真是把唐宁国给低估了。这小子不动声色，忍辱偷生，让唐雄心生恐慌的同时，也起了敬佩之意。那种复杂的情感一直伴随整个案件的审判过程。从爆炸案发生，到唐宁国被判入狱十年，历时半年的审判里，唐雄一直扮演着正反两个角色。他一方面得为代替自己死去的司机讨回公道，不过人已经死了，唯一能补偿的就是钱了，唐氏集团给死者的遗孀和女儿开了一笔足够她们生活一辈子的抚恤金，私下达成协议，退出对唐宁国的指控。接下来，唐雄又开始扮演“反”面角色，他表现出一副要严惩凶手的样子，又不想他死，就连辩方律师，也是唐雄私下安排的。当然了，律师不会跟唐叶修说，他真正的雇主是唐老板。在唐叶修看来，她算是为弟弟请对了律师，正是他的精彩辩护，才让唐宁国免于一死。

漫长时光的消磨，加上对一个无辜者的误杀，应该足以把唐宁国心中的仇恨抚平、消解。这是唐雄希望看到的结局，他理解一个人的负罪心理是多么的强烈，多么的痛苦，没有谁能够帮到自己，只能靠一夜一夜面对亡灵，自我折磨，自我超度。他知道，唐宁国在揭阳坐牢那八年里，每一个不眠的夜晚，肯定会目睹那辆惨不忍睹的商务车和血肉模糊的尸体，更为要命的是，死者的遗孀和他不满一岁的女儿在镜头前瘫地痛哭的样子，那些天在新闻里轮流播放，观者无不同情。唐雄一直在暗处观察，包括唐宁国被押解去东门矿场指认现场，在海东广场的审判大会，以及后来的几次庭审，当控方律师把爆炸现场和死者妻女的照片放置在唐宁国眼前时，他目光的游离和嘴角的抽搐，让唐雄坚信，属于唐宁国的噩梦开始了。

唐雄等了八年，他准备迎接一个全新的唐宁国。是的，如果唐宁国愿意，唐雄想把他留在身边，给他最好的职务和生活，倒不是要人家夸奖他宽宏大量，他是真的敬唐宁国是条汉子。

让唐雄料想不到的是，唐宁国刑满释放后，回到海东城，确实是变了一个人，只是变成了傻子。变傻的唐宁国还到处散布“谣言”，说海东大桥下的盐埕里埋有尸体。“谣言”几乎第一时间就传到唐雄耳中，他找张纯求证，以确定唐宁国是不是真的脑子有问题，还是装疯卖傻，跟以前那样，刻意把自己伪装成一个“废材”。张纯说，不像是装的，听说在牢里就不大对劲了。

至于唐宁国说盐埕下埋有尸体，这事无论真假，人们也不会轻信一个傻子的胡言乱语，却难免引发议论，造出事端来，对唐雄和唐氏集团都有不良影响。这些，唐雄倒不怎么在意，盐埕对他而言，已经是搁置的产业，之所以还在运作，只是不忍心把一帮跟了自己多年的曝盐工遣散。不过，按集团的计划，用不了多久，十几露盐埕地就会被填埋，打桩机、挖掘机，很快就会进驻，把那儿变成热火朝天的建筑工地。

唐宁国说盐埕地下埋有尸体，这让唐雄倍感诧异的同时，竟然还觉得似曾相识，像是记忆里的某个开关被不经意间给触发了，一些尘封多年的记忆露出了娇嫩含血的质地。是的，他想起小时候在盐埕里看父亲干活，看他用自制的盐耙曝盐，半米多宽的盐耙就像是一支巨大的彩色蜡笔，在洁白的盐田上拖出一道长长的走道，露出红沙砾的底色。它们不像是显露出来的，倒像是被父亲他们用巨笔涂抹上去的。那些走道瞬间会被两边还没结晶的盐卤水淹没。它们露出的那一刻，如揭开的面纱，还让年少的唐雄倍感好奇的是，似乎在红沙土下，当真掩埋着什么，就像他们呼朋唤友去海滩挖沙白和蚬子，同样坚信沙土下藏着物件——也就是说，唐宁国和唐雄有着相似的童年记忆，他们的年纪虽然相差一轮，但在对事物的想象上，却产生了共鸣。

唐宁国被姐姐送进精神病医院后，唐雄在去往灯光寺的路上，法留山下的分岔口，还曾犹豫过，要不要去看望一下他。

4

那段时间，唐氏集团上马好几个大项目，海东大桥的重建工程，东门矿场的旧城改造，以及最让唐雄揪心和不忍的盐埕地的开发。集团的发展由不得他意气用事，公司上下多少人都在为其努力。工作中的唐雄一直是精力充沛的拓荒牛，没什么具体的困难和阻碍是他解决不了的。

开发前期，唐雄每隔一段时间都会去盐埕巡看，也没什么具体事务，他就是想回去看看，慰问下老盐工，给他们派烟，给他们红包，最后再多看盐埕几眼。自从唐宁国到处说盐埕里埋有尸体后，唐雄更觉得那片土地有了神秘感。唐雄以为唐宁国进精神病医院后，慢慢地，他所散布的“谣言”就会销声匿迹。奇怪的是，每当人们快要忘记时，唐宁国总是准时地逃出来，回到海东城又宣扬一番，似乎生怕人们给忘了。

唐雄开始为这事苦恼，倒不是唐宁国的“阴魂不散”，而是有一次，他照例去盐埕巡查时，一个盐工跟他说，最近几个晚上，老是有人趁夜潜进盐埕里来，还带了工具，不知道要干什么。按道理，白盐一袋几十块钱，不至于上盐埕来偷啊。唐雄也觉得反常。他记得，父亲当盐业队长时，白盐还是稀罕物，时不时有盐工偷藏新盐，然后私自带到外面街上卖。只要不是特别离谱，父亲一般都是睁只眼闭只眼，不会揭穿他们，知道盐工靠着那点曝盐的工分，日子过得都是紧紧巴巴的，偶尔带点盐出去私卖，确实能改善一下生活。用父亲的话说，就是“给人放点活水”。因而，父亲在老一辈曝盐工那里，积攒了一个好声望，都说他是个好人。几十年过去了，社会发生了天翻地覆的变化，再穷再苦的人也不至于到盐埕里来偷盐。来盐埕不是偷盐，又能干什么呢？

唐雄一琢磨，再联系唐宁国的“谣言”，他决定暂缓盐埕地的开发。

盐埕里如果真埋了什么东西，唐雄又急于开发，不就明摆着是在掩盖真相吗？他不能贸然行事，事情似乎不是那么简单，唐宁国一而再，再而三地散布谣言，也不像是一个傻子的信口雌黄。唐雄开始警惕起来，好几次他站在桥头俯望盐埕，当真觉得那下面埋了什么东西。他有叫来挖掘机一挖究竟的冲动，亲自把它敞露在海东城人眼前。最终还是压抑住了，挖不出东西还好，真的挖出什么来，即便真和他无关，不也是自找麻烦嘛。本来外面就风言风语，不少心怀妒意的人已经在等着看唐雄的好戏了。

正当这时，金伯再次找上了门。

秘书轻叩了下办公室的门说：“董事长，有个老同志找您，说是鸭屎礁人。”

多年来，秘书已经习惯，只要是鸭屎礁的人，唐雄一个也不会拒绝在外。秘书退出办公室时，金伯的身影几乎同时出现，他唤了一声“阿雄”，便径直走了进来。

唐雄多年没见过金伯了，自从他儿子出事，辞掉码头瞭望站的工作，回去带孙女后，他们就没再见过面。儿子和儿媳虽然没离婚，但感情有了罅隙，对女儿不管不顾的，金伯得回去帮忙照看。

金伯明显老了不少，人一老，脚步就开始显得拖沓，朝唐雄走过来时，几次错以为行将摔倒。唐雄立马起身，把金伯引到一边的沙发坐下。沙发太软，以至于金伯整个人像是被提着的五花肉，生怕自己会陷下去，好像他坐的不是沙发，而是一条破了舱的即将沉没下去的渔船。唐雄察人无数，看金伯一脸倦容，肯定有事，看样子事情还不小。

“我想你已经听说了。”金伯没绕弯子，开门见山，“唐世伟的小儿子唐宁国到处说盐埕的谣言，你总不能这么放任下去吧，对你的影响可不太好。”

唐雄始终面带微笑，他得表现出从容的样子。当年唐宁国炸了他的车，他得知后也没表现出过分失态，何况他已认定唐宁国是一颗哑弹，就像以前的渔民出海炸鱼，把那些装有雷管的瓦甏抛出去，十有八九就能判定它们能不能炸开。不过，唐雄还是不能掉以轻心，更不能在金伯面前透露内心的真实想法——有时哑弹，也会在你贸然靠近时突然爆炸，炸你个措手不及，伤痕遍体。

“怎么啦？”唐雄装糊涂，“我这一整天公司的事都忙不完，哪有工夫听外面的谣言，这些年关于我的谣言还少吗？”

金伯知道唐雄在装糊涂，连他在鸭屎礁都听说了，作为盐埕的主人，谣言的直接针对者，怎么可能不知道呢？唐雄是什么人，金伯会不清楚吗？当年他冲在三房人前头，和五房对着干，金伯就知道日后这人要是成了，肯定不好对付。如果说金伯对唐宁国算是失察，那么对唐雄，他可是一直保持警惕的。唐宁国是金伯从小看着长大的，难免疏忽；唐雄就不一样，他们之间隔着距离，有了这层距离，看得自然就比灯下黑要清楚得多。

“你真不管啊？”金伯从桌面上拿起烟来抽，“我也是好心提醒你。”

唐雄不抽烟，但他在办公室的茶几上，时刻备着软中华。见金伯要抽烟，他立马抓起桌上的打火机，给金伯点上，依然笑呵呵的。

“嘿，金伯您是说盐埕那么点事吧。”唐雄终于笑着表态，“唐宁国现在都傻成那样了，胡说八道，我们跟一个傻子计较什么呢，是吧，看在唐校长的面子上……”

唐雄没再往下说，他意识到，此刻和金伯说起唐世伟，并不合适。

“随你合意吧，我可是提醒你了，出事了可别怪我。现在外面的人都在说这事，你是董事长，又是当事人，有些话人们不便在你面前说。我就无所谓，乌面也好，红面也好，雅话我不会说，歹话也不怕你不合听。我记得你的好，觉得有必要跟你说下。我也是为你着想，先前的事，我没能帮到你，我唔过心。你也是命水硬过铁，当年逃过一劫，现在该怎么做，你自己看着办吧。”

金伯一席话说下来，也算情真意切，是真心要帮唐雄的样子。

唐雄听着却当真犯了糊涂，那金伯希望唐雄怎么办呢？自证清白，把盐埕挖起来给众人去看，看看里面是不是真的埋有尸体；还是，像电影里演的那样，不解决问题，先把提出问题的人给解决了，哪怕他是个被关在精神病医院里的傻子……

5

一个月后，唐宁国从精神病医院逃出来并下落不明。这事唐雄似乎早有预感，真的发生时，还是让他觉得蹊跷。傻瓜都能想到，唐宁国如果真的从此不见了，唐雄肯定是最大号的嫌疑人。

唐雄不得不听从金伯的劝告，要出面“管一管”了。

他先是打电话给老朋友，也就是海东派出所的弋所长，主动交代了情况，如果需要，他会积极配合警方的调查，至于唐宁国之前所散布的“谣言”，无论真假，他都毫不知情。

唐雄和弋所算是故交，唐雄还在盐埕当队长时，弋所是户籍部的办事员，人们习惯叫他小弋，他每天的工作就是接待前来办证的群众。那时办证还得手写资料和回执，小弋写得一手好字，在海东城出了名。唐雄连续生了三个女儿，属于超生户，正是托人找小弋帮的忙，两人一来二去，就熟了。应该说，弋所后来当上所长，唐雄别的帮不上，在资金的供应上，那是不遗余力。自然，作为回报，弋所也帮唐氏集团处理过几宗麻烦事……做房地产的，总得要两只手抓，两只手都要硬，什么时候出右手，什么时候出左手，那都是有分寸和讲究的。

这些年，弋所除了是所长，还是海东城书法家协会的副主席，对书法的研究也日渐长进。在各种书法展上，以及内刊彩页，经常能目睹弋所的风采和书法作品，从早年赵孟頫式的秀润峭拔，到近些年黄庭坚式的返璞归真，写得那是越来越成熟持重了。唐雄不懂书法，却十分敬重会写字的人，书法家协会的一切运作费用，只要吱一声，唐氏集团都管够管足。因为有书法这层关系，两人交往倒显得儒雅起来，轻易不谈公事，只谈艺术上的事。所以，唐雄决定给弋所打电话时，还感觉有点难为情。

弋所倒没觉得事情有那么严重，他跟唐雄说，案子是手下一个叫马可君的民警在办，说不定用不了几天，人就找回来了。再说了，唐宁国从精神病医院逃出来也不是头一回，不至于像你想的那么坏。如果有需要，警方会找你配合调查的，先别紧张。

说不紧张，肯定是骗人的，唐雄甚至有预感，唐宁国这次失踪，不同往常，肯定是凶多吉少了。他也不清楚为什么会有这么不祥的预感。有些话，他不便在领导那里多问，只好另外找人打听——所里那些人，他几乎也都认识。

马可君就当真不认识，可能在某些场合见过，打过招呼，唐雄却一点印象也没有。按理说，马可君来海东城也三年了，跟张纯还走得那么近。唯一的解释是，马可君这人跟别的民警不一样。说实在的，唐雄喜欢这样的人。这么些年，他身边萦绕着太多让人恶心的角色，缺的正是“一根筋”的人，像唐宁国，像马可君——是的，他潜意识里十分敬重这些“不识时务”的硬家伙。打听好一切，唐雄也不能做什么，只好在家里，静静等待马可君查到他头上来的那一天。对此，他还蛮期待。

曝盐工给唐雄打电话说：“唐老板，刚才有个自称是警察的人来过这里，身边还带着个女人，他们在问最近是不是有个脑子有问题的人来过……我说没有，没见过。”

唐雄说：“好的，有什么事你再给我电话。”

马可君终于查到盐埕地去了，他身边的女人不用猜，就知道是唐叶修。他们询问唐宁国有没有去过盐埕是假，主要的目的是近距离观察盐埕，是否真的有埋藏尸体的迹象。唐雄想到这里，还真有点害怕，他担心马可君会真的信了“谣言”，认为那里面埋着什么。

果然，没过几天，唐雄收到张纯的信息，说唐叶修上街买了一些挖土的工具，行为有些异常。唐雄的担心，看来是应验了，他转而一想，让他们去把盐埕挖起来也好，那样真相不是大白了吗？清者自清，唐雄不相信还真有人能嫁祸于他。

天气预报说，今年第一号风球即将在海东城沿海登陆。从下午开始，风雨就开始大起来了。海东城人虽然对台风早已稀松平常，每次风暴将至，还是会全城戒备，如临大敌。码头上的渔船肯定是归港靠岸了，渔场和盐埕都得停工，人员疏散，甚至于大街上，也难见几个人影，仿佛风暴就是妖魔怪兽，所有人都必须躲在家里避难。

草草吃过晚饭，唐雄拿上车钥匙就出了门。

外面风雨大作，他已经很久没在这种时候出过门了。以前经营盐埕，无论是他，还是他的父亲，最怕的就是突如其来的风暴，那时天气预报又不准确，半夜一有什么动静，就得立马爬起来抢收白盐。唐雄小时候和父亲睡一张眠床，经常睡着睡着，父亲就不见了。他就知道，外面肯定下雨了。等他再迷迷糊糊醒来时，父亲浑身湿透，正坐在厅堂的排骨椅上直喘气。

母亲则在一边起煤炉，为父亲烧热水洗澡。尤其是夏天，唐雄就没见父亲安稳睡过几天觉，一有什么风吹草动，他都会霍地从床上坐起来，弄得唐雄半夜起来尿尿都要蹑手蹑脚。父亲有时干脆就住在盐埕的棚寮里，被蚊虫咬得浑身起泡。所以，人们衡量一个出色的“戽母手”，除了手头上的技术和经验，还要会看“天时”，像诸葛亮那样知道什么时候来风什么时候落雨。唐雄有时看父亲对着晴朗的天空念叨：“唔对，海肚起云山，要落大雨。”便立马招呼队员抢收白盐，将卤水放入卤缸池。那时队员们都听父亲的，视父亲的话为权威。等抢收好白盐，天时果然大变，大雨倾盆而下。到唐雄掌管盐埕时，虽然还要看天时劳作，随着技术的改进，已不像父辈那么累了，盐度有了波美计，天气有了天气预报，盐埕也都铺上了薄膜，抢收起来省时省力。不过，海东城人嘴巴刁也是出了名，腌制虾蟹蚶蚝，甚至是腌咸菜腌菜脯，非得要用沙母埕晒出来的盐，据说那样腌制出来的咸菜才对味。说到底，人们就是吃惯了沙母盐的味道，真要比的话，薄膜晒出来的盐要干净得多，也白得多。

唐雄开着路虎来到海边公路时，路面的积水都快没掉半个车轮了，粗大的雨点打在前挡风玻璃上，连路都看不清了。如果不是新修的水泥路，那种天气根本行驶不了车辆。

找了一个地势较高的地方，唐雄把车停在路边，熄灯熄火。从他的位置，刚好能看见海东桥头，以及桥下的盐埕地。此时的盐埕，一个人也没有，从上往下看，借着大桥昏暗的路灯，还能看清盐埕的轮廓。那些来不及处理的盐坨，被薄膜包裹着，看着倒像是一个个白色的坟头，有些瘆人。唐雄从未像个局外人那样俯瞰过盐埕，在整个年轻力壮的青年时期，他一直置身于盐埕里，自诩是盐埕人，从人工绞水到安装水泵，从沙母埕到薄膜曝盐，从老式盐耙到各种新型器具……貌似曝盐这项工艺变得越来越简易，完全不需要什么技术员，哪怕是个刚入行的新手，只要按照他制定的流程和标准，用不了多久，也能产出质量上等的白盐。这些都是唐雄亲手改良的，实际上，他等于把自己的高台给拆了，把“埕母手”的身份让给了每一个有心制盐的盐工。有人笑他傻，他却置之度外，看到了更为广阔的人生和天地。是的，在那个风暴已至的夜晚，他坐在车里俯瞰盐埕，心里突然油然升起一份异样的感动，就像一个苍老的父亲看到儿女已经长大成人，可以独当一面了。他不知道父亲在天之灵，是否也在天堂俯瞰着他。

唐雄不知道在车里待了多久，雨点打在车外的声响让时间显得漫长。能听出来，雨越下越大了，风也像个粗暴的家伙，把路边成排的木麻黄压得弯下了身姿，像是早年盐埕里的女盐工，开不起闲话玩笑，就相互薅起了头发。台风要是真的在海东城正面登陆，唐雄停车的位置地势有些高，正好是个关隘口，他怕风暴会直接连人带车一起掀翻，幸好开的是一辆号称有三吨重的进口车。

海边公路上依然一个人影也没有，路灯照下来的光束也被风暴无情地打散，看着像是一片碎光，在迷迷糊糊的空中飘浮着。唐雄还想继续等下去，他不知道即便真的等到他们出现，又能干什么。他什么也不想干，像个固执的孩子，就想看看，他们会怎么干。他知道他们是不会放弃的，一段时间观察下来，他发现他们比他还要固执。他们不是要真相吗？这就是最好的机会，唐雄睁只眼闭只眼，等风暴一过，他就是再想睁只眼闭只眼，也由不得他了。

然而，当两个被连体雨衣包裹得认不出模样的人影出现在公路上时，唐雄又感觉蛮意外的。他们全副武装的样子，确实有些郑重其事。唐雄甚至有点怀疑，跟着唐叶修的男人不可能是马可君。唐叶修情愿冒险，唐雄是可以理解的，毕竟她急于寻回弟弟，哪怕弟弟真的遇害了，她也要找回尸体，生要见人死要见尸嘛。问题是，马可君作为一名警察，他怎么会这么贸然呢？傻乎乎的，跟着唐叶修就来了，然后想在十几露盐埕地里挖出些什么来？

唐雄远远地看着他们怀抱器具，在风雨中艰难前行，从桥头处拐下小道，开始消失在草木里。那是一片杂草横生的泥潭之地，有一条不成形的小路，隐没其间，因为斜坡较大，平时曝盐工们都不敢走，生怕一不小心踩空滚进了泥沟里。他们识得那么隐蔽的小路，知道避开正门，等于就是避开摄像头，看来事先已经侦察过了，还不止一次，说不定就在唐雄停车的位置，也像他那样，俯瞰盐埕多时。

6

唐雄做梦都没想到，马可君会在盐埕里，挖出一具白骨来。

在此之前，他所能想到的，最为大胆的猜测，也就是可能会挖出唐宁国的尸体。那已经是不得了的事情，谁都不想那样的事情发生。因为有人曾莫名其妙潜进过盐埕，唐雄才不得不往最坏处去想。

盐埕里的白骨不是唐宁国，那么他又会是谁呢?

弋所第一时间给唐雄打电话："老唐啊，你的麻烦大啦……"

其实从盐埕回来后，唐雄就在等着弋所的电话。他得假装什么都不知道，如梦初醒，然后听从安排。事情既然出来了，就得处理。为了顾及影响，还得低调处理，小范围处理。其间，唐雄配合警方调查，去过两次派出所，把盐埕的情况做了全面的交代，在他看来，一具白骨埋在盐埕之下，少说也有十几二十年了，那可是曝盐的盐埕，不是荒山野地，简直有些不可思议。两次前往，唐雄都没遇见马可君，后来才知道，马可君因为工作犯规，被停职检查了。这让唐雄倍感意外。似乎也可以想象，马可君无意间捅了这么大一个娄子，所里不太可能任由他继续追查下去。

没过多久，唐雄接到一个熟人暗示，意思是他已经把马可君搞下来了，现在骨殖案由他接手，唐老板大可放心，不会有什么差池。这人姓方，之前也是一名干警，听说因为表现突出，还当上了中队队长。唐雄跟方队只是数面之交，在酒桌上一起喝过几次酒，上次唐宁国失踪案，就是找他打听的。

据方队透露，马可君被停职检查的原因倒也不是什么严重的事，就是在寻找唐宁国期间，他似乎和唐叶修好上了，不管实情如何，他们前后进入同一间包房，却是旅馆的监控录像可以做证的……也就是说，马可君之所以陪同唐叶修去盐埕挖掘尸骨，警方怀疑他受到了唐叶修的“性贿赂”，即便他们是被冤枉的，是单纯的男女朋友关系，案子既然涉及唐叶修和唐雄两家的仇怨，作为唐叶修的男友，他也应该避嫌了。

在唐雄看来，“性贿赂”也好，真处成男女关系也好，都无所谓。不过那样一来，马可君冒着风暴，深夜贸然潜入盐埕的行径，便很好解释了。

实际上，跟马可君比起来，唐雄并不喜欢方队，这人贪财不说，还咋咋呼呼的，喜欢上蹿下跳，不像一个办实事的人。方队既然主动找了唐雄“邀功”，唐雄也不便拂了人家的“好意”，顺势对他表示感谢。事后唐雄认真思考过，以方队的做事风格，骨殖案最后十有八九会不了了之，以无名尸骨或投海自杀草草结案。这不是唐雄想要的结果，他的清白洗刷不了是一回事，他心头的疑窦更是没法化解——是的，他不是警察，但他也知道，一具尸骨被埋在盐埕之下，不是一件简单的事情，背后肯定有着不为人知的故事，尤其是当DNA的检测结果出来，证明尸骨已经在盐下埋了二十年之久，时间上的巧合，让他更想知道事情的真相。唯一能给他答案的，似乎就只有执着的马可君了。

唐雄从张纯那儿得知，马可君被停职后，仍在继续追查骨殖案和失踪案。这让唐雄倍感欣慰，同时他也听得出来，张纯对马可君充满爱惜之情，并不希望他陷入势力角逐的泥淖里。唐雄既想利用马可君查出真相，自然得暗中提供帮助，他让张纯故意把案件侦查的进展和线索透露给马可君，当然得以一种被动的不易被怀疑的方式。

几乎不用多长时间，方队这边就把盐埕骨殖案给结了。埋在盐埕下的是一个叫孔见山的鹿西城人，失踪多年，精神上也不太正常。家属早在十多年前就申报了死亡，注销了户口。他的骨殖之所以会出现在盐埕地里，无非就两种可能：一是孔见山当年过海东大桥时，失足落海，溺水身亡；二是孔见山寻了短见，跳海自杀。两种死法，最终尸体都会被风浪冲刷到滩涂地上，再被掩埋进土里。警方的分析倒也合情合理，家属本来就不抱什么希望，如今还找到了尸骨，自然同意结案。

唐雄心里清楚，盐埕在他和他父亲手里时，确实有过扩张，沙土一推，就有可能把滩涂地里的尸体给覆盖了。不过有一点，唐雄不敢挑明，他清楚盐埕地里的每一块盐田，如同清楚身上的每一寸皮肤。挖出骨殖的那块盐田，毗邻水闸，可以说是最古老的一块老盐埕。也就是说，那具尸体，肯定是二十年前，有人故意埋在盐埕底下。无论是出于什么原因，对唐雄来说，这个事情都足以让他寝食难安。他身上背负的生命已经不少，眼下似乎又多了一条。他开始相信，原来这一切都是报应，都是因和果——如果说唐世伟的死，司机的死，包括素不相识的孔见山的死，他们都是“因”的话，那么他前妻的死就是“果”。想到这里，唐雄简直有些不寒而栗，眼前再次浮现前妻弥留之际的情景。多少年来，他一直不愿意回想那个悲痛彻骨的时刻。

一开始，前妻时不时发高烧，以为只是感冒，就没怎么在意。那时唐雄白天忙工作，夜里忙应酬，妻子在家里照顾三个孩子，算是任劳任怨。妻子是盐工的女儿，嫁给唐雄时，并不知道他日后会成为大老板。在盐埕，无论曝盐收盐，她都能帮上忙。唐雄做了房地产生意后，她就什么都插不上话，更插不上手了。在家里，除了做家务，渐渐地，她连女儿的作业都辅导不了，更多时候，她就像是唐雄雇请的“保姆”。唐雄也是念旧情的人，在外陪客户怎么玩，他从不“下水”，只在大厅坐着等埋单。在他看来，唐氏集团之所以能越做越大，跟背后有个人在默默帮他照顾家庭，不找男人任何麻烦，关系很大。但是，由于工作太忙，疏于对妻子的关心，也是存在的。这正是他后来一直愧疚的地方。有天夜里，妻子对唐雄说，老是流鼻血，止不住，好几天了。唐雄一听，随口说，那是不是得去医院看下。妻子说，算了，我吃点药，可能是最近上火了。唐雄还是没怎么在意，也许就像妻子说的，上火了。唐雄对自己的身体也不在意，他自诩身体健壮，和父亲一样，听朋友说要按时体检什么的，他总免不了嘲讽几句，生死在天，有什么好查的。

第二天，唐雄正在开会，突然接到一个朋友的电话，朋友是海东人民医院的医生。医生说，老唐啊，嫂子出事了，你赶紧过来。唐雄赶往医院才知道，妻子在家里晕倒了，自己迷迷糊糊打的120。医生拿着验血报告跟唐雄说，你看，白细胞计数这么高，血小板又那么低，血象不正常啊，马上去市里查一下。唐雄平时几乎不去医院，他受不了医院里消毒水的气味，透着一股上了漆的棺材的味道。听医生那么一说，他其实也没太懂，但从医生的神情可以看出，情况不乐观。唐雄立马带着妻子去了市里的医院，接着又去了省里的医院，眼看着她一次次被抽血化验，最后还被人用针管扎进脊椎，抽出骨髓来……从怀疑到确诊白血病，前后不过三天时间。唐雄找了当年赞助过的学生，这个学生正好在省里的医院上班，已经是个很有名的血液内科主任、教授。唐雄资助过的学生，就他的成就最高。唐雄没想到，他们会以那样的方式见面。当教授拿着骨髓活检报告给唐雄看时，唐雄挡住了说："你就直接告诉我，还有救吗？"教授说："希望是有的，不过说实话，情况很糟糕。"

折腾了半年，化疗放疗，唐雄眼看着妻子渐渐变成了陌生的模样。她轻薄的身体裹在衣服里完全脱了形，头和脸也几乎只剩下骷髅的形状。唐雄把她搂在怀里，就像是搂着一件被单。最后的日子，唐雄一直守在妻子身边。唐雄说，告诉你一个秘密，唐世伟当年确实是我打死的……没想到……连累了你。妻子倚靠在唐雄的肩头说，那就让我替你偿命吧，你帮我好好照顾三个女儿。唐雄说，这个你放心，你知道的，我爱她们。隔了一会儿，妻子又说，你再去找个女人，让她为你生个儿子吧。唐雄说，不了，我有三个女儿就够，不要儿子了。妻子说，都这时候了，你就没必要哄我开心了……唐雄还等着她继续往下说，大半天，却再也没有了声息。

7

前妻去世后，唐雄一度很萎靡，他开始频繁地往灯光寺跑。车子出了城，拐上一道曲折的土路，两边是灌木丛和桉树林，过了螺河，就到了法留山脚下，往右直上是灯光寺，往左下走是精神病医院。唐雄那会儿觉得如果不往灯光寺跑，很快就得去精神病医院了。

灯光寺的住持是唐雄的朋友，两人是通过弋所认识的。住持在海东城也是有名的书画家、收藏家，法名释宏远，俗名周作甫，曾游历四大名山，参拜多方名师，受具足戒。回海东城后，主持灯光寺，把灯光寺从一个小寺庙化缘建设成为大寺庙，还筹备了佛教协会，创办了佛学院。海东城书法家协会每年都要在灯光寺举办几场书画展，邀请全城名流，一起参观游览灯光寺，看奇山异石，听禅语梵音，尝果蔬素食。灯光寺还设有宾馆，可供留宿，夜里倚着门窗看隔河相望的海东城，灯火迷离，算是一景；清晨起来，鸟语花香，看年轻的僧人们穿着灰褐色的长衫，集聚大殿前做早课，齐声念诵《楞严经》……唐雄是灯光寺的常客，每次活动他都会参加。有一回，弋所跟住持开玩笑说，唐老板还没有生儿子呢，大师给开开光。住持听了，笑着说，唐老板如果真要求子，得先娶个老婆啊，否则菩萨也帮不了你。末了又认真起来，嘱咐唐雄初一十五都来一趟。唐雄那会儿将信将疑，他本来一有空就往灯光寺跑，不差初一十五，也不是为了求子，主要是来跟住持喝喝茶谈谈佛，清空脑子里那些乱七八糟的凡俗杂念。

那些年，住持给唐雄讲了不少佛理，唐雄也为灯光寺捐了不少财物。

有一年，唐氏集团还给灯光寺捐建了一座佛殿。唐雄只有一个请求，就是希望佛殿的名字要有个“慧”字，那正是他前妻的名字。住持大笔一挥，亲自给佛殿题写牌匾，起名“慧根阁”。住持说，唐老板的妻子生来就有佛缘啊，起了这么一个好名字。慧根阁自开工之日起，两年后完工，唐氏集团大做宣传，邀请全城名流参加剪彩揭幕典礼，足足闹了一整天。过后没多久，唐雄就和现任的老婆结了婚，婚礼却举行得相当低调，只请了双方至亲吃了一餐海鲜，连弋所他们都毫不知情。

唐雄现任老婆姓严，他习惯叫她小严。小严跟前妻是完全不同的女人，两人要是站一起，就像是一对反义词。小严的学识和专业，注定她不可能是一个默默无闻的家庭主妇。她年轻漂亮，专业出色，做事干练有主见，生意上很快就成了唐雄最得力的帮手。唐雄对她也十分信任，多数时候，唐氏集团就由小严掌管。身边的朋友，总免不了戏谑唐雄几句，其实也是羡慕——唐雄前后两个女人，几乎是冰火两重天，他却都能驾驭，艳福不浅啊。

有了小严，唐雄在河边起了别墅“白盐居”，之所以选择河边，为的是能像灯光寺那样，隔河与海东城相望，虽然地势低了一些，有河水从门前流过，也是难得的地方。唐雄还开始学习书法，给超大的书房定制了三面通墙的实木书架，购入上万册书籍，把书架的空隙一次性都给填满了。书房中间放置一张整木的写字桌，笔墨纸砚，陶罐、木雕、檀香炉……该有的全都有。写字桌对面的窗台下则放一套红木茶几，写累了还可以泡茶闲坐。他每天临帖一小时，几乎把古今以来的书法大家都临了一遍，从王羲之到黄庭坚，一直到文徵明。他虽识字不多，但多年来耳濡目染，对书法家却如数家珍，一看其字一眼便能认出是谁写的。看今人之作，他也能看出有谁的影子、受了谁的影响。不知道的人还真以为他是个深藏不露的行家。

唐雄还记得，唐世伟的字也写得很好，是鸭屎礁唯一会写毛笔字的人。每年春节前夕，唐世伟都要在祠堂里为村民们写春联，无论五房三房，有求必应。祠堂布置简陋，唐世伟直接把联纸铺在供桌上，蘸墨挥笔即写，丝毫不用酝酿和犹豫，毛笔就像是从他身体长出来的一样，完全听从他的意志，字字端庄圆润。现在想来，颇有颜真卿的风韵。唐世伟写字时，周边总是围满了人，唐雄那会儿个头小，也喜欢挤在人群里看唐校长写字，他虽然有点瞧不上唐校长的书生气，觉得像自己父亲那样的才像个男人，但每次见唐校长写字时的自信和傲慢，以及村人对他的敬重明显要高于父亲，仿佛父亲那一身制盐的本领任谁都能学会，唐校长的毛笔字就不一样了，没有老天赏饭是学不来的，唐雄心里便隐隐不服，同时也很懊恼，怎么他的父亲就不会写毛笔字呢？

因为习字，这些年，唐雄也学书法家协会那些老古董，穿起了棉麻衣裤和布鞋，手腕戴了条粗重的菩提佛串，时不时摘下来，捏在手里把玩。他以前一天到晚西装革履的样子，再也不存在，认识他的人都觉得他完全变了一个人，似乎想把生意上的事都交给老婆小严去打理，自己则逐步退居幕后，运筹帷幄——办公室也经常不见他的身影。

这天，小严给唐雄打电话，说是有一个叫马可君的人来公司找他，问他认识吗？见不见？

唐雄那会儿正在书房临王珣的《伯远帖》，像不像是一回事，总算是一笔一画把字给写完了，手腕和衣袖上都沾了黑墨。他抬头，越过书桌上各种古玩摆设，窗外的河流刚好在他眼前拐了个弯。河里特意培植的荷花和水草正茂，几只野鸭子在水面扑飞玩耍。别墅和园林都是小严一手设计的，包括这一流域的河湾整治。作为同济大学建筑系的高才生，小严一直强调自己并非土木工程。唐雄以前没懂她的用意，不都是造房子吗？有什么区别？如今，隔着窗户玻璃看外面的栈道亭台，水草花木，竟相互融合得像是一幅古代的水墨画。他便一下顿悟了，如果说建筑是一幅作品的话，土木工程就仅仅是作为工具的笔墨纸砚。唐雄突然心情大悦。他对着开了免提的手机说，小严，你可真厉害。小严觉得莫名其妙，问，到底见不见？他找你好像有什么急事……唐雄说，见，肯定见，我等他很久了。

半小时后，唐雄在别墅的庭院里等来了马可君。

马可君骑着那辆本田摩托，远远看去，像是来检修水电的工人。他还戴着一顶鸭舌帽，帽舌压得很低，似乎怕被路人认出来，以至于唐雄都看不清他的脸面。保姆给马可君开启了庭院的铁门，假山后沉睡的狼青犬嗅到了陌生人的气味，立马拖着锁链冲出来，狂吠不止。保姆把狼青犬抚弄安静后，躲在门外的马可君才敢踏步进来。他显然被庭院的美给震撼到了，目光没有看唐雄，反而左右环视着院里的景致。

唐雄见马可君有些拘谨，便起身相迎，一副随和的样子。

马可君也故作放松，他摘下帽子，表情和肌肉却还紧绷着，像是一个拉满的弹弓，不知道即将弹射出去的小石子，能否击中预设好的目标。

“马警官好啊，”唐雄笑着伸出手，“经常听弋所提起您。”

马可君和唐雄握了下手，没说话。他不确定他们是不是第一次见面，眼前这张脸，却是再熟悉不过，见到了真人，倒像一个气球被逐渐吹胀开来，这种感觉很真实，很饱满。

唐雄转身立住，抬手指向河湾。

“马警官，您看，一直到螺河伸直，这一整片，都是我的地盘。当年我捐了一个亿给县医院建综合大楼，这是县政府相赠的土地，合乎程序。政府让我随便挑，只要不是政府大楼，哪儿都行。我挑了这里，他们还很吃惊，不理解，说这儿不值钱，荒山野岭的。哈哈，他们不懂，我就喜欢荒山野岭，空旷、清净。我不懂风水，凭的是自己的感觉。后来灯光寺的宏远大师说，我命好，歪打正着，这儿可是风水宝地，俗称金牛饮水，我刚好又属牛，可保唐家百年无忧。百年不百年的，我不管，我只想看到我三个女儿过上好日子就行了。这些迷信的东西，我也是半信半疑的。是吧，马警官？”

马可君点头附和。他也朝河道望去，风水好不好另说，风景那是真的好！顺着河岸的曲线被修上一条栈道，沿着栈道两旁，种植着姹紫嫣红的花草；更远处，从法留山依着山势一路往下直泻的是果林树木，一直到河湾止住，如同一片斜铺在大地上的翠绿瀑布；河对面则是辽阔的田野，时下正是稻谷分蘖结穗之时，稻田一片泛黄的油绿。

唐雄继续领着马可君走过庭院，向别墅大门走去。

马可君抬头，一眼就看见门楼上三个阴刻大字——白盐居。

8

客厅的装饰很文艺，家具、吊顶、门框、玄关，全是统一的花梨色。空间很大，摆设的器具、古玩和绿植也很多，四面墙上更是挂满了书画，装裱很有心，清一色的紫檀边框。其中有一幅“上善若水”，马可君一看就知道是弋所的手笔，仔细辨认，落款果然就是弋东南。马可君觉得有些意外，如果事先不知道这是唐雄的住宅，十有八九会以为是一个教授或艺术家的住所。马可君不知道这种风格的形成是唐雄的意思，还是他的老婆小严的意思。据传，小严除了是个建筑师，还是个文艺女青年，她写的小说曾经在北京一本叫作《十月》的文学刊物发表过。马可君对文艺的事不太懂，这些是唐叶修告诉他的，她肯定也是听学校里的同事讲的，真伪难辨。

唐雄没有请马可君在客厅落座，而是直接带他走进右手边的书房。书房也大得离谱，写字台上还放着唐雄刚临好的字，马可君是外行，看那字，也觉得丑。唐雄还有些得意，重新铺开一张宣纸，又涂抹了几笔，突然回头问马可君，马警官，要不要也写几个？马可君摆手推辞，率先在窗台下的茶几边坐了下来。唐雄放下毛笔，在另一边坐下。马可君看着书架上密密麻麻的书籍，没说话。唐雄开始泡工夫茶。茶几上繁杂的泡茶器具，预示着唐雄是个老茶客。茶具边上放有一个纯铜的檀香炉子，袅袅白烟从盖子纹饰的缝隙里飘起，一股清香弥漫空间。

“马警官喜欢喝工夫茶吗？”唐雄埋头淘洗着三个娇小的陶瓷杯子，他用木质杯夹提夹着小瓷杯在杯洗里快速转圈的动作，简直无异于耍杂技。

“还行吧。”马可君一笑，“就是有些麻烦。”

“马警官是外地人？”唐雄明知故问。

“是的，我老家是鹿西城。”

“哦，那也不算外地，就隔壁邻居，还是自己人嘛。”唐雄已经把瓷杯洗好，开始用开水洗紫砂茶壶，又多次把茶水淋在边上的茶宠上，茶宠遇热，立马就变了颜色，很快又恢复原色。唐雄的茶宠和虎哥家的不一样，马可君记得虎哥“养”的是一只蟾蜍，唐雄这只，应该是貔貅。海东人喝茶之余，还爱“养”茶宠，马可君一个客家人，看着觉得可喜。唐雄俯身在抽屉里拨弄一番，突然问，你喜欢喝什么茶？凤凰、龙井，还是普洱？对了还有白茶，最近喝白茶的人开始多了，福建白鼎的，我一合作伙伴给我寄过来的，还没开封，我也没喝过，要不试试？

“那就喝白茶吧。”马可君顺势说道。

唐雄终于把白茶泡好，他用茶托端给马可君说：“马警官，请用茶。”

马可君端起茶杯，有些烫，快速抿了一口，又放下了。

“味道怎么样？能尝出好坏吗？”唐雄问道，自己却没喝，“我父亲，已经过生三十年了，他也是老茶鬼，几毛钱的黄旦茶，他喝成了精。他可厉害了，当盐埕队长那阵时，我们这里还没有波美计，单凭舌头舔一下，就可以报出准确的盐卤度。马警官可能不知道，制盐啊它也是一门学问，盐卤度必须保持在25度到28度之间，低于25度就会回溶，高于28度则会生盐针，那就成了废盐了。哪一行都不容易啊马警官……”

“唐老板，”马可君直了直身子，“我今天登门拜访，就是想跟您聊聊盐埕的事情。”

唐雄笑着点点头：“我知道，关于盐埕，我也有很多话要跟马警官聊。这样吧，我先给马警官讲个故事，它也不是故事，是历史，我们鸭屎礁的历史，但历史难免添油加醋嘛，所以，我还是把它当作故事讲吧。”

唐雄喝了口茶，继续说：“我要讲的故事发生在清朝，那会儿是谁做的皇帝我就不知道了。应该是朝代末了吧，反正海东城在省尾国角，山高皇帝远，没人关心朝堂上到底是谁坐在龙椅上，过好自己的小日子就得啦。应该说，那时我们唐氏家族的日子过得还可以，当然人不多，其实就一户人家，可以说是鸭屎礁唐氏的始祖，至少是上岸置村的始祖，我们称之为文英公，一世祖。现在他的坟墓还在，海岬山上，不知道那时的人怎么看的风水，都把人往山上埋。每年清明，我们还得上山扫墓，要找半天，野草长一年，早把坟头给盖住了。古坟嘛，又不敢随便重修。文英公生有六子，夭折了一个，养活了五个，都很健壮，可以想象，一家人过得算是丰裕，团结一致，分工明确，打鱼的打鱼，曝盐的曝盐，不怕被人欺负，不欺负人就算好的了。所以，海东大桥下的盐埕地自古就是我们鸭屎礁的产业，当然那会儿还没有海东大桥，盐埕也不大，就现在水闸附近那几块老盐埕——我这么说你应该明白，孔见山的骨殖就是你们，哦不，是你从那片老盐埕挖出来的。听老一辈人说，我们唐家祖先勤劳俭朴出了名，为人也忠厚，从不仗着兄弟多欺压人，和邻村的关系都不错。那时管辖海东的是一个姓江的亭长，为官清廉，跟我们唐家关系也很好。

“然而，天有不测风云。有一年，朝廷派来了一个盐课司长，相当于现在的什么呢？大概就是农业局局长之类的人物，又不一样，他是朝廷直接派下来的，权力很大。制盐业，我们现在觉得没什么，以前可了不得，是由朝廷直接掌管的经济命脉。像我们海东这种小地方，可能就有管得不到位的时候，用现在的话说，是钻了法律的空子，所以得派人下来整顿。盐课司长一来海东城，风风火火，就贴出告令，要把所有私家盐埕都收为朝廷所有，生产的白盐也全部归公，就是说，不得私自制盐贩盐，否则严惩。那哪行呢？简直要了大家的命，盐埕可都是渔民们一点一点开垦出来的，怎么能说没就没呢？不讲理啊，没王法啊。不过，大多弱势的家族，也是敢怒不敢言，唯有我们唐家带头起来反抗，兄弟五人，每人握着一把盐耙，跟五头牛似的，守在自家埕头。其他人家见了，胆子也肥了，纷纷纠结乡民，聚众闹事。盐课司长哪能服软，擒贼先擒王，直接带人就直冲唐家而来，结果在纷乱中，被唐家老大一盐耙给砸死了。

“事情闹大了，杀人得偿命啊，自古如此，不像武侠电影里演的那样，提把刀出去就可以路见不平拔刀相助，随便杀人，还充当英雄。唐家杀的还不是一般人，是朝廷命官啊，不是一对一偿命那么简单，说不定得全家株连。第一时间，唐家老大把四个弟弟叫到跟前，开了个紧急会议，其实就是下命令，长兄为父嘛。老二和老四先逃出海东，一个向上去潮汕，一个往下去惠阳。他两人平时贩盐，熟悉路况，外面也有接济的朋友，存活下来的概率比较大。所以我们鸭屎礁，二房在潮汕，四房在惠阳，他们也都开枝散叶，前些年有后人追根溯源，回来认了祖。至于老三和老五，暂且先在附近躲起来，看情况再定夺。还有一点，老三当时已经结婚生子，拖家带口走不了。老五还是个小年轻，就算受牵连，应该不至于赶尽杀绝。老大自然做好了赴死的准备，肯定走不了，也不能走。

“一家人就那样支离破碎，走的走，躲的躲，只有老大在家里等着官差——就在这时候，江亭长出面了，他先是稳住官府，后又设法寻到老三。江亭长跟老三说，如果唐家老大死了，大房这一支从此就没了，因为老大当时只生了三个女儿，还没得男丁。江亭长的意思，让老三出来顶罪，老三已经育有两儿一女，后嗣没问题，断不了脉。江亭长做好了上面的工作，以群体事件为由，棍棒无眼，只要唐家有一人出来抵命，事情就算了了。江亭长思来想去，事关重大，没经过老大同意，便亲自来找老三商量。老三一听，二话没说，当场就跟着亭长走了……马警官啊，这是何等悲壮的事情，我现在只要一想起祖辈们的这些事，尤其是我们三房的祖先，他替兄顶罪，替兄偿命啊，他当时的感受谁能体会呢？撇下妻儿，就那么走了。那时的人可真是有情有义啊！

“……老三死后，按照江亭长的意思，作为补偿，唐家的盐埕从此就归了三房，世世代代。老大和老五自然没意见。可是，随着各房头的子孙慢慢繁衍，有些后人就开始提出异议，无视三房祖上的牺牲，开始打起了盐埕的主意，尤其是五房人，说三房是替大房顶的罪，凭什么要五房人世世代代陪着埋单，还挑拨离间说，当初让老三出来顶罪，本来就是老大的意思，事后还上演苦肉计，当场断指，并与江亭长绝了交……那期间，闹闹腾腾，主要是大房和五房闹，最终导致大房一家几十口人丁，举家迁徙，远渡重洋，去了暹罗，就是泰国，俗话说，去了番畔。现在泰国有一支唐姓，就是我们鸭屎礁的，据说很显赫，是当地的船业大亨，只是子孙后代再也没回来过，算是断了根脉。那阵子，应该是民国时期了吧，总之鸭屎礁就只剩下我们三房和五房了。逼走大房后，五房就把矛头转向了三房，互不相容，磕磕碰碰，好在没闹出多大的事情。盐埕一直还是三房在管，主要也是效益大不如前，没有了你死我活的必要。解放后的事，就不用我多说了，马警官多少也应该清楚，盐埕先是归了集体，后又重新承包，两个房头轮流来，一次十年，看起来似乎公平公正。只是，关于祖辈的故事，年青一代早给忘了，我们三房的祖先可是为家族付出过生命的啊，这算哪门子公平公正啊马警官……”

9

唐雄讲完，靠在椅背上，像是受了委屈的孩子。

马可君听来也很感慨，没想到鸭屎礁的祖辈还有这么悲壮的故事。故事当然是经过代代子孙口口相传，有编造之嫌，但三房为大房顶罪被杀头之事，应该是确凿无疑的。马可君之前走访鸭屎礁时留下的诸多疑问，通过唐雄的故事，也基本解开了。至于唐雄为什么要讲给马可君听，目的其实也很明显，无非是要告诉马可君，他们三房和五房的恩怨是历史遗留问题，似乎也为他当年一铁钎敲死唐世伟的罪行找到了可被理解的缘由。

马可君此次前来，却不是要跟唐雄谈唐世伟，他是为孔见山而来，为唐宁国而来。他身上还带着从所里偷出来的资料，准备跟唐雄坦白他这段时间以来对盐埕骨殖案的调查结果。骨殖案如果有了方向，顺藤摸瓜，唐宁国失踪案的幕后主谋自然会跟着浮出水面。

“唐老板，我可以抽烟吗？”马可君从衣袋里拿出香烟，唐雄做出请的手势，马可君点上烟，接着说，“你讲的故事很感人，我还真是头一回听说。鸭屎礁三房和五房之间的恩怨，我之前也有过调查，基本情况算是了解，包括你和唐宁国一家的……我就称之为仇恨吧，你不介意我这么表达吧？（唐雄微笑，做出不介意的表情）那好，这事咱们先不谈。我今天找你主要是想谈谈盐埕的骨殖案，也就是你刚才提到的，孔见山的案子。我想警方那边的调查结果你已经知道了，孔见山是哪儿的人，精神状况如何，我就不多做介绍了，说起来，我跟他还是老乡。我想说的是，警方把孔见山的死归结于自杀，这样的结果，我持怀疑态度。首先，因为骨殖是我亲手挖出来的，我比谁都清楚，那根本不是自然掩埋的迹象，肯定是人为的。也就是说，孔见山很有可能是被人杀害后，再运尸到盐埕里埋掉。至于凶手为什么偏偏大费周章埋到唐老板的盐埕里，这背后的用意值得你好好琢磨——”

“马警官的意思是，有人要嫁祸于我？”

“是可以这么怀疑。一开始，种种迹象，还真的都指向你，这很正常，尸骨就埋在你的盐埕下面，盐埕埋尸这个所谓谣言又是唐宁国说出来的，之后他偏偏还失踪了，下落不明。最想要让唐宁国消失的，就只有你，不会有别人，作案要看动机，你的动机最大。但是得有先决条件，那就是盐埕下的尸骨跟你有关。说到底，还是你和唐宁国的恩怨误导了我，让我走了一些弯路，现在我知道，你其实也是受害者，至少孔见山的死跟你无关。至于唐宁国为什么会知道盐埕下埋有尸体，他肯定是曾经看到过什么，这需要找到他之后才能得知。可惜，已经几个月了，能找到的希望是越来越小了。这更加证实了我的猜测——唐宁国是因为说出了某些人的秘密，才招来了祸害。”

“马警官辛苦了。”唐雄正色说，“我完全明白你的意思，也基本同意你的推断。那么，根据你的调查，你觉得杀害孔见山和让唐宁国失踪的人会是谁呢？”

“是的，这正是我来找你的目的，因为我需要你的帮忙。”马可君顿了一下，“孔见山的死，和唐宁国的失踪，很有可能，都跟五房有关。”

“五房？”唐雄语气惊诧，“你是说，孔见山是五房人杀的？杀后还故意埋在我的盐埕里？”

“当然还需要充分的证据。”马可君话头一转，“对了，你认识虎哥吗？”

“虎哥？你是说我们三房那个钓鳗鱼的虎哥？”

马可君点点头，接着从口袋里拿出几张复印件，摆在茶几上。

唐雄说：“那小子犟得很，听说因为钓鳗鱼被咬掉了两根手指头，就到处吹嘘他是海东钓鳗鱼第一人。我们虽然都是三房人，却不是一辈人，他也不怎么跟我往来，似乎对我有什么成见，我也不太清楚是什么原因。不过，我反倒挺敬重这样的人，可以说，鸭屎礁唯一没有上门找过我的，就是他了。”

“孔见山就是虎哥的表弟。”马可君把桌上的资料推到唐雄面前，指着孔见山的照片，“你看，像不像虎哥？”

唐雄赶紧凑前，拿起孔见山的档案看了一会儿，霍地站了起来，随即又坐了下去，他轻轻地舒了口气：“马警官的意思，孔见山当年从鹿西城来我们海东城，是找虎哥来的？”

“正是如此，这点虎哥完全可以证实。据我调查，他们两家虽然没往来，虎哥和孔见山的关系却不错，作为表兄弟，他们长得很像，我们从照片上就可以看出来，整个脸形的轮廓几乎一模一样。我特意找虎哥聊过，据他说，他当年和父亲一起去鹿西城贩盐，曾在孔见山家借宿，过后两家产生矛盾，断了往来，虎哥却和孔见山一见如故，通过几年的书信，后来孔见山高考失利，精神上有些问题，曾在信里跟虎哥说，要来海东城找他。虎哥却一直没等到孔见山，直到现在，虎哥都还不知道，孔见山其实来找过他，只是他们没见上面，从此就阴阳相隔了，长达二十年。那年，你们鸭屎礁发生了什么，我想唐老板比我还清楚……”

马可君越说越兴奋，他从座位上站了起来，在书房里来回走动，试图把孔见山当天的遭遇从头至尾想象一遍，所有前因后果，细枝末节，都如实还原——孔见山到达海东城时，估计已经是傍晚，过了海东大桥，再去鸭屎礁，天就完全黑下来了。他可能叫了一辆三轮车，那天下着小雨，三轮车开到村口，就把孔见山放了下来，司机不敢进村，听说鸭屎礁在闹事，死了人，还嘱咐孔见山小心点。孔见山不明缘由，他是外乡人，是来投奔亲戚的，再怎么样也得先找到亲戚家。他在榕树下站了一会儿，准备找个人问问，唐虎哥家在哪儿？村里黑灯瞎火，他没见着人，路过几条巷子，只有狗在朝他吠叫，很凶。是的，孔见山想找三房的虎哥，就得经过五房的地盘。问题就出在这里。更为致命的是，孔见山和虎哥长得太像了，又是晚上，五房人根本认不出来。第一个看见孔见山的人，不得不怀疑，虎哥在五房的地盘鬼鬼祟祟，想干什么呢？几分钟后，有人提着棍棒出现在了巷口，把他们误以为的虎哥围在了中间……当他们把满脸是血的孔见山拖到亮处时，发现他已经没了动静……五房人打死孔见山后，连夜商议，派人把尸体运到海东大桥下，埋在盐埕地里。这完全可以理解，械斗因盐埕而起，唐世伟被三房人打死，再把三房人的尸体埋在盐埕之下，是五房人所能想到的最解气的做法。只是，在真正的虎哥没有露面之前，五房人不知道他们乱棍打死的其实是一个无辜的外乡人。直到得知虎哥还生龙活虎地在码头搬鱼后，五房人才开始暗自翻涌，有人伺机外逃，有人默然等待案发的一天——遗憾的是，一年过去了，五年过去了，十年过去了……像是什么也没发生，以至于他们都忘了，是否当天晚上只是做了一场噩梦？……

“我就知道我没看错人。”唐雄也站了起来，“谢谢马警官，这样，我给你看样东西。”

唐雄打开手机，给马可君看了一段视频。那是一段监控视频，只见几个人拿着工具悄悄潜进盐埕，相互在商量着什么，寻找着什么……因为棚寮里有盐工出声，他们才慌乱跑掉了。

唐雄说：“盐工们跟我说，是来偷盐的。我不信，这年头谁还需要偷盐啊。我怀疑是你和唐叶修，你们那时正在寻找唐宁国的下落，以为唐宁国被我杀了，埋在盐埕里，是吧？我知道你们肯定是这么想的。后来我找出监控录像一看，不对啊，这几人怎么看着那么眼熟。没错，我很快就认出来了。他们都是五房的人，你看，这个老一点的，看样子是行头人，马警官能看出来是谁吗？我知道你心里有数，就不用我点明了。我只是没想通，他们来盐埕找什么呢？今天听你这么一说，我全明白了。”

唐雄像一个松懈下来的气球，叹了口气，又瘫坐回座位。

“说吧，马警官，你肯定不只是为了告诉我真相，你需要我做什么，我唐某一定尽力。”唐雄顿了一下，“实话跟你说吧，有人在背后搞你，不过那是个小角色，你不用担心。话说回来，你那天晚上能从所里拿到这么重要的资料，你以为你真是电影里的神探啊？哈哈，我没别的意思，既然利用了你，就会利用到底——说利用不好听，咱们从今天开始，就权当是合作吧。你看怎么样？我为之前的事跟你道歉。”

唐雄再次朝马可君伸出手去。

10

一个礼拜后，马可君接到通知，他的事情调查清楚了，恢复原职，回所里上班。

马可君才知道，在此之前，刚升上去不久的方队被人举报涉嫌受贿犯罪，利用职务便利为他人打探、透露案情，已撤职并立案调查了。马可君猜自己能够重回警队跟方队的落马有关系，具体是什么关系，他现在还没时间和精力去理会。穿回警服后，他第一件事就是重新追查盐埕骨殖案和唐宁国失踪案，同时做并案处理。

离开三个多月了，再次回到所里，依然是熟悉的场景，三角梅开得正艳，凤凰木结出的果子像是一串串鞭炮，垂直悬挂，它们是在庆贺马可君的回归吗？马可君显然还没有好心情来感受重回警队的愉悦。他像是从来就没有离开过，也是，关于案子的调查，他一直就没有停过，反倒是脱下警服的这段时间，使他更能体悟作为一名警察的担当和责任感。他请示领导，马上成立专案小组，展开全面调查和取证。马可君最不忍面对的反而是虎哥，当他不得不把孔见山的遭遇告知虎哥时，这个常年独自面对寂寥的大海与凶险的中年汉子，终于落下了两行热泪。

经过专案小组一段时间的摸查和取证，两起关联的案件终于到了可以收网的时候。收网之前，马可君特意请示弋所，想听听他的想法。归队以来，弋所对马可君的工作全面支持，力排阻力，丝毫不计被拍过桌子顶撞的前嫌。

在所长办公室，弋所听完马可君的汇报，同意收网。

临走，弋所突然叫住马可君。

“还有事吗？”马可君问。

弋所一脸凝重，示意马可君坐下。

“小马啊，我想跟你说说唐雄的事，我知道你去找过他了。我和唐雄的关系想必你也是知道的，当然没有外界猜测的那么复杂。在你归队之前，唐雄已经联系我们，想主动投案自首，并交代了二十年前打死唐世伟的犯罪事实。毕竟是二十年前的事了，刑事追诉期已过，就像盐埕的尸骨案一样，如果不是唐宁国的失踪，即便案子破了，也难以给死者一个交代。不过，这么多年来，唐雄一直为唐世伟的死耿耿于怀，加上后来的一些事，你是知道的，更让他没法安心生活。生意做得再大，钱赚得再多，他依然没有一点成就感，活得也不开心。他大把地捐钱，为海东城修路、建学校、建医院、建寺庙，为的就是能让自己的心安下来。我跟他这么多年朋友，能体会他的心情，尤其是他前妻的死，对他打击非常大，他几乎都要崩溃了，有一段时间老想去精神病医院，接受治疗。他跟我说，就算做了再多的善事，也没用，还是抵不过一次作恶。唉，其实我想告诉你的是，唐雄的时日不多了。早在半年前，他就查出了癌症，肺上面的，晚期了，有钱也没用，一点办法也没有。他放弃了治疗，还瞒着家人，只跟我们这些老朋友轻描淡写地说了一下。他说他一辈子不抽烟，没想到最后得的竟然是肺癌，这就是报应，现世报啊。在死之前，他还是决定赎罪。这是他心里的一道坎，否则就算死了，他也不会心安，面对阎王爷时，还是不能理直气壮地说话……”

第二天，当马可君带队过海东大桥时，他忍不住看了一会儿桥下的盐埕。天气晴朗，曝盐工还在劳作，盐埕里白霜一样的白盐铺陈在地面上，如一张张巨大的宣纸，盐工黝黑的脊背，竟像是宣纸上的墨迹。这让马可君想起那天去白盐居，唐雄在丈二大的宣纸上挥毫的情景。盐埕也好，宣纸也好，它们看似一片空白，又分明有着所有的事物。马可君第一次有这么奇怪而深奥的想法，经历过这么多复杂的人和事，他也像海东城人一样过了一次“出花园”大礼，换了另一副心肠和骨血。

马可君突然想给唐雄打电话。电话拨通后，他却没说话，不知道说什么好。

“马警官啊……”唐雄声音依然爽朗，没事人一样，“告诉你一个好消息，我老婆怀孕了，她答应要为我生个大胖小子，原来她瞒着我偷偷跑去香港验了血，据说血里带有Y染色体，就表示是男的，准确率高达百分之九十九，也就是百分之一百了。你知道的，医学上没有百分之一百的说法。哈哈，马警官，别笑我俗啊，我不重男轻女，但我也想儿女双全啊。”

马可君表示祝贺，挂了电话，就好像打电话是为了祝贺唐雄。

马可君的视线越过大桥栏杆，远望蔚蓝之下的塭田和渔排，以及海岸上的码头和小城。这榫子一样揳进大地的海湾，像是一把冰柔的刺刀。

过了海东大桥，警车穿行在桉树林里，悄悄进入了鸭屎礁。当警车停在榕树下时，马可君发现村里还和往常一样，了无生气。跟第一次来时不同，现在的鸭屎礁，对马可君来说，简直和自己的村庄一样熟悉。在此之前，他好几次潜入村里，摸清了金伯和其他几个嫌疑犯的住所。除了金伯年纪大点，其余都在四十岁上下，也就是说，二十年前，他们都是二十啷当的小年轻，正是血气方刚，容易受人蛊惑犯错的年纪。

马可君亲自前往金伯家里，见金伯坐在门楼口，低垂着苍白的头颅，正打着瞌睡。天井里的乖鱼脯还晒在霉化的竹架上，已经干翘翘了，像是塑料片。金伯被惊醒，抬眼看见几个穿警服的人站在面前，他也不惊讶，只是点点头，笑了一下。“你们来了？”他说。似乎一直在等着警察上门。“哦，是你啊。”金伯认出了马可君，“你穿上这身衣服好看多了，我差点没认出来。”金伯冲着马可君微笑，看样子，面对的不是一个即将要逮捕他的警察，而是从海鲜酒楼回来的儿子。“你第一次来了之后，我就一直在家里等着你了——来，是进屋喝杯茶呢，还是现在就走？我那小孙女被她爸妈送去幼儿园了，他们说我老了，带不动了。”金伯试图起身，却被边上两个民警给摁住了。对于一个老人而言，力气有些大了。马可君立马示意同事松开，他伸手将金伯扶起来：“茶可能就来不及喝了，我们还有重要的事情要做。”

金伯被马可君带出巷子，来到榕树下，其他几个嫌疑犯已被铐上，蹲在地上。他们神情慌乱，却可以看出，对眼下的结局有了充分的思想准备。在此之前，他们可能还在海上作业，把捕捞到的杂鱼，大的贵的挑出来，准备送去街市卖，小的便宜的才留给一家大小吃。

马可君巡视着他们，此刻他最希望的是，能得知唐宁国的下落，最好是被他们囚禁起来了，在某个隐蔽的角落——尽管是不切实际的奢望，他依然想把这个好消息带回去，告知唐叶修。唐叶修此刻在家里等消息，她的心情可想而知。马可君不想见到女朋友彻底绝望的神情。

“说吧。”马可君厉声喝道，“你们把唐宁国关哪儿了？”

他们都垂着头，不说话。

“金伯，你来说。”马可君换了商量的口气。他心里甭说有多紧张，像是即将在别人口中获取生死攸关的答案。

金伯苦笑一下，把满是褶皱的脸转向村口大海的方向，停留了几秒。

马可君心里咯噔一声，像是玻璃樽突然被打碎，噼里啪啦的碎片正往下掉。

第四章　姐姐，来世再见

1

从精神病医院逃出来后，我就没打算再回去了。在精神病医院里待着，还不如继续在监狱服刑。是的，正如世人所认为的那样，我已经是个精神病患者了。这当然是比较文雅、科学的叫法，粗俗点儿讲，我就是个疯子了，因为疯得还不算太彻底，至少不会抡起拳头就打人，也可以说是个傻子——虽然我坐牢时曾被认定是极为凶残的犯罪分子。

我的姐姐，亲姐姐，她在海东城二中教书，这次我不打算去找她了。我并不是第一次从精神病医院逃出来，眼下是第几次我倒给忘了。一个傻子不可能记住那么多事情，尤其是数字，这辈子最讨厌的就是数学了。小时候，我那身为村小校长的父亲，放着自己的学校不让我们读，非要把我们姐弟俩送到海湾横隔的城里来读书，他以为我跟姐姐一样，可以通过优异的成绩走出鸭屎礁那个穷僻之地。姐姐至少没让父亲失望，读完师范回城当了一名英语教师；我现在这个样子，就不必多说了——如果父亲多年前不死于一场械斗，估计后来也会被我活活气死。这当然是不成立的假设，要是父亲不死，我也不至于如此。

无论怎么说，我还有一个姐姐。姐姐叫唐叶修，是个善良的女孩子。这我当然知道，她是这个世上唯一关心我的人了，即便是两年前，她狠心地把我送进了精神病医院，那也是无奈之举。我其实应该自觉一点，主动远离她，要不一个女孩子，被一个傻不拉唧的弟弟拖累着，哪还有男人愿意娶呀？是的，姐姐都三十多岁了，依然单身。在我看来没什么，如果可以的话，我愿意和她相守一辈子。事实上，在此之前，我是指我还没傻掉那阵时，或者更长远一点回想，还没被送去揭阳坐牢之前——我没事就在姐姐的宿舍过夜，学校那些老师，还真的以为我就是她的男朋友呢。姐姐并不忌讳同事们的闲言闲语，她是个没脾气的人。

之前几次出逃，我承认还没有下定决心，所以几天过后，甚至都用不到几天，第二天，我就会主动去海东城二中找姐姐了，像个傻子那样站在学校门口，看着如潮的学生从校门口那个奇丑无比的拱形大门内走出来，踩单车的、骑摩托车的，更多是步行的，他们真的像潮水一样把我淹没，碾压过去，不过很明显，他们都不敢靠我太近，我的突然出现，让他们猛一抬头时还会吓一跳，马上避开——所以，如果从高处看，你会发现我其实就像溪水上的一块石头，水流既淹没了我，也纷纷绕我而行。这是很奇特的想象，让我一下子觉得自己很重要，一个人作为一个人不重要，就开始把自己想象成一块石头了。你看我不是傻子是什么。至少要半个钟头吧，“潮水”才会从我身边退去，直至校门口只剩下我，孤零零的，像极了一块突兀的石头。

我站在原地，等着姐姐出来。门口那两个门卫已经不认识我了，他们是新来的保安，不会同意我进去的。远远地，我能看见姐姐慢悠悠地走出来，她什么东西也没带，并不像其他女老师那样，挎个包什么的，她也不穿裙子，虽然她身材高挑挺适合穿裙子的，脚下永远是一双假冒伪劣的阿迪达斯球鞋，夏天的话就换成了凉鞋，鞋跟肯定是平的，印象中，她从来没穿过高跟鞋。每天下午放学，她得到马街逛一逛，这是她多年的习惯，买点小东西，她的同事张纯在街上开了家美容院，她们关系很好，不过姐姐路过美容院时，会加快脚步。姐姐简朴的形象与美容院的浓艳实在有些格格不入，几个经常坐在门口的女孩子，她们是张纯从外地请来的，化了浓妆和卸妆后完全是两个人，多数人逛马街路过美容院，恰恰是为了看看这白得跟雪似的外省女人。我没坐牢之前，也就是说，还在马街上混的那些年，就特意跟身边的哥们儿交代过，随便可以找谁麻烦，唯独张纯的美容院不要惹。那时混马街的小兄弟多少都听我的，至少不会和我明着干。

姐姐看见我站在校门口，自然没办法去逛街了，免不了生一肚子气，故意不理我。她生气的样子真可爱，装作看不见我，不想跟我说话，却又忍不住教训，我几次三番地出逃，确实让她觉得很烦恼。她有时甚至会含着泪，求我别再这样了。然后她会第一时间给精神病医院的领导打电话，那个姓陈的主任，据说是姐姐的老同学。第二天，姐姐就开车把我送回医院，逼着我向陈主任承认错误，保证再也不逃出来了。那种时候，我当然得听她的。好几次我怀疑那个姓陈的家伙对姐姐有意思，他看姐姐的眼神跟别人不一样，我身为男人，虽是个傻子，却比谁都眼尖。他们也许在读书时谈过恋爱，要么姐姐就是他一厢情愿的暗恋对象，否则无法解释他每次都无条件地原谅我的过错。姐姐年轻时，那可是真好看。我手头没有她年少时的照片，可是脑子里有啊。有些事情我记得比什么都牢固，时光根本无法侵蚀。当然，姐姐现在依然好看，一点都看不出年纪，作为一个海东女人，吹了多年海风，仍拥有外省女人一样白皙的皮肤——张纯倒是应该请姐姐去做美容院的代言人。我跟姐姐开过这样的玩笑，她笑着敲了一下我的头，说我怎么还像个小孩子。

我情愿永远是个小孩子。那样就可以天天坐在父亲单车的前梁上（后座坐着姐姐），每天早上准时过海东大桥，去海东小学上学。到了傍晚，我会咬着偷偷攒钱买的两毛钱一根的雪条，小口咬着，大口吮着，递过去想给姐姐咬一口，她总是把头扭开，她虽然也攒着钱，却从来不乱花。姐弟俩故意站开好远，在学校门口，直到同学们都走光了，门卫把笨重的铁门关上了，才终于看见父亲骑着高大的二八单车急匆匆从街市的一端露出了毛发浓密的头。

父亲是鸭屎礁村小校长，他得等自己的学生一个都不剩了，才能关门来接我们。总之，父亲作为村里唯一的老师，却执意把两个孩子都往城里送，确实给村人留下了不好的印象。他们私底下说父亲“翘楚”——翘楚可不是什么赞扬的词语。

2

我是一个成熟的男人了，正如姐姐所言，不能再像个小孩子，凡事冲动，不计后果了。姐姐指的是什么，我心里清楚，十年前，我可以说年少不更事。那年我二十出头，已经离开鸭屎礁在海东城混了快十年，在道上就算不是大哥，也是大哥身边最红的角色。姐姐师范毕业后分配回海东城二中，在此之前，我们一年都见不到一次面。姐姐在汕城读师范，两城相隔不过百里路，她却不愿意回海东城，我们仅有的联系就是偶尔打个电话，以确认这世上唯一的亲人还活着。所以呢，当姐姐回到海东城教书，第一眼看见我顶着一头绿色的毛发，跟她说话时还烟不离手，失望得差点落了泪。她是努力过，要把我拉到身边，不要上街晃荡，不和街上的混混一起沿街收保护费。她的努力是徒劳的，或者说，我并不领情。我是觉得时间到了，该干点什么了。之前我还有担忧，怕影响了姐姐的学业，既然她都出来工作了，那我就没什么可以畏惧的了。

是的，十年前我杀了人，并因此获刑十年。两年前，我减刑提前出狱，姐姐亲自去揭阳接我，我们在揭阳街边吃粿条汤时，她突然问我，后悔吗？我摇摇头，我不后悔。准确说，我并不后悔杀人，但我也确实杀错了人。这点是有些不应该。那时我还小，还不能够从容面对杀人那么一件严重的事情，如果可以重来一次，我想会好很多。

无论怎么样，在姐姐看来，我都不应该杀人，哪怕杀的是杀父仇人。姐姐是读书人，是个软弱的女子，我并不怪她，更不奢望她会和我一起复仇。我现在落得这般田地，确实是咎由自取，在仇家看来，如果他们在意我的存在的话，至少也是个笑话，是嘲讽的对象吧。然而我能做什么呢？我都是个傻子了。我唯一能证明自己已经长大的方式，便是再也不去找姐姐了。也可以说，我不可能再回到那个位于山脚海边的精神病医院了，尽管那里并没有外人想象的多么不堪。我在那儿生活了两年，没什么不愉快的，甚至还感觉很愉悦，大概是陈主任特意照顾了也不一定。可我不需要，他越是对我好，我就觉得姐姐会亏欠他什么，到时候真正吃亏的还是姐姐，如果姐姐是被迫才接近他的话。

人有时候真是个矛盾综合体。我不能去见最想见的人，却以最堂皇的理由说服了自己。那天傍晚，当我翻越精神病医院的围墙往下跳时，本以为长成绿地毯一样的牛筋草会轻松地接住我，不料还是崴了脚，没一会儿，整只右脚就肿得跟煮过的猪肘似的。我一拐一瘸走下沙坝，穿过木麻黄林，地上厚如沙土的树毛倒是让我感觉舒服一些，不过穿过树林，下到海滩时，沼泽地一样的白色细沙差点要了我的命，天气又热，我想我还没走到东宫码头，估计就得死在这长长的海岸线上了。我知道，通往海东城的路，就是沿着海岸线走最近，我不想把时间都浪费在赶路上。如果说我急于见到的是海东城，不如说急于见到的是姐姐。矛盾的是，我从出逃的念头一生起，就已决定了不回来，自然也就不可能再去找姐姐了。

我沿着海边一直往东走。海岸线是齿状的，如果从高处看，则像是一条摆放在大地边沿的拉链，拉链的另一边是大海的另一边，如果有一天，上帝不开心，或者说，一开心，把亿万年前拉开的拉链突然给拉上了，那么，这看似浩瀚无边的海，也会在瞬间就被两边的齿轮吞没吧。原谅我又开始胡思乱想，作为一个精神病患者，我对自己都难以容忍，好在还没有自残，虽然内心这样的冲动已经冒出了苗头。

南海之滨，我并不陌生，坐牢之前就时常来游泳。读小学时，美丽的语文老师还带我们一帮小屁孩来沙滩烧烤呢，鸡翅没烤熟，第二天几乎都拉了肚子，老师估计也拉了。童年的我沉浸在一个美丽的女人拉起肚子来是否也和我们一样啪啦啦响。眼下要横跨整个海东城的海岸线，却是第一次。我突然感觉到一个地方的陌生，就像我是个外来者，闯进了海东城，沿途那些光秃秃的布满黑色石块的矮山据说有十八座，我没刻意数过，当年杨文广收妖，在这片南方蛮夷之地，藏有十八妖洞——也就是说，每座山头就有一个妖洞。我才不相信这些鬼话呢，妖当然是存在的，但不是在洞里，早就化成人形，藏匿在熙攘的街市里了。我的脚肿得不行，一拐一瘸的，到达海东城，绝对要到天黑了。天一旦黑下来，木麻黄和桉树林也黑魆魆的，泼出去的墨水一般，成了山头的一部分。十八座矮山连成一片，以排山倒海的姿势扑了过来。与其说，我看见了东宫码头的灯光——毋宁说是想象出来的——遥远得像丛林中的萤火虫，不过可以确定，那就是海东城的码头了，一般渔村的灯火不可能那么亮。

我干脆在沙滩上坐了一会儿，眼前的大海徒有声响，却不见波光，天地一片漆黑，只能隐约看见暗灰色的浪涛被风推过来，爬上沙滩，一下一下淹没我伸出去的肿胀的腿脚，像另一只手在试探虚实，海浪也不知道来者何人，如果它一高兴，大概会一把把我拉扯到海里去。那样岂不是更好？省得我自己费劲。抬头远望，更远处的海倒是灰蒙蒙的，更像是天空的一部分，隐约能见到闪烁的渔船灯，大概是开了白炽灯在照尼仔。很快就要禁渔了，渔民们得赶在这最后的时间，往冷冻库里存点货。

我曾跟随朋友的渔船出过几次海，作为一个长年生长在海边的人，我实在应该为出海的数次感到愧疚。照尼仔真是独特的生活体验，我至今还记得那些被高温的灯光吸引聚拢过来的、浑身闪着亮光的肥嘟嘟的尼仔被一网兜起来后扑腾挣扎的模样，简直像极了生活本来的样子……父亲因为是老师，我们一家连一条像样的渔船也没有，邻居出海归来，偶尔会给我家带来一簸箕杂鱼，真要想吃海鲜了，还得上码头去买。况且，父亲还不喜欢吃海鲜，咸腥味总是让他想找个地方呕吐，他实在不适合生长在鸭屎礁。

3

到达东宫码头时，码头上的灯火熄得差不多了，只剩下天后宫还亮堂堂的，高达几十米的黄岗岩妈祖石像依然保持雍雅慈祥的容颜。码头上没见到什么人影，看起来比它繁忙时要显得空旷许多，几条流浪的黄狗在吃残余的鱼虾，浓重的腐臭味充斥整个空间，以至于让人觉得海东城的夜晚就是这样充满臭气。

城里的味道我自然再熟悉不过。坐牢之前，具体是我杀人之前，我所能闻到的却几乎是两手洗之不净的硝酸铵和硫黄的味道。这是我独特的记忆，源于那时没事就喜欢一个人躲在阴暗的小黑屋里自制雷管。那是我在海东城租下的唯一住处，偏僻而隐秘，姐姐都不知道，在东门矿场的旧宅区，一条坑坑洼洼的小巷子，两边则是独脚靴式的老式瓦房，大多已经荒弃了，瓦顶破出了窟窿，时有野猫从里面钻出来，越过几家屋顶，朝着码头方向的野地跑去，像是一滴墨水滴进了黑暗之中——能分辨出来的，只有码头的灯光，和海东大桥上灰暗的路灯描绘出来的桥体轮廓。桥的另一端就是我的家乡鸭屎礁了，可我没想过回去，一步也不想再踏回那片土地。

说是租的，其实也不用我花钱，房主是我在码头认识的渔民，之前也是混马街的，后来随了渔船出海，算是改邪归正，几年后赚了钱，就在海东城买了楼房，矿场的旧房子没人照看，我说那我帮你看着吧，他很高兴，就把钥匙给了我。除了禁渔期，他一般都在海上，回了海东城，也是在码头忙碌，身上永远有一股腥味，看样子已经浸透了皮肤进入骨子里去了。他更不会来矿场，看看我在他的老房子里做什么。我不是什么好孩子，他也很难想象，我会在他的家里自制雷管。几年后，我用雷管杀了人，警察搜查了我的住处，连同他也受到了牵连，这点倒是挺对不住他的，他不问江湖事很多年了，一眼看去，就是个老实巴交的渔民了，皮肤黑得跟夜晚似的。我想象不出他受惊吓时的表情，他对我应该是恨的，至少是后悔了，后悔当初不该轻易就把钥匙丢给了我。

两年前，我刚出狱，还住在姐姐的宿舍里。有一天我去矿场转了一圈，发现那片旧宅区还在，只是大多已坍塌，屋子里长满了白茅草和马缨丹。我住过的屋子没多大变化，生锈的铁门上了把锁，锁锈得不成样子了，钥匙孔都堵住了，即便钥匙还在，也开不了了，感觉用手一扭就可以轻易摘下来。我特意趴在门缝往里看，黑漆漆的，没看见任何东西，却可以想象里面的摆置，四方形的松木小桌，见不到油漆色的排骨椅，还有一个不锈钢茶盘，那是我买的，空隙时间，我会泡点茶喝，再用隔夜凉了的茶水泡洗满是硫黄味的双手……往昔场景一一在眼前浮现。我在巷子里走了一趟，有些铺面还住着人，门面做着小本生意，墙上都写了红色的“拆”字。据说矿场这片地马上就要拆迁了，要建成海东城的开发区。拆迁赔款的事却一直没谈好，拖了很长时间。我想背后的话事人不会是别人，一定是我当年用雷管也炸不着的唐氏集团的董事长唐雄。

我在天后宫门口的石阶上眯了一会儿，醒来时，发现有些凉，刚下过一阵急雨，雨水溅到屋檐下，把我两个裤腿和布鞋都浇湿了。我突然想起矿场，说不定唐老板还没有跟那帮坐地加价的老居民谈拢，老宅可能都还在。我连忙起身，穿过空荡荡的码头，城东的荒地已经变成了菜园，这让我一时找不到进矿场的路。我踏过广阔的菜园时，四周的狗都吠了起来，我一时慌乱，竟然一瘸一拐跑了起来，待跑进了巷子，整个人都快喘不过气了。好在夜已深了，没有人会在意几条狗的吠叫。巷子里静悄悄的，看样子已经没住人了，不过也说不定，可能一到早上，它又变戏法似的热闹起来了，像以前那样，我能在小巷里买到任何生活用品，包括制作雷管的材料。

我踅摸到之前住的老屋，它确实还在，只是相对于那时，眼前的房子不仅破旧不堪，似乎还缩小了若干。这当然是一种错觉，却是真实的错觉，像一个人死了会萎缩成瘦小的尸体那样，一座房子我想也是这样的。我父亲当年也是人高马大，站在讲台上，一手就可以摸到天花板下学生要站上书桌才可以掰到的结满灰垢的吊扇铁叶子，但是，他死的那天，躺在医院冰冷的停尸间不锈钢拉床上，脏兮兮的白布盖着他脖子以下的身体，像裹着一条死狗，显得异常瘦小，一点都不像活着时高大魁梧的父亲。金伯特意把我们姐弟俩拉到父亲血肉模糊的头部位置，像是还需要我们确认尸体就是父亲本人。我当时心里很害怕，第一次见到死人，也没想眼前的死人是谁了，只想着不要靠得太近。金伯不这么认为，他甚至还拉着我的小手去摸父亲的脸，血已经结痂了，不过隔着血痂，还能感受到父亲皮肤沁透出来的冰凉，似乎是他呼出来的气，只是不再热乎乎了。眼前的尸体让我感觉陌生，陌生倒不是因为他的脸被血糊住了，而是整个身体根本就不是父亲的身体。那种不确定的怀疑一直纠缠到现在，以至于有时候，我突然坚信父亲还没有死，他只是躲起来了，在一个地方默默盯着我看。躺在停尸间里的死人根本不是父亲，他是另外一个在械斗中死去的村人，就像那个在风暴之夜被人掩埋在盐埕之下的陌生人。

好吧，自从我精神出了状况之后，记忆力变得超强，好多事件像突然被我记起，又分明潜藏在心里好多年了。我记得第一次跟姐姐说起盐埕下的尸体时，姐姐十分惊愕地看着我。我以为她也知道这个只有我一个人知道的秘密（被掩埋和掩埋者当然除外），所以我说出了她心中的秘密，她肯定吃惊不已。事实证明，我想多了，姐姐惊愕不是因为我说出来了什么秘密，而是害怕，并因此推断，我的精神出了问题，好像一个正常人是不会拥有秘密一样。我能说什么呢？有时候我们越强调一件事，不就越证明我们不正常吗？这个道理我现在是真懂了，就像我在精神病医院里跟陈主任说，我没疯。陈主任点点头，微笑着，说他相信我，却不会为我敞开病院的大门。实际上，我每说一次，病院的大门就会关得更紧一些，至少在陈主任心里是这样的，在我那些“病入膏肓”的室友那里，我更是无药可救。他们倒是真诚，因为我比他们正常，所以我病得比他们厉害，在他们想来，他们也是正常人。我能说什么呢，只好沉默。

4

我在老屋门口磨蹭了一会儿。老毛病了，我永远不能干脆利落地干事情，即使马街上的人都传言我心狠手辣，左手刀刀往致命的位置上砍。事实上，在马街混的那些年，我从没有真正想过伤害一个人，除了杀父仇人，我不想杀任何人。如果说我貌似心狠手辣，也是为了复仇之时练练手，到头来我还是犯了致命的错误——我杀了一个无辜的人，作为司机，他死得确实有点冤。当我得知死者还遗留下年轻的妻子和幼小的女儿后，心里的愧疚感就更加浓烈了，甚至于，在监狱里，我每隔一段时间都会梦见一双幼弱的眼睛在暗处盯着我看。我不知道那是谁的眼睛，是不是人的眼睛，却可以肯定，内心深处的恐惧和悔恨，早就已经把我蒙头窒息了。

很轻易地，我一伸手就把门上的锁头摘了下来。十年前的封条早风化了，没有在门板上留下任何一丝痕迹。案发不久，我被警方带着指认现场，手脚都戴着沉重的镣铐，当时也是站在老屋门口，抬手指认——这就是我制作雷管的地方……巷子里的人都围过来看热闹，他们把巷子的两端都堵住了。他们看着我，小声议论着什么，难掩心中的诧异和好奇。也许，在周围的闲人看来，我这个顶着一头绿发、平时见面一时兴起还会礼貌地跟他们打招呼的街头小混混，竟然能在一间破落的瓦屋里制作炸弹，真是太不可思议了。炸弹是多大的事啊，那是打仗才会用到的东西，平时也就在电视里见过，早些年有人炸鱼，后来也绝迹了。他们并不知道，制作雷管对我来说真的是小事情，就像在家里包一节爆竹那样简单。

这门手艺我也不是天生就会，在此之前，我认识一位疍民，人们叫他老疍。海东城人一般都瞧不上疍民，我们的先祖一直在海上漂泊，不敢上岸，被戏称为“瓯船人”（大概是我们的渔船很小，像口瓯碗那么小），偶尔晾晒在岸上的衣服，收回去时总是被剪出大大小小的窟窿。我小时候听多了老一辈讲起此类辛酸屈辱的往事，到了我们这一代，其实已经不存在明目张胆的歧视了。老疍年轻时是炸鱼高手，有一次因为导火索出了问题，他用嘴去吹，结果把整个手掌都炸掉了。那时的导火索比较原始，沾了水就灭，每次炸鱼必须把填埋在瓦甏之下的雷芯燃到差不多了才往海里扔，否则时常会因为咸芯而掷了颗哑弹。禁止炸鱼后，老疍上岸给矿场搞爆破，矿场下面埋藏着丰饶的锆矿，传言兴建于大炼钢时期，只不过海东城人像挖龙潭水库那样再往下挖时，除了黑土还是黑土，倒是矿场作为一个片区地名，遗留至今。我认识老疍时，他已经是个老头了，因为残疾，似乎也没成家，总之我经常见他一个人坐在墙角，抽那种手卷的烟草，看着街上的人发呆。我偶尔丢给他一根带烟嘴的香烟，他摆摆手说太淡，却还是小心翼翼地收进口袋里。他觉得我对他好，又没什么可以报答我，有一天便跟我说：我教你配炸药吧。也许在他看来，制作炸药真的是一门讨生活的好路子，说不定哪天辽阔的大海上又可以肆无忌惮地炸鱼了。老疍的配方其实很简单，类似土炸弹，无非就是把硝酸铵化肥炒至变色，木屑用温火炒熟，二者配以柴油进行调和，原料基本就配备完成了。我学到了配方和剂量，却没有遵从老办法，经过技术改进，几乎算得上是独创了一种雷管。我不清楚我的独创是否有价值，不过，事实证明，它确实引爆成功了，威力没有想象那么大，至少也把一辆商务车给拦腰炸成了两截。那辆被炸毁的汽车后来在马街示众了一段时间，所有路过的人一见，就加深一次印象。他们大概已经把它等同于我的存在了，满目疮痍的存在。所以，我指认现场那天，几乎人山人海，计划要出海捕鱼的人也放下手头的活儿，特意赶到矿场来看我最后一眼。我全程低着头，不敢迎视他们，警察强行从人群里挤开一条道，把我领上皮卡车时，有人朝我啐了一口，并质问我为什么要杀人。是啊，为什么要杀人？杀人肯定是不对的，哪怕是以复仇为理由。

老屋断了电，连门后的开关也卡死了。我身上没有火源，借着窗外的亮光，摸索着在角落里找到了一张竹椅子，坐上去，吱吱呀呀一阵响，像老人的呻吟。十几年前，我就是坐着这张竹椅，在松木桌子上制作我的雷管。硝酸铵和硫黄的味道很好闻，让我几乎上了瘾，除此之外，器械之美也让我全身充满紧绷感，锡线和火红的热烙铁接触在一起时，锡线熔化成液体在线路板上滚动成一滴动物的眼泪，银光闪闪的，看着都入迷。种种的一切，都神秘而神奇，它们恰恰又是实体存在的器物，我只要走出屋子，随便在哪家五金店都能买到。是啊，后来我知道，那就是化学和物理，科学的魅力，可惜我没能读上初中，否则成为一个像诺贝尔那样的科学家，也是说不定的事情。有半年时间，我躲在屋里深居简出，伺机犯罪，也和诺贝尔在实验室里研制炸药没多大区别了吧——是的，后来我在监狱里读了不少书，尤其喜欢科学家的传记，居里夫人、爱因斯坦，当然还有诺贝尔，才知道世界上有这么一些人，他们和我其实仅有一念之差。

桌椅还在，只是那个塞满烙铁、锡线和万能表的破工具箱不知去向。它要么被警方当作作案工具收缴了，要不就是被屋主扔上了阁楼——矿场的老屋都配备一间阁楼，木质的梯子弯曲而上，阁楼矮，只够弯腰走动，席地而坐，透过扁长形的窗口，刚好能望见远处的海东大桥。在沿海岸疯长的木麻黄和桉树林的遮掩下，大桥也只能看见中间拱起的桥体。就算闭上眼睛，我也能想象桥上坑坑洼洼的路面，两边松动脱落的水泥栏杆，和隔出老远才有一杆在风中摇摇晃晃的路灯，很奇怪，它们白天一副病恹恹的样子，到了晚上，却都能奇迹般地亮起来。当年父亲从鸭屎礁骑单车来海东城接我们姐弟俩，要是学校有事耽搁了，来时太阳都下山了。我坐在马街边上，睡着了，在姐姐怀里，突然醒来，发现已经上了单车，姐姐坐我后面，双手扶着我的头，把我紧紧地夹在父亲身后，生怕我头一歪从车座上滑下去。那种初醒的感觉真好，尤其是前面有父亲的背，后面是姐姐的身体护着，像是活在睡梦中还没有完全醒过来。过海东大桥时，橘色的灯光亮了起来，填补了路面的坑洼。我们一家三口加上一辆二八大单车的影子，快速地移动，倒成了路面上唯一显眼的斑驳。

比起白天，我更喜欢夜晚的海东大桥，它就像发完脾气后突然变得软弱的一个人，不但大桥如此，站在桥上看到的一切也是如此。无论是桥底下银光闪闪的盐埕，还是正前方泊满渔船的码头，抑或是码头背后那个一眼就能看到边的海东城，它们都软弱了下来，从大海深处吹拂过来的咸涩粗粝的风，还没落到皮肤上，就滑到身后去了。

好多个夜晚，因为父亲过早接回我们，我择空偷偷溜了出来，借去伙伴家玩耍的名义（其实在鸭屎礁我哪有伙伴啊），出了村子，穿过幽暗的桉树林，徒步走上海东大桥，倚在残缺的栏杆柱子上，登高俯瞰。对于一个还不谙世事的小孩而言，海东城的夜景充满妖媚般的诱惑力，尤其是从高处远看，像是看着一个隔了时空的异地他乡，难以想象那就是我白天上学的地方。遗憾的是，我并没有实地逛过海东城的夜市，听同学们说，马街的刨冰很好吃，只有在夜里，那些卖刨冰的阿姨才会把摆满彩色玻璃罐的板车推上街市……

这是我一个人的秘密，一直没有向任何人说起。

5

两年前，我出狱后，才跟姐姐说起。

然而时过境迁，有些事情已经不能再引起人们的诧异了，至少姐姐听完我的话，莫名其妙地看了我一眼，问我怎么会有那么奇怪的爱好，海东城的夜景有什么好看的，不就是一个十八线小城镇，海水只要稍稍一涨，完全可以把它淹没，虽然从来没有过，不过迟早有一天会的，就像迟早有一天，地球上所有的陆地都会被海水侵占一样。姐姐说这些时，我也感觉莫名其妙，她怎么会有如此悲观的想法，比我这个精神病患者还要悲观，当然那时我还没有表现出什么异常。不过也快了，当我意识到童年的小秘密已经无法引起姐姐的关注时，我觉得总有一个秘密会引起她的关注，哪怕跟她没有任何关系，却与父亲的死似乎有隐秘的关联。事实证明，我的猜测没有错，姐姐看似对父亲的死冷淡了，甚至遗忘了，事实上，那只是她表面的掩饰，掩饰得越好，内里就越不堪。这我清楚。

我故意说："如果有什么东西能让我呕吐的话，那就是海东城的夜景了；如果非要评比世上最难吃的小吃，大概也就是马街的刨冰了。"

"那你还念念不忘？"

"我看见死人了，哦不，应该说，是我看见有人在盐埕下埋死人了。"

姐姐看样子被我吓着了，正收拾的碗筷突然都掉落在地上……

那些日子，我刚出狱不久，没什么事干，整天瞎晃荡。我习惯了牢狱里的生活，一下子接触到新鲜的空气，反而有些不适应。我开始想念牢里那些相处八年之久的狱友，他们大都背负着和我差不多的罪名，他们都挺佩服我的，说我是为父报仇，跟他们不一样，他们有的是小偷小摸，有的是喝了酒吵了几句就举刀杀了人，也有强奸妇女的——这是最让人瞧不起的罪犯，简直没有人愿意正眼看他们。他们喜欢我还因为我没事就跟他们讲如何制作雷管和炸药，我一遍一遍地把配方和剂量告诉他们，以至于多年过去，仍能记住制作的流程和细节，甚至于在讲述中，灵感骤现，想出一个改进配方的好办法。坐牢八年，等于在牢里当了八年的化学老师。和牢里的热闹相比，回到海东城简直像进入冰窟一样冷清。这个小城已经没有我任何一个朋友了，我们再也不可能跟以前那样在马街沿着铺头收保护费，也没人敢当街收保护费了。我的那些铁哥们儿，几乎都改邪归正，娶了凶狠的老婆，生了三五个孩子，正被生活压得气喘吁吁，谁也不会相信——连同他们的妻子和子女——那位面色蜡黄的男人当年在马街竟是吆三喝四的刺头。我在街头遇到过他们，他们有的在批发部开噪声极大的面包车拉货，有的在码头搬鱼，有的则在人民医院门口用改装过的三轮车拉客……我没有上前跟他们打招呼，彼此都不好意思，最好的办法便是假装不认识。

时间总得消磨，我总不能整天窝在宿舍里吧。那当然是个温暖的小窝——姐姐把她的小宿舍装扮得像个时尚的小姑娘。她喜欢一切精巧的物件，桌柜、茶几，包括所有摆设，能看出来都经过精心而细微的布置；实木书架上每一本标题错落有致的书籍，那样摆设绝对不会方便阅读，仅仅是为了好看。女孩子心目中的好看大概也来自整洁，一尘不染的小台灯，经常倒过来放的小沙漏，墙壁上的粉红色挂钟嘀嗒嘀嗒不会有半秒迟滞……是的，时间都是规整而洁白的。通往洗手间的门口挂着日式风格的布帘，一个月至少被取下来洗一次，泛白的图案下露出一半洗手盆的下水管，眨眼间，我总能看见一双赤裸的小腿竖在红砖地板上，正对着镜子梳妆打扮。看那模样不像是姐姐的小腿，是另一个我感觉陌生的女孩，或是已经上了年纪的女人。我知道那是幻觉，我病症的起初就是开始产生幻觉。当然，有些时候，我确实盯着布帘内姐姐那双洁白的小腿看，她不会知道。我瞬间把目光挪开，无论是姐姐的小腿，还是另外女孩的小腿。大多时间，就我一个人待在宿舍里，我感觉与周遭格格不入，我怕粗笨的手脚不小心把精心呵护的小物件打碎在地。这不像老师的宿舍，倒像是富足人家千金的小房间，不适合我一个男人在此寄居。

姐姐有一颗千金的心，可惜没有千金的命。

我每天走马街一个来回，突然觉得没什么意思，转身拐上海边公路，朝鸭屎礁的方向走去。我肯定不是想回鸭屎礁，当初发过誓，再也不会回那个被鱼腥味裹挟的村子。我朝鸭屎礁的方向走去，直到上了海东大桥，才意识到，我只是想俯瞰一眼盐埕。有些记忆，明明像阴雕的刻痕一样蛰伏在身体上，却因为年岁久远，或自身抗拒，故意遗忘和看淡了，显得模糊不清、模棱两可起来。所以现场需要复原，毫无疑问，重返海东大桥，在我俯瞰盐埕的那一瞬，二十年前目睹的情景，一下又像刚捕捞上岸的小鱿鱼，带着闪烁的荧光，把我混沌的记忆照得清亮起来——我终于能理解警方在审判一个犯人时为什么要把他带到案发现场指认了，那岂止是确认举动，分明是以残忍的方式让罪犯加深记忆。是的，当年我所指认过的老屋，以及那辆被炸成两截的商务车，一桌一椅，汽车上的某个断裂处的形状和痕迹，如今的我几乎还能在脑海里复原、重播。这招太狠了。我站在海东大桥上，确实有些后悔，我分明又看见他们抬着草席裹挟的尸体出现在了盐埕里……那天晚上，可能还下了雨，夏天的雨，说下就下，说停也就停。我大概在桉树林里躲了一会儿雨，走上海东大桥时，雨停了，或者很小，根本阻挡不了我上桥。我为什么非要在夜里偷偷溜出村子，站在桥上看夜幕下的海东城呢？我已经说过，这是我的小秘密，是我童年时期的爱好。那时我在鸭屎礁没有一个伙伴，我的同学都在海东城，村里的人谁都不愿意和我玩，他们还故意躲着我，说我和父亲一样“翘楚”。父亲却挺高兴的，他巴不得我在村里一个朋友也没有，一点也不理解身为孩子的孤独。所以，鸭屎礁并不是我喜欢的地方，暂时又逃脱不了，和父亲一样，他直到死，也没能在教办那里申请到调往城里的同意文书。父亲死后，房头亲人金伯对我们关爱有加，可我无法忍受家里的冷清，经常在夜里偷偷溜出来。童年的我，最为焦虑的倒不是父亲的死，而是父亲死后，我们还能不能去海东城读书。我害怕我再也去不了海东城，那天晚上在桥上看海东城的心情就显得和之前很不一样，有了迷恋和诀别的意思。

我承认看见了不该看见的东西，尽管这么多年来，也不知道，我究竟看到了什么。随着年月的久远，它更像是一场梦，在梦里，我看见几个大人抬着一具被包裹在草席里的尸体，他们匆匆走在盐埕之上，其间还摔了一跤，雨后的盐埕是有些滑，或者他们紧张，总之，他们慌慌张张地，无声地，费了好大的劲儿，终于把尸体掩埋在了盐埕之下。我那时个儿矮，只要把头稍稍低下来，就能躲在水泥栏杆后面，透过兰花形状的图案缝隙看见桥下的一切。很奇怪，我当时并不紧张，大致也知道那是怎么一回事。那具尸体被草席包裹着，却一点也掩饰不了死人的内在，甚至比直接裸露出来，还要让人害怕。鸭屎礁的老人死了，家人会用一张草席覆盖在上面。我很小的时候就见过，所以，不用求证，我知道他们在掩埋一个死人。我那会儿对死人没什么感觉，可能是因为父亲刚死，尸体就躺在海东城医院的停尸间，金伯还领着我们姐弟俩去看过。相比而言，桥下那具尸体，比我父亲要温顺多了，至少我没有看见血肉模糊的伤口。

我不知道继续在桥上看了多久，直到盐埕上没有一个人了。盐埕恢复如初，埋了尸体的地方似乎也隐藏了起来，一时之间认不出来了。盐太白了，夜里泛着光，白天看的话，也许会好认一些。我当即决定，第二天天一亮再到桥上看，认出埋尸体的地方。我确实是这么想的，也不知道为什么，可能只是觉得好玩，或是童年的好强心理，以后我想把事情告诉人家，总得有个确切的说法。即使事情刚过十几分钟，我就开始感觉虚幻了，是不是真的发生过，也自我怀疑了起来。我需要证据。当然，我没想过告诉任何人，村里一个伙伴也没有，城里的同学又不可能在一起了。姐姐呢，暂时是不会告诉她的，告诉她就等于暴露了自己的行踪。姐姐不会同意我夜里只身前往海东大桥，尤其是父亲死后，她成了我唯一的亲人，更会管着我。我至少得寻找一个参照物，便一直记住那个灰突突的水闸——尸体就埋在盐埕的水闸边上。

第二天，我再次上海东大桥时，却怎么也认不出哪块地被人挖掘过了。夜里肯定下了大雨，把人为的痕迹都掩盖了，只剩下白茫茫的盐埕，那个灰不溜秋的水闸，依然在。我只好放弃，并开始产生阴影，至少从那之后，再也不敢夜里去海东大桥了。白天姐姐踩单车载我过桥时，我也故意把头扭向桥面，去看汽车的车轮，也不愿多看一眼桥下的盐埕。

我以为事情已经过去了，那不过是一场噩梦，它刚好发生在父亲死后。这么想来也就很好解释了，无论是对姐姐，还是对我，都是说得过去的理由。我没想到，二十年后，再次走上大桥，一场梦又回到了现实，这个现实还和父亲的死牵连在一起，很难撇清它们之间的关系。它们之间到底是什么关系呢？我不知道，我还怀疑过，那被掩埋在盐埕之下的尸体，是不是就是父亲的尸体？然而，根本说不通，父亲的尸体在医院停放没过多久就火化了，姐姐捧回家的是一个骨灰盒，那里面才装着父亲。盐埕之下的尸体又是谁呢？他是怎么死的？为什么偏偏被埋在盐埕之下？事情过后，鸭屎礁和附近的几个村子，也没有人失踪。一切都很诡异，说不过去，就算我把“梦里”的事告诉别人，他们也不会相信，只会觉得我是在胡说八道。

我继续跟姐姐说：“尸体就埋在盐埕的水闸边上，不是左边就是右边，没错，右边，我们站在大桥上望过去的右边，不是面向大桥的右边，那样的话就是左边了……哎，说不清楚，总之不是左就是右，没多大的地。不信？不信你去报警，让警察挖出来，就知道我说的是不是真的了。姐，你信不信我说的话？”

我拉着姐姐的手追问。姐姐显然被我吓得不轻。

后来她知道是我的精神出了问题。她怎么会相信一个精神病患者的信口雌黄呢。她自己不信，却不能保证别人也不信，自那以后，我逢人便说，海东大桥下的盐埕埋了死人，我还能说出具体的位置，就在水闸边上……姐姐开始害怕了，海东城人谁都知道，盐厂的老板就是唐雄，他早已不靠制盐赚钱了，不过二十年前，为了那片盐埕，他在鸭屎礁掀起了房头之间的械斗。我父亲就是在那场械斗中被唐雄一铁钎给敲死的，作为我们姐弟俩的杀父仇人，我一把雷管没能把他炸死，他又怎么可能任由我出狱后满城传言他的盐埕下埋了尸骨呢？

姐姐正是基于这样的顾虑，才把我送进了精神病医院。她是为我好。

6

十年前，我准备报杀父之仇这事，一开始肯定没人知道。我保密工作做得很好，我得让唐老板知道，我已经堕落了，根本没本事报仇，凭他后来在海东城风生水起，我早已不是他的对手，就像蚍蜉撼不动大树一样。我在马街混的那些年，从来没跟身边人提起过身世，尤其是父亲的死。那场发生在鸭屎礁因争夺盐埕地而激发的房头之间的械斗曾经轰动一时，可是时间多牛逼啊，时间就是解药，可以解生死，解仇恨，乃至解记忆。那场械斗之所以被人记住，全因唐雄在海东城太耀眼了，他的起家就缘于那场械斗。另一个人的死却早被人遗忘了，那个人就是我的父亲，他死得悄无声息，一文不值。杀人者并没有坐牢，警方无法在混乱的房头械斗中梳理出有力的证据，最终以一个“法不责众”的借口搪塞过去。械斗事件之后，唐雄如愿当上厂长，一时之间成了海东城的风云人物。政府出于抚慰，解决了我和姐姐的学费问题，我却听人说，政府的钱还不就是唐雄给的钱。第二年我就辍了学。辍学后，我故意和姐姐疏远，一个人在街头混，为了证明我是个浑蛋，甚至有意跟唐雄的势力套近乎。有一回，唐氏地产拿不下一块地，户主很犟，死不签字，誓当钉子户。唐老板有头有脸，自然受不了那样的挑衅，他又不会亲自出面。只能私下雇些混混，夜里骚扰那一家子，砸门，往院子里扔酒瓶子。我就赚过这种钱，似乎故意让人知道，唐世伟的儿子都下贱到了什么地步，就差认贼作父了。没关系，我能忍，我还小，还有时间。君子报仇，十年不晚，韩信还能忍受胯下之辱呢。

我自以为做得滴水不漏，可是，不记得是哪一年，大概是我犯事不久之前，有一天，金伯找到了我。我当时并不知道金伯是怎么找上我的，为什么要找我？离开鸭屎礁后，我再没回去过，跟村里人也断了联系。可以说，在村人眼里，我和死了没什么区别。哪怕是金伯，我们的房头族人，是父亲的发小，父亲死后他出面料理了后事。“文化大革命”后，社青参考，父亲就是和金伯一起去参加的考试，结果只有父亲拿到了教师介绍信，当上了老师，金伯没当上，一辈子当了渔民。父亲在时，金伯来家里坐，还会经常说起当年的事，说命运的改变有时就在一纸介绍信之间，言语中充满了对父亲的羡慕，乃至嫉妒。

金伯一大早就敲开了我的房门。从来没有人那么早来找我，大家都知道，小城街上的混混通常是没有上午的，像某个伟大的作家写的那样，我们的早晨从中午开始，属于我们的夜晚总是十分漫长。记得那天被敲门声吵醒的我一度惊慌失措，以为计划还没开始警察就找上门来了。慌乱间，我把桌上做了一半的雷管和原料就扫进了垃圾桶，打开后窗，光像潮水一样涌进来，带着浓烈的气味，一下子把屋里长期闷出来的湿霉和硫黄味道冲淡了一些。我把垃圾桶丢出窗外，环视四周，确定屋内除了一个单身混混的狼狈形象，再也没有明显伺机犯罪的证据时，才敢去开门。金伯那天穿着很正式，一身板正的西服穿在他身上显得很不合适，像临时找人借穿的衣服。他还戴了一顶黑色的宽檐帽子，故意把帽檐拉低，只露半张脸，看起来不像是从鸭屎礁来的人，倒像是电视剧里时不时站在反派左右的跟班。我一时没能认出来。我问他找谁。他把我推搡进屋——“阿国，连金伯都不认识啦？”

我们在屋里抽了一会儿烟，可能是我神经过敏，我感觉金伯一直朝那扇打开的后窗瞟，仿佛他早就看出那两扇长期关闭的木板窗户突然被打开，就像人的皮肤被利刀划出来一道明晃晃的口子。连窗口扔出了什么东西，他好像也知道，只是没上前去看一眼。可能是故意不看，他看透一切，转而又看看浑身不自在的我。

我从小就怕金伯，也可以说是敬畏，房头内就他和我父亲走得很近。金伯赏识父亲的文才，说父亲在古诗词上的造诣直追古人。金伯难免夸张，不过在我印象中，父亲的藏书确实没有一本是我看得懂的，都是文言文。村里的族谱以及逢年过节祖祠神庙需要致辞告示，均是父亲起稿书写，他的毛笔字也写得很好，家里除了古书剩下的全是字帖，楷行隶篆，从魏晋到明清，从王羲之的《兰亭序》到米芾的《蜀素帖》，屋里随处可见。作为鸭屎礁的乡贤，金伯和父亲配合默契，房头内的红白喜丧，二者都能牵头料理，经常坐在一起商量事情，有时喝几口小酒，配油炸花生米和水煮的鱿鱼脯。

过了一会儿，烟抽得差不多了，金伯摘下帽子——他戴帽子抽烟的样子像极了一个满腹心事的人。金伯问我，唐世伟去世几年了？他没说是我爸，直接说出父亲的名字，这让人很奇怪，仿佛我们谈论的是一个彼此熟悉的朋友。我知道金伯是故意的，他比谁都清楚父亲去世的时间。他只是想找到一个话题的突破口，而且这个话题，我永远无法回避。当然，我也不是有一说一的好学生，再说，在海东城混的那些年，早学会了吊儿郎当的习性，即便面对金伯，也没有丝毫收敛，或者说，还得刻意表现。我口气淡漠，回答，快十年了吧。我故意起身去拿什么东西，找水喝，或找一块隔夜的面包塞进嘴里。我那阴暗的房间确实找不到一点像样的吃食，居住多年，还像是一个临时住处，不像家。金伯的目光随着我的身影移动，他把帽子抓在手里，很金贵的样子，怕放在任何一处都会被灰尘弄脏。

“你今天来找我，就为了问我爸死了多久？”我问。

金伯看样子被我的诘问噎住了，几年不见，他在我眼里除了一身行头有变，人还是那个人。可我在他眼里，肯定发生了很大变化，无论是身体，还是精神上，我都差点成了陌生人。

“阿国，你就不要对五房有成见了，你爸的事，说到底是个意外，五房人不想，三房人也不想。如果你爸看得见，他也不希望你这样，你看你过的都是什么日子，这屋里连件像样的东西都没有，你马上也成年了，也不能整天在街上混了，该找个行业，练门手艺，以后还得娶老婆生孩子……你看看你姐，师范都毕业了吧……”

金伯婆婆妈妈说了很多，都是我讨厌的、不愿意听的话，尤其是一大早，海东城空气最好、阳光最柔和明媚的时候，他的出现，真是大煞风景。再说了，我已经长大了，爱恨还分不清吗？三房是我的杀父仇人，具体是三房的唐雄。五房我又怎么会记恨呢？父亲是五房人，即便他不太乐意，争夺盐埕一事，最后盐埕归了哪个房头，跟一个吃政府饭的小学校长也没多大关系，但那毕竟关乎房头的声誉，父亲身为族里的贤人，被五房人推搡上前作为谈判代表，一点儿也不算过分。能力有多强责任就有多大，身为五房人为五房出头做事，难道不是应该的吗？最后是丢了性命，丢得也是有价值的吧。我一直不觉得父亲死得窝囊，只是有点冤，有冤就得报，这没有什么好说的。身为父亲的儿子，我自然要担起这样的天职，总不能让姐姐一个女孩子去报仇雪恨吧。再说我们唐家也要留后啊。我算好了，姐姐师范毕业之日，就是我行动之时，我不能影响姐姐的学业。金伯突然来说这么一番话，一下子倒让我有些紧张，话里有话啊，他似乎洞察了我的动机——这是很要命的纰漏。

“金伯，你难道还看不出来吗？我已经是废人一个了，我唐宁国哪敢跟唐叶修堂堂师范生比啊？”我故意说出我和姐姐的全名，不知道为什么，潜意识里突然脱口而出。

金伯叹了口气，继续抽烟，烟雾一时之间让屋里闻起来像是着了火。我倒希望金伯能赶紧把找我的目的亮明，不要遮遮掩掩，浪费时间。在海东城，我不想见到任何一个鸭屎礁人，但是只要一上街，就避免不了，总是能见到鸭屎礁来海东城谋生的人。我能认出他们，他们不一定认出我来。他们有的在街上匆忙路过，五房的或三房的，开着电单车，着装刻意效仿了城里人，不过那张鸭屎礁出来的脸蛋，还是出卖了他们。矿场街巷拐角处有一家卖粿条汤的铺面，也是鸭屎礁人开的吧，那一家子我倒是挺陌生，似乎早就离开鸭屎礁出来谋生了。男主人叫虎哥，是三房人。虎哥白天出海钓鳗鱼，晚上才回来帮忙一起看店铺。我去他家吃过粿条汤和鳗鱼粥，那个叫虎哥的鸭屎礁人确实对我一点印象也没有。我犯不着提醒他。那样挺好，两个鸭屎礁人在海东城遭遇，彼此并不认识，像陌生人，只要他不和我产生关系，不说话，不进我的屋里来，我就可以把他当作海东城人，跟鸭屎礁不再有任何一点儿关系——像那天，一个叫金伯的鸭屎礁人走进我的房屋，并且接连抽了至少五根广喜香烟，那是第一次，也是最后一次。

“看你这么说，你爸会很失望的。”金伯总算把烟掐灭了，“当年他把你们姐弟俩都送来海东城读书，目的很明显了，全村人都看在眼里，说你爸翘楚的大把人，也难怪他们说嘛，身为鸭屎礁小学校长，却不让自己的子女在自己教的学校读书，这怎么能让全村人放心呢？只能说，你爸没把教书这件事情放在心上。你看过把戏吧，就是那些骑着单车，驮了两筐子黑药膏，说包治百病的那种，有些还带着几条毒蛇，盘在脖子上当围巾。他们要证明自己的药灵，得故意让毒蛇咬自己一口，他总不能随便抓个围观的人让蛇咬一口吧。就是这个道理，你爸身为老师，却直接撇开了子女，怎么可能在别人家的孩子身上下功夫呢。我知道这么说你爸有点过分，不过那时大家都这么说，我和你爸关系好，有人故意在我面前说，为的就是让我传达。我没那么干，至少在你爸活着时，我没在他面前提起过。”

“那么，他就该死吗？”我突然有些激动。

“那是两码事。”金伯看着我，他也很激动，“我都说了，那是个意外。”

“意外？他妈的唐雄一铁钎敲在我爸的脑壳上，那脑壳像个西瓜一样都裂开了，你现在跟我说是场意外？”我突然意识到有失妥当，立马强迫自己疲软下来，“不过，也无所谓了，人都死了，还能怎么样，说起来人家唐雄还是我爸的学生，不至于对我爸有那么大的仇恨，要说有仇恨，那也是三房对五房的仇恨，他是为三房出力。我爸呢，就是倒霉鬼一个喽，替五房去死呗。”

我这么说确实击中了金伯的要害，作为五房的行头人，金伯一直在房头内威望十足，他说的话，五房没有人不会听从。也就是说，如果唐雄真要杀人，该杀的也是金伯，怎么样也不会轮到我父亲。多数时候，父亲只是个幕僚，金伯才是冲锋陷阵的人啊。这么说来，父亲可以说是为金伯去死了。多年前，父亲和金伯一起去海东城社青参考，父亲拿到了鸭屎礁唯一的教师名额，他兜里揣着薄薄一封介绍信回到大队报到时，怎么也想不到，几十年后会为身后那个落选的兄长去死吧？这当然只是我个人的臆想。这么多年，父亲和金伯之间的关系，那种明着友好，实则暗自较劲的状况，肯定比我知道的要精彩而复杂。上一辈人的事我就不多管了，余生留给我的任务很简单，也很明确。我只需要单纯而粗暴地去完成就可以了。相比他们芸芸众生复杂的人生轨迹而言，我这辈子活得真他妈的简洁明快，只需提刀上阵，血刃仇家，要杀要剐，就随你们便吧。

我故意瘫坐在地上，那个样子，怎么看都不像一个准备报仇雪恨的人。

金伯却似乎不这么看，他起身说的一席话，让我一下子警觉起来。

金伯说："我也好，代表五房人也好，这次来看你，就是希望你别冲动，事情已经过去了，就别把事态再搅浑了。冤冤相报何时了，电视上都这么说，是吧。人家也不是故意的，再说你姐读书的费用，其实就是唐雄出的。这些年，唐雄也不算太过分，唐氏集团对我们五房人多少有些照顾，不少年轻人在他手下打工。当然，我不是为他说话，我们五房和三房之间的仇恨，因为你爸的死，是永远也化解不了的。只是，我们不希望你一时冲动，把人生给毁了。我和房头里的人商量好了，准备花钱送你去职校读几年书，学门手艺，和你姐一样，将来有个稳定工作。如果你不想上学，我们也可以筹钱帮你买条船，靠条船也可以轻轻松松过日子。大伙托我来，想听听你的意见，都不想看你继续这么在海东城混下去，人不人鬼不鬼的。你看，还把头发都染绿了，成什么体统啊。以后我死了，也没法下去跟你爸交代啊。”

金伯说得动情，几乎都快哭了。我却平静如铁，隐约觉得，我的计划似乎被人看破了。这让我的内心一下子慌乱不已。不过，我很快反应过来，从脏兮兮的地上起身，拍了拍屁股上的尘土。我说：“金伯啊，上学就算了，渔船我也不会开，你看我这样子像是讨海的人吗？这样，你身上有钱吗？给我几百块，我都快没钱买烟了……”我一副烂泥扶不上墙的无赖模样，竟真的伸出手，摊在金伯眼前。

金伯愣了一会儿，很快从兜里抓出一把钱，整张的和零散的混在一起，大概有几百块吧，放在我手里。临走时，他把半包广喜香烟也留给了我，并且跟我说，他在渔业管理所上班，有事可以直接去东宫码头找他。我这才知道，他为什么穿了那么奇怪的一身行头——禁渔期间，码头瞭望站总会站出一个人，手持大喇叭对出海的船只喊话。金伯就成了那个喊话的人，职责上像是海东城二中门卫室的保安。

后来，我当真去瞭望站找过金伯，那个破房子被收拾得井然有序，几乎只要有缝的地方都插满了红旗，隔远了看，像只红色的刺猬。金伯竟然送我一条广喜香烟，说是渔民夜里偷偷出海照尼仔孝敬他的。他说这话时的口气，让我讨厌，似乎活了半辈子，终于也混到了可以受贿的地位了。我父亲在世时，也时不时能收到学生家长丢下的一两包烟，金伯自然是羡慕的。他比我父亲高级多了，渔民们只要能在禁渔时偷偷溜出去一趟，别说一条香烟，就是十条一百条，他们也愿意让金伯抽到肺片像黑炭一样黑……

7

出狱后，我去码头找过金伯。我没敢靠近位于湾道砂石岸上的瞭望站（已经翻修一新，二层高的水泥房，一层住人，二层瞭望塔，红旗仍竖在边上），只是远远看着，半天却不见金伯的身影，取而代之的是另一个晒得黝黑的中年男人。后来我才知道，早在几年前，金伯就回鸭屎礁带孙女了，他儿子在码头海鲜酒楼当大厨，儿媳当服务员，孙女没人照料。我想，大概是我炸毁了唐雄的商务车之后，金伯就下决心辞职了。在这件事情上，我算是欺骗了金伯，不知道在获知事件发生之后，金伯是怎么样的一副表情，惊恐，还是失望？再怎么样，他也不至于离开海东城啊！事情是我犯下的，跟他一点关系也没有。我到现在也没能想清楚——也可能不是因为我，禁渔一年严过一年，金伯没再收到渔船的贿赂，觉得没意思，人也老了，还不如回家逗孙女。

我却隐约记得，金伯的身影一直跟随在我身边，这也是我出狱后为什么第一时间就去码头找他的原因。也许是一种错觉，不过，在审判我的罪行的法庭上，我确实见过金伯，他远远地坐在角落里，似乎生怕被人认出来，他不想参与我的审判，只想知道被告席上的我说了什么。我确实让他失望了（或者很满意），几乎没有说任何话，姐姐帮我请的律师老早就告诫我，什么都别说，把事情始末告诉他，让他说，他知道什么该说什么不该说，他说他是专业说话人士。我自然很高兴，巴不得不说一句话呢。我现在还记得那个姓严的律师在法庭上为我辩护的样子，他侃侃而谈，口沫横飞，虽说是审判我雷管炸人的案件，大半天却总是在说我为父报仇，历史上只要沾点边的人物和事件，都被他拿出来类比，从春秋的伍子胥到民国的施剑翘，听得海东城的法官都蒙了，破天荒地，法庭里响起了稀稀拉拉的掌声。我知道那是几个马街上的兄弟带头起的哄。

指认现场那会儿，我却没见过他们，整个海东城的人都拥出来看我了，没有一个熟悉的身影，周遭站着的全都是陌生人。我很奇怪，在自以为已经很熟悉的海东城，竟然还隐藏着如此巨大的陌生人群，突然让我觉得恐慌，第一次意识到巴掌大的小城并不小啊，似乎地下天上还各有三层天地，这些拥出来看我指认现场的陌生人就是从地下天上冒出来的。即便是那样，我还是觉得金伯就隐藏在陌生人群中间，其猥琐的样子实在让我怀疑他难逃清白之身，似乎我的罪行就是他唆使的，他那天清早并不是过来劝我收手，而是花钱雇我动手。是这样的吗？有些事情，年月久远，早就变了模样，小说家也无法将它们恢复原貌。

离开东门矿场的出租屋后，装了警铃的皮卡车将我拉到了马街。因为我，马街第一次变成一条水流停滞不前的河道，到处塞满了昂起来的人头。从我那个位置看，简直有些壮观，皮卡车成了一条船，一路向前，一路把水面上的浮莲纷纷拨开，分向两侧。我跟两位押送我的警察叔叔开了句玩笑，可他们没有丰富的想象力，不明白我在说什么。在矿场时，我还埋着头，有些怕生。出了街，情况就不一样了，有一种豁然开朗的感觉，让我一下子有些恍惚，好像不再是什么见不得人的事情，如若在古代，高中状元也是要被“游街示众”的啊。于是我把头抬了起来，主动去迎合围观者的目光，发现他们的目光其实比我还要涣散，不堪一迎。我甚至还在人群里搜索熟悉的面孔，金伯晃动躲闪的面孔，就是那时候让我撞见的。我不知道金伯怎么会对一个爆炸现场感兴趣，对于早年出海炸过鱼的人，土炸弹的威力再熟悉不过了，别说是一辆商务车，就是一辆大巴，估计也能被拦腰撕开。我准备了两公斤的炸药，捆上三枚雷管，一起装在一个月饼盒里，经过几个月的改装设计，把爆炸装置包装得近乎完美。世上没有第二个人会对自制炸药有如此痴迷的完美主义强迫症了，每条线索的走向，引爆器的接驳，胶质包装纸的棱角，我都尽量让它们呈现最妥当的状态。最后合上盖子，我还从音响喇叭拆下一块圈圈饼大小的磁铁，用玻璃胶粘贴在月饼盒上。我拿着炸药出门时，任谁也不会知道，我手里拿的竟是那么危险的东西。那时中秋将至，马街上的人还以为我正要往某个相中的女孩家里送礼呢。我悄然靠近那辆银灰色的广州本田商务车，不到半分钟，就把炸药牢固地吸附在副驾驶的座位上了，然后到街对面吃了一瓯粿条汤。等我吃完时，发现商务车已经发动了，副驾驶座上坐了人，那肯定是唐雄无疑了。我暗中跟踪了他几个月，那个位置没有第二个人坐过。我在街对面拨通电话，引爆了炸药，瞬间，商务车至少向空中上蹿起了一米之高，再坠落下来时，就成了两段。巨响和火光，让整条马街上的人都在原地吓了一跳……

说到底，我还是大意了。商务车只是提前启动车辆，开了空调，时间还早，司机顺势就坐在副驾驶座位上，想眯一会儿，或者就纯粹想体验一把老板的滋味。事后，我没逃，依然躲在矿场的小黑屋里，两天后，我得知被炸死的是一个无辜的司机时，第一时间便去自首了，否则海东城警方也不可能像他们所宣扬的那样快就把凶手绳之以法了，并在审判过后，还泄恨似的在人民广场举行了一场声势浩大的宣判大会，连同其他刑事罪犯，有偷盗抢劫、猥亵妇女者，还有制毒贩毒的。

我们被反手扣在皮卡车上，一人一辆专车，这辈子都没有那么好的待遇，左右各站一个高大的警察，荷枪实弹，看样子我们只要有什么逾矩的举动，立马就会被当场击毙。皮卡车在警车的带领下，从海东城看守所出发，沿着人民路入城，拐上马街，从街头开到街尾，到达东宫码头，向东沿着海边公路，靠近海东大桥，不过没过桥，过了桥就不再是海东城的地界了，而是绕着环城路又回到起点，进入人民路边的海东城广场。那么绕着海东城走一圈的目的很明确，就是游街示众，让全城人民都看看我们，认清楚我们，记住我们的嘴脸，朝我们辱骂、吐口水，甚至扔石头和臭鸡蛋……当然，没有人敢那么干，再说我为父报仇，要杀的人是唐氏地产的唐雄，我的烂仔形象在海东城人眼里有了扭转，也说不定。

海东城广场上已经被人头占满了，他们像是赶过来看一场马戏，可以称得上是摩肩接踵。我们则被押送上了广场前方的老戏台，一字形排开，胸前的牌子上明晃晃地写着我们犯下的罪行。谁也不敢抬头看底下的人群，此刻，观望的人群代表着某种正义，涌现一股威严的气势，逼着我们只能深埋下头颅。除了那个制毒的死刑犯，其余几个表现还好，死刑犯据说宣判一结束就要拉去毙掉了，他的腿脚早就软了，由两个警察架着，才勉强不会倒下。他的亲人在底下哭喊，那个妇人应该是他的妻子，正努力把一个嘴里还含着奶嘴的婴儿举过头顶，喊着丈夫多看几眼……如今我一想起心里就难受，我想如果我是他，我的姐姐会怎么办——在众人面前，确实连死都不能痛快了。我瞥见那个死刑犯已失去意识，完全对台下的情景无感了，他看样子提前进入了死亡，泪水却无声地淌了一脸。

那一刻，我庆幸自己没有被判死刑。十年时间，转眼就会过的，我抬头看着眼下黑压压的人群，心情竟出奇的好。我找不到姐姐的身影，她不会来看我的审判大会，这我理解，我也不希望她来。可是，就在那一扫而过的视线里，我又看见了金伯的身影，等我回头想确认时，却怎么也找不到了。

8

有些事，当时没觉得，事后才意识到微妙，或者说，当我身为一个正常人时，我不会往那方面想，等我变成一个精神病患者了，各种奇怪的触角便开始在身上生长，仿佛我的身体正在生长成一只灵敏的昆虫，它们对现实显得笨拙，面对记忆幽深的黑洞，却又如同多功能协助的打捞器械，把那些本来已经模糊、不被注意的记忆细节都精准地打捞和提取，然后放大，呈现一幅血淋淋的新鲜画面——童年的盐埕之夜，我狭隘的记忆一直只在意那具被草席裹挟着的尸体，它像蜡像一样印在大脑的内壁，却几乎忘了那几个掩埋尸体的身影。确实，我当时没注意，即便注意过，也忘了。可是，我的精神之疾让记忆呈现一种神奇的迹象，它让那几个身影又开始活跃在我眼前，就像电影的特写镜头，他们一个个从眼前走过，其中有一个身影，几乎可以肯定，就是金伯，他和我在法院、指认现场以及审判大会上瞥见的身影一模一样，躲闪，惊慌，却又是那么坚决。

自然，关于金伯，我并没有告诉任何人，包括我的姐姐。我虽然傻掉了，还没有完全傻，就像一个苹果烂了，细菌已经布满整个苹果了，不过它只是烂了一个洞，其余看起来还是完好的。有些事情我还没有想明白，或者说永远也想不明白，不是每个人都能知道真相的，金伯他们当年杀害的是谁？为什么要杀人？杀了人为何冒雨埋在属于三房的盐埕里？如果我猜得没错，金伯他们杀的应该就是一个三房人，他们为我父亲报仇，把一个三房人埋在三房人刚争夺到手的地盘里，这招确实够狠……联想到金伯他们之前对我的关注和劝阻，便不难得出结论，他们怕我把事情再次闹大，搅浑日趋平静的深水，继而牵扯出不可告人的陈年旧事。

这么多年了，那具无人知晓的尸体是否还掩埋在盐埕之下，显然从姐姐的神情已经知道答案，她表现出来的惊恐和其他人听笑话一样的神情，都在证明盐埕的清白，至少到目前为止，它就像那白花花的盐坨，彻底掩饰着地下的一切。

这倒让我想起一位病友，他叫三成。在精神病医院那两年，承蒙陈主任的照顾，我过得还算愉悦，虽然在里面没什么朋友，我也不可能跟一帮傻子做朋友。那个叫三成的瘦个子，我一眼就看出来了，他和我一样，并非真傻。三成和我同住一个病房，我们隔壁床，除了我们，还有其他几个“不省人事”的病友。刚开始，我们都在装，装出病得很严重的样子。不过，有些东西就算演技再好也是无法掩饰的，比如眼神。当我们达成默契之后，三成就开始在我面前变得“正常”起来了，每天吃完晚饭，我们会结伴沿着食堂通往病房的园中小道散步。小道两边长满了马缨丹，这种野花要是长在外面，可以肆无忌惮，海东城人习惯叫它臭草花，一旦被园林工人移植到了院内，却规规矩矩，像是海东城老人热衷在人民桥头评点的精致盆景。一路上，我们都不说话，回到病房，三成才愿意说说他的情况，具体是他女儿的情况。他在床头的草席下藏有女儿的照片，有一次心情大好，给我看了一眼，只看一眼，他就把照片抽回去了。那是一张发黄的半身照，照片中的女孩笑得很好看，穿着校服，站在花丛前，也像一朵花。

三成的女儿从来没看过父亲，我姐姐偶尔来看我时，三成会眼巴巴盯着姐姐看，像是错以为我姐姐就是他的女儿。其实他是故意的，他怎么会认不出自己的女儿呢？他女儿早在几年前就已经死了，也没见着尸体，就是失踪了。三成报了警，警方猜测女孩是离家出走了，也许某一天，突然就回来了。三成不信，非说女儿被人谋害了，还一次次去县里市里闹，甚至还买了去省城的火车票，可是人还没动身，就被送进了精神病医院。

我进院时，三成已经来两年了。他跟我说起的事情，我表示不知情，因为那时我还在揭阳坐牢，对于海东城发生的事情，脑子里一片空白。我却自作聪明，跟他分析说，你女儿肯定被人杀害了。三成听了大哭，问我，那尸体呢？尸体在哪里？我沉思一会儿，像个傻瓜那样说话——“以我对海东城的了解，应该就埋在海东大桥下的盐埕里。”三成信以为真，逢人就说他的女儿被人埋在盐埕下，并闹着要离开精神病医院，要去把女儿的尸首挖出来。

逃离精神病院之前，我听陈主任说起过，其实三成的女儿回来找过他。她当真是离家出走了，在深圳的电子厂打工……

可是她不愿意让父亲知道，她对父亲有怨恨，因为三成曾经反对她谈恋爱，还把她锁在家里。

9

我不知道三成最终有没有见着女儿。

有些事情由不得人，你明明是倾尽全力为人好，人家却不买账，即便是自己的亲人，也不见得就可以相互理解。眼下，我的亲人呢？我为什么也没有亲人？我已经躲在矿场的黑屋里几个小时了，到处黑漆漆的，外面的雨还下个不停，或许停了，我听到的只是屋檐下的滴水声。夜很深了，此刻街巷上找不到一只活物。从后窗望出去，远处海东大桥上的路灯倒是越发明亮。我还能想象多年前的小男孩冒雨躲在桥栏杆后看底下白茫茫一片……那个被掩埋二十年之久的尸骨，是否也有亲人在不遗余力地寻找？这个疑问让我浑身生起一层鸡皮疙瘩。大概是着凉了，我忙起身把后窗关上，那两扇松木窗门吱呀一声，像某个尘封的灵魂在呻吟。

瞬间有股贴着皮肤游走的恐惧感爬满全身，身体禁不住抖动起来，那种因为寒冷而让人刺骨丧气的感觉实在不应该发生在夏天，显然并非因为寒冷，而是惊悚。按理说，一个几乎失去理智的人不会感到害怕，此刻的我，应该像一具从精神病医院逃脱出来的行尸走肉，在海滩和码头游荡了半夜，又将在废弃的老屋度过另一半的夜。我并不知道明天将去往哪里，能干些什么……这实在不是一个傻子应该考虑的事情，傻子就得像个傻子。可悲的是，我总是在该傻时完全不傻，如同身处老屋突然而至的恐惧感，让我头皮发麻，像是被一层烟雾罩住，其情形就像十年前金伯找上门那天——他巨大的烟瘾几乎把狭窄的老屋熏成蜡味。眼下的烟雾却不像是人为制造的，更像冬晨湖面上升腾起来的寒烟，它们缓慢挪动，看似有形，又和空气混为一体。在诡异的变形中，我似乎看见所有死去的人都复活了，他们一个个如流水席滑过我眼前……我看见死于一剂中药的年轻的母亲（尽管我并不能记清她的面容）；我看见父亲依然躺在停尸间的不锈钢拖床上，血迹在床体上滑动成拉丝的形状；我还看见那具被包裹在草席里不知是男是女的尸体，长年被盐水浸卤，早已萎缩成了一条老菜脯的模样，正滴滴答答渗出饱含咸味的油脂——当然了，我还必须看见那个被我炸得血肉模糊的司机，至今我都不知道他长什么模样，在印象里他就是照片上一堆焦黑的骨肉；我甚至看见那个一起被宣判的死刑犯，他太窝囊了，做鬼也是窝囊的——他抬头看了我一眼。我一激灵，尿水从裤裆里飙了出来。他好像告诉我，那天的审判大会，最应该被枪毙的人是我。

我在老屋待不下去了，雨还没停，我逃了出来。我没有方向，下意识地，却往海东大桥的方向走。我朝着笔直的方向走，拖着一条瘸腿，无论挡在我眼前的是树木还是沟壑，都直接翻越过去，像个披荆斩棘的勇者。等我到达桥头的楼下时，浑身已经没有一块地方是干净的了。我的胳膊和膝盖都在流血，却感觉不到痛，反倒有些兴奋，血水成了我的兴奋剂。桥头的小楼早已废弃，早年海东大桥还是一座引水灌溉的渡槽桥，需要守桥人站岗放哨。桥上一个人影也没有，路灯下坑坑洼洼的桥面一时显得比以前宽大许多，不像一座岌岌可危的桥，倒像是一条宽敞的大道，大道的另一端则是未知的可期待的世界。——但愿是吧，我迟迟不敢迈步上桥，对于我而言，这座连通鸭屎礁和海东城的桥体，被赋予了某种神圣的寓意，从父亲开始，势必由我来终结。

和每个鸭屎礁人一样，父亲一辈子都希望能跨过海东大桥，再也不用回去。在一个小学语文老师的认知里，跨桥的次数最好是单数，双数就意味着回头了。可惜的是，父亲一辈子都在重复双数，至死也没能把跨桥保持在单数，即便是死后，他的尸体被拉去海东城，最后骨灰还是被姐姐捧回了鸭屎礁。他老人家躺在那个劣质的松木盒子里，该是多么无助与绝望啊！多少鸭屎礁人，我是指那些暂时还留在海东城的人，都希望把过桥的次数定格在单数，比如我姐姐，如果不出意外，她应该不会再过桥了。还有我，多年前就发过誓，这辈子再也不会跨过海东大桥，到死，真的，到死，父亲完成不了的夙愿，我们来替他完成——他乐意见到自己的儿女有骨气，哪怕仅仅是以自欺欺人的形式。

我在桥头犹豫了半个钟头，或一个钟头，雨时大时小，天气闷得像是把整个海东城放在蒸笼里。这样的天气，凭海边人的经验，风暴已经迫在眼前了。也许风暴过后，一切就都结束了，最好连同海东大桥，也一同垮掉。这座存在半个世纪的大桥，活成了精，活成了某种隐喻，至少在我看来，它像极了半途而废的父亲，终将以失败告终。

闪电在海的上空撕开一道紫红色的口子，阴沉的海湾在那一闪的亮光中，瞬间苍白得如同死人的脸。此刻，眼前所见的一切都变得不太真切，甚至陌生起来，好像不再是我所熟知的海东城了。大概是禁渔的缘故，码头的渔船像是在一夜之间被藏匿了起来，亮光之下，我看不见海面上有船只的存在。这么恶劣的天气，估计也没有渔民会冒险出海。码头方向直接陷入了黑暗，或者说，黑暗来自木麻黄林，它们茂盛的身躯挡住了我的视线。

眼下唯一能看得真切的，就只剩下桥下的盐埕了。曝盐工早早就收拾好盐坨，保护好卤水池，撤回家中睡大觉了，棚寮房里不见一丝灯光，死寂得像上百年没住过人。我竟然有走下盐埕去看个究竟的冲动，当然只是冲动，犯不着真的傻成那样。我只是觉得有些恍惚，似乎这个晚上的情景，与二十年前那个晚上嫁接在了一起，用不着半个钟头，那些踉踉跄跄的人影，便会抬着一具包裹在草席里的尸体走进盐埕里来，在水闸边上，他们气喘吁吁，停了下来……啊，如果真是那样，时光可以倒流，我倒愿意参与其中，不惜成为共犯，反正之后我也将是杀人犯，不介意多加一桩罪行。至少我可以得知被杀者是谁，杀人者又是谁——也就是说，除了金伯，谁还参与其中。这太具有诱惑力了，就像一个谜底迟迟不公开，凭我的智力又解答不了。好吧，我永远也不可能知道真相了，哪怕真相就在眼皮底下，只要足够英勇，就可以用半夜的时间，挖起一具白花花的骨殖。

10

我承认我没勇气，一个傻掉的人还没勇气，实在有些说不过去，不如不傻掉。最让我感到悲伤的是，一个人消失了二十年之久，竟然没有一个在世的亲人寻找，至少在这个恶劣的夜晚，我能感觉到盐埕之下那具尸体的绝望和悲凉。如果我在今晚消失，有谁会舍身寻找我的下落呢？是的，姐姐，我还有一个姐姐，她虽然对我不再喜爱，却无论如何也不能接受我平白无故地消失。当我确定这点后，突然意识到，好像也能为盐埕下的尸骨做点事情了。也就是说，如果不出所料，一旦我消失在这个世界上，姐姐最终能联想起的线索，便是我口口声声对她提及的盐埕，以及盐埕下的尸骨。对于一个聪明人而言，我话里有话，她能理解更深一层的意思，断定我的消失和盐埕有关。我相信聪明人的智商，就像我相信我的付出，能让一具孤单的尸骨重见天日。我这辈子没做过什么有意义的事情（或者做了，只是没成功），连有意思的事情也没做过，眼下这一件，将是最有意义，也是最有意思的事情了。

这像是临时起意，不过，不瞒您说，从最后一次决定逃脱精神病医院，并不再去海东城二中找我姐姐时，我就意识到要完成这一“壮举”了。我无法让人相信一个傻子的话，那么，还可以让人思考一个傻子的消失。

我开始脱衣服，雨水打在我包裹着骨头的皮肤上。这样的身材让我很得意，对于一个决定去死的人来说，瘦小绝对比肥胖要好很多。我难以想象一个肥胖的人死后的不堪，上天是仁慈的，如果不是出于横祸，人在临死之前都会得一场重病，让你迅速瘦下来，然后得体而有尊严地死去。我从童年开始就瘦小，父亲还因此忧心忡忡，担心我是不是得了白血病。我从一出生就意味着即将死去，死神跟随在我身边，随时要我舍生取义。老天仁慈。我不再感觉寒冷了，即便已经一丝不挂，还像备受保护一样舒适。我把脱下来的衣裳叠好，像在精神病医院里那些护工要求我们的那样，整整齐齐地把衣服放在废弃的楼檐下。

我开始上桥，赤裸裸，赤脚触碰在粗粝的桥面，有种体察入微的触感。我能感觉到雨水从脚底下流过，像是暗流。我要上一段坡道，虽然不长，走起来还是蛮费劲的，再说我的脚还肿着。以前父亲踩单车载我们姐弟俩，他脚长，力气大，不用费多大的劲头；后来姐姐踩单车载我时，上这一段坡道，她得立起身子，把身体弓成一只虾蛄，压住车头，才能把单车送上平坦的路段。

如今，我同样要费不少劲才能把自己送上平坦处，这没什么，在我眼里，此刻的大桥已不是桥了，至少它不是凌空跃起的建筑，它是直接铺陈在地面的大道，宽敞无比，也漫长无比。所有死去的人都在桥的那端迎候着我，他们站成一排，或抽烟，或交叉双手放在胸前，或把手藏在裤兜里……不过他们很友好，面带笑容，哪怕是被我炸死的司机，此刻也以半躺在副驾驶座上的姿势，享受着汽车的空调……父亲自然站在阴魂的最前面，他一改平时严厉的面容，开始向我伸开双手，做出要拥抱我入怀的姿势。他一直保持着这样的姿势，让我觉得有个名叫父亲的人在期待你的到来是一件多么幸福的事情——难不成，这已经是一座通往极乐世界的奈何桥？我只要勇敢地走过去，就能忘掉世间所有的不如意，成为一个幸福的人？

啊，管他呢，我只需要爬上去，爬到桥的最中间，寻找一个最佳的位置，或者说最容易被我瘦弱的身体跨越的位置。那儿的水泥栏杆最好断掉了，留下一个豁口，我就能从豁口处纵身一跃，一条抛物线，落进深沉暗涌的海湾里。明天的风暴不用费多少劲，便能把我带进浩瀚的大海，像一条开港之日修葺一新、船头刷过红油的渔船，旗帜招展地去往大海深处……一切如梦境。

现实与梦境之间，已没有了边界，雨水模糊了我的视线，像是隔着一湖水面看岸上。我身上的皮肤因为长时间没有洗，结出了一层油垢，雨水打在上面，站不住脚，一滴滴顺着肌肤往下滑。在雨水和身体的触感里，我一次次被拉回，不会一头扎进梦境的黑洞。然而，任何梦境都有破灭的时候，当我意识到等候在前的人并非阴魂，而是活人时，实际上已经迟了。我赤身裸体站在大桥的中间，水泥栏杆不知是被加高加固了，还是原来就那样，总之我没办法一步到位完成跳跃动作。正当我转身面向桥下，等候在桥那头的人朝我奔走了过来。他们看样子不是为了迎接我，恰恰相反，那是捕捉出逃的小猪崽的动作，虽然有些滑稽，态度却是强硬的。我知道，他们不是精神病医院的人，这些熟悉的面孔，尽管模糊不清，我还是能辨认出来。他们都是鸭屎礁人，还是五房人，我的族人。他们终于靠近我了，并把我围拢在中间，动作当然是慌乱的，隔着风雨，我能听到他们气喘如牛的鼻息。其中一个从背后拿出褐色的麻袋，从头到脚，严严实实地把我给罩上了，接着用手抓住我的脚踝，一拽，我就像一骨节儿甘蔗那样倒在了桥面上。他接着迅速地在我的脚底打下死结，三两下就把我抬了起来，其间的动作简直一气呵成，配合完美，而我脱去衣服，剩下光溜溜的身体，似乎就是等着被人装走。

我的头晕了，头晕不是因为摔着了，而是麻袋罩着我，像被抬猪崽那样快速移动。我能听清麻袋外面的动静，他们下桥的脚步声、启动摩托车的声响，以及风雨吹过桉树林的杂音，我都听得清清楚楚。

“金伯，你先回去吧。”有人说，“剩下的事情我们来处理。”

“记得要处理干净点，别留下后患。”那是金伯的声音，隔出好远，听不太真切，“阿国啊，别怪我们，你就不能好好当个傻子嘛。”

“都是他自找的，怪不了谁。”另一个人咬牙切齿地说。

他说得没错，一切都是我自找的，我不怪任何人。

我最终还是回到了鸭屎礁——我闭上双眼，像是躺在温和的床上，身上还盖着被子。我不知道他们会把我送去哪里，用什么方式结束我的生命。我不管那么多了，已经是个将死的人了，是握在别人手里的蚂蚱，所有事情都由不得我了。我只希望他们把我葬身海底，我不想尸体被掩埋在地下，几百年尸骨都腐朽了还无人知晓，那样会很寂寞。海里至少还热闹，我喜欢热闹的地方！

一切如愿！很快，我能感觉到，抬我的人踩过了松软的沙坝，这让他们吃劲不少。他们沉默不语，只剩下喘息。接着，听到了渔船发动机的声响，我被抬上了船。我睁开双眼，透过麻袋的缝隙，竟能看见天空中闪现的光束，像有人用手电筒在眼前晃了一下。

“走吧。”有人拍了一下我的肩膀。

船开了，出海了——姐姐，来世再见！

2019 年 8 月 25 日，初稿

2020 年 3 月 23 日，二稿

2021 年 4 月 28 日，三稿

2022 年 3 月 28 日，定稿